暢銷言情名家
鏡水
REVERSE
卷三

春天。

位處東方的伊斯特，是鳥語花香的季節，雖不及南部領地那樣百花齊放，可是氣候宜人，萬物復甦，充滿著生命絢爛的氣息。

在邊疆的艾恩也是如此。

艾恩以東，越過雷蒙格頓國界之後沒多久，就是一整片沙漠。

像兩個世界似的。一邊是生意盎然的土地；而另一邊，僅有見不著邊際的，黃澄澄的沙子。

「嗚——嗚——」

緊鄰著艾恩城堡的森林，樹頭上的鳥兒，皆被突如其來的號角聲驚飛了。

一片烏雲也沒有的好天氣，忽然籠罩著陰影。

「來了！」

有人這麼大喊著，昂起首來，一隻體型異常巨大的禿鷲，在邊境之牆徘徊飛行。

「這說是鷲，更像是龍吧。」講話的是賴昂內爾，儘管已經不是第一次見到，他仍舊張著嘴巴，滿臉驚奇。

這頭飛獸有著鷲的眼睛與鳥喙，不過體型根本就不是一個級別的。雙翼展開來的廣度，幾乎可以覆蓋半座城堡了。

「幹什麼呢？不要發呆了。」旁邊綁著馬尾的女性從背後抽出一支箭搭在自己的弓上。語畢，她屏氣瞄準，毫不猶豫地放開手指，將箭射了出去。

夏佐．阿奇爾。出身爲伊斯特邊緣沒落低階貴族家的長女，雖然伊斯特騎士團並未明文規定女人不可報考，那也是因爲幾乎沒有貴族家女兒會想加入爲一員。就連對男性來說，這裡都不是一個能夠輕鬆舒服待著的地方。

在遞交初考書面資料的時候，她亦未隱瞞自己的性別，不過避免影響考試，她還是打扮成男人比較方便一點。

正式成爲騎士團員以後，她才對眾人坦白。

就不用提大家多麼驚訝了，特別是愛德華，形容下巴掉到地上也不爲過。

箭矢凌厲地飛向巨鷲。和先前所有的魔獸類似，牠的羽毛硬度足以抵擋攻擊，所以夏佐瞄準的就是眼睛。

「哎呀，這可不行。」就見一個穿著白色長袍的男人，鼻子下蒙著白布，僅露出一雙眸子，站在巨鷲的背上，手持一柄扇子說道。他似乎一笑，稍微揮動那把扇子，飛去的箭就以非常不自然的軌跡，直接往下墜落。

「這次有人！」夏佐立刻朝向周圍大喊，示警同伴。

鳥類魔獸騷擾邊境已不是首次，不過卻是第一回有人操縱！

「這麼歡迎我？」那男人好像更開心了，他再次揮了下扇子，天空中便出現另外兩隻老鷹。

這兩隻的體型稍小，跟正常鳥類比起來依舊龐大。

「不要太囂張了！」賴昂內爾甩起手中的繩子，繩子的另外一端繫著戰錘。這是專屬大力士伍茲家族的武器。甩動的戰錘逐漸發出破空聲，「哈啊！」他幾個迴旋轉身，大吼一聲便將戰錘射了出去。

那戰錘擊中兩隻老鷹其中之一。就算羽毛相較一般鳥類來得堅硬，不過遭受高速重物攻擊，承受到的是衝擊力，因此老鷹翅膀勉強撲搧幾次，最後還是由高處墜下。

「這裡！」另外一隻，則在夏佐的飛箭輔助之下，由其他騎士擊落。

每次都是這樣的，那些飛獸，彷彿單純是在進行展示那般，基本上沒有攻擊，僅在邊境進行干擾，騎士團相當有餘力進行處理。

然而這次，唯獨那男人騎的巨鷲，騎士們眼看著無可奈何。

但是艾恩不只有騎士。

一條金色的繩索，突然地朝著巨鷲疾去。男人見著，搖扇使巨鷹閃避，不過那條散發光芒的金索彷彿具有生命似的，猶如蛇身一般，飛快地轉彎同時纏繞住巨鷲的頸項。

「哎呀。」男人輕呼一聲。

順著繩索往下看去，眼睛正好對上站在邊境之牆上的莫維，以及格提亞。

男人的視線明顯地停留在格提亞臉上。

莫維則是露出一個冷笑。

「下來。」語畢，他一扯手裡的金索，瞬間連人帶鷲從空中拖到地面！

一時之間，氣流呼嘯而過，揚起大風與沙塵，距離較近的幾人不覺舉起肘臂遮臉後退。

那男人甚至都來不及驚呼，和巨鷲一起墜地。

而且是掉進伊斯特的領地。

這是莫維刻意將其拉進國境。伊斯特騎士團立即上前壓制男人與巨鷲。待得情況穩定後，莫維方才收回手裡的金色繩索。

原來那是一條魔力製造出來的光索，沒一會兒就隱沒在他的掌心裡。

「你做得很好。」

聽見身後格提亞的聲音，莫維轉過頭。

「看來，我愈來愈不需要你了。」他微笑地說道。

格提亞聞言，點了下頭認同。

「你已經能夠很好地控制，失控的可能已大爲降低。」他說。

三年。莫維眞的用三年時間，學會所有他教的東西。現在的莫維，無論是什麼魔法都運用自如，體內的魔力也能夠保持穩定。

雖然格提亞不敢說這輩子永遠不會再失去控制，但是，這樣的可能性已經變得相當低了，由他感覺到的魔力軌跡就足以知曉。

莫維已經不再必須他幫忙引導或壓制了，靠著自己的力量就能夠正常地使用魔法。

皇太子莫維，一直是個非常優秀的學生。

不過這也表示，和過去相比，這些經歷的時間再次提早了。

即使已掌握魔法的一切，這段日子依然相當平靜，莫維就像是蟄伏在伊斯特，等待皇帝的下一步。距離莫維稱帝的那天，是不是也更接近了？

他不知道。

「格提亞大人！」

下面有人在呼喚，格提亞看過去，正是愛德華。那隻活捉的巨鷲，需要他來處理。

「我馬上過去。」格提亞轉過身，從邊境之牆的石梯走下去。

莫維被他獨自留在上面。愛德華先是朝格提亞一笑，然後下意識地瞄向仍在牆上的皇太子殿下。

殿下無比俊美的臉上帶著笑意，卻就是不禁讓人冒出冷汗。愛德華原本是喊格提亞老師的，但是有一天，大概是他成爲正式騎士團員沒多久的時候，皇太子殿下笑笑地讓他別用那個稱呼了，雖然不懂爲什麼，不過他也只能聽話。

儘管一起在艾恩堡壘三年以上，但殿下不大親近他們，所以他到現在還是在殿下面前有點畏懼。也可能是風鳴谷時殘留的心靈創傷。

愛德華趕緊跟上格提亞，一同去檢視那頭巨鷲了。

巨鷲被騎士們圍住，已用眞正的繩索綁住腳和鳥喙，儘管那麼大陣仗防範，牠卻相當乖巧，根本沒有攻擊的跡象。牠就是安安靜靜地站著。

格提亞摸著牠的羽毛。的確和先前一樣，都是以「神力」製造出來的生物。

在最初經歷的記憶裡，激進的侵襲僅有一次，就是他們初來艾恩之時。那以後，就如現在這樣，有過幾回試探性的騷擾，不過每次他都還來不及辨識與確認這些飛獸，莫維就一把火給燒了。

那個時候，他也同樣覺得，這些干擾，其實不是一種惡意。

更像是要引起注意似的。

在那個騎著巨鷲的男人，被押進城堡沒多久，團長丹忽地步出，直接往莫維的方向徑直而去。

「殿下，對方似乎身分特殊，還請您確認一下。」

莫維已經走下來了，就站在邊境之牆旁邊。

「嗯……是怎樣的特殊？」他沒有馬上答應，啓唇問道。

丹道：

「他自稱是王國的太子。」

莫維聞言，哈地一笑。

「有趣。」他邁出步伐，往城堡的方向前進。丹跟在他的後面。

在離開前，他往巨鷲的方向瞥一眼，格提亞還在那邊研究著。莫維收回視線，直接進入城堡。

在關押犯人的石室裡頭，穿著米色長袍的男人坐在中間。他的左右兩邊分別站有騎士看守，在場的還有查思泰。

莫維開門，男人一見他，卻是皺起眉頭。

「你……」

男人才出聲，莫維就伸出手一把扯掉他的面罩，笑道：

「太子？」

但見燈光下，英俊的男人一頭深棕色髮，以及比帝國人黝黑的皮膚，這確實是與雷蒙格頓接壤的，「善德王國」民族的特徵。

只是，這個男人，還有一雙粉金色的眼眸。那不是普通人會有的瞳色。

當場除了莫維的所有人，都愣住了。

位於雷蒙格頓帝國東方，與伊斯特領地，與艾恩，僅有一牆之隔，數百年來戰爭不斷的這個國家，其太子，擁有常人所沒有的力量。

「我聽聞，帝國的皇太子，是個脾氣不大好的人。今日一見，果不其然。」男人講的帝國語帶有一點口音，不過仍可以說得上是相當標準。

莫維先是冷眼注視著他，旋即微微一笑道：

「我也沒想到，王國的太子，竟會如此容易被俘虜。」

男人忽然間抬起雙手，原本綁住他的繩索不知怎地一眨眼消失了。

「我是故意被抓住的，好嗎？」左右兩邊的騎士，唰的一聲拔出劍，在他胸前交叉，制止他的行動。「如果我受傷的話，那可就變成外交事件了。」他一點也沒害怕，慢條斯理地說道。

丹和查思泰互望一眼。正是由於如此，這種兩國間動輒得咎的情況，他們不得不讓皇太子殿下處理。

可惜看起來，他們的皇太子不是那種會在意會引發戰爭的性格。

「殿下。」查思泰上前一步，希望莫維慎重。

在艾恩的這三年多，他們其實和這位皇太子毫無拉近距離，幸好至少還是知道一件事的。那就是唯有大魔法師格提亞能夠和殿下溝通。

丹對著外面守門的騎士使眼色，騎士立刻離開了。

莫維不理會這些，即使他察覺到身後的動靜。他也依然看著面前的男人。
「蘇西洛，是這個名字吧。」
善德王國的太子，也就是蘇西洛，從容不迫地道：
「我也知道你叫莫維．貝利爾．雷蒙格頓。」
聽到他讀出自己的全名，莫維笑了一下。跟著一眨眼，他抽出鞘的長劍搭在了對方的脖子上。
那速度之快，唯有丹來得及喊道：
「殿下！」
莫維眼神冰冷。
儘管蘇西洛在遭擒以後一直使用神力護體，可是直到此時他才確定，這位傳說中的帝國皇太子，力量也許更勝他一籌。
銳利的劍身停在他的頸邊，突破他的防護，在他的皮膚留下一道紅色的細痕。蘇西洛能感覺到傷口正在滲血，緩慢地沿著冰冷的薄刃流落下來。
但是他不慌不忙，僅道：
「我來這裡，是想要見帝國的大魔法師。只要能夠見到他，我可以不計較這點小傷。」他對著門口，露出相當友善的笑容。「格提亞，我直接叫你格提亞好嗎？」他說。
門邊，被騎士帶來的格提亞站在那裡。
蘇西洛的目光與注意力此刻全部放在格提亞身上了，同時露出非常喜悅的表情。莫維因此皺起漂亮的眉毛。

室內所有的人，就聽蘇西洛開心地道：

「終於見到你了，我的神之恩典。」

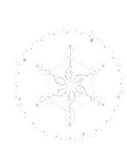

善德王國。

國境內的領土，有一半以上皆為沙漠，氣候炎熱少雨，不利於作物生長與家畜養殖，儘管在其餘土地上努力，情況順利時，也僅剛好達到自給自足，要說能多存一點，那是真的無法。所幸他們有巨量的寶石礦山，不管是糧食還是各種民生必需品，都能透過貿易手段取得。

也由於礦產帶來的財富，即使土地較為貧瘠，國力依舊強盛。

王國具有相當悠久的歷史，其民族特徵為黝黑的皮膚以及濃眉大眼，髮色及瞳色都偏深，男女皆習慣穿著長袍與刺繡的布鞋，女性會再加一條色彩鮮豔的織帶繞身。不論語言，外表，民間風情，都是和雷蒙格頓帝國迥異的國家。

兩國的戰爭，也持續到最近百年才休止。

直到現在，雖然是停戰狀態，不過邊境也時不時會有小的紛爭。

因為是如此敏感的局面，所以，當伊斯特公爵得知王國太子人在艾恩的時候，他十萬火急地趕到邊境城堡，並且禮貌地將客人請回他的公爵府邸。

這是丹寄出信件通知輔助官阿爾傑後，他們立刻做出的決定。

畢竟，皇太子殿下，不是會款待客人的個性。

這一來一回的兩天內搞定，是多虧了丹和查思泰，非常勉強地穩住情況，以避免百年和平的終結。

一起抵達伊斯特公爵府的，還有莫維和格提亞。

根據帝國禮儀，莫維必須作爲主人存在。至於格提亞，就單純是跟著莫維而已。

「歡迎善德王子的蒞臨。公爵府已經準備好房間，希望您訪問期間，能在此過得舒適。」安納普率領官員及侍從，在府邸門口迎接異國貴客。

沒錯，他和阿爾傑討論過，讓太子以訪問的身分來到。這是最不會引起衝突的理由了。

三年多過去了，昔日稚氣未脫的伊斯特公爵，安納普．道內如今已成長爲十六歲的少年，行事亦愈來愈顯成熟風範。皇太子莫維在伊斯特領地如此之久，他既得穩定態勢又不能過於冒犯，拿捏這個平衡是他進步神速的原因之一。

「謝謝。」蘇西洛從馬車上走下來，雙手交疊放在下腹部，微微前傾致意。他用善德王國的致謝姿勢，道：「我很期待呢。」

他一臉笑容，站直身體，往後看向另外一輛馬車。

「閣下這裡請。」管家準備帶路。

蘇西洛收回視線，跟上前。

「好漂亮的地方呢。」他悠閒地道。

侍目送蘇西洛離去，緊接著莫維搭乘的馬車也來到安納普面前。

「拜見尊貴的皇太子殿下，格提亞大人。」他和身旁的阿爾傑再次行禮。

莫維先下了馬車，直接道：

「和以前一樣。」隨即便步入府邸。

他指的是他在公爵府裡的房間。雖然平時都是待在艾恩，不過每隔幾個月，莫維還是會過來一趟。這與艾恩城堡的輪班制度有關係。

由於艾恩和伊斯特首府需要大半天的距離，是很難當日出勤的，因此騎士們會住在艾恩城堡裡。伊斯特騎士團，總共一千一百餘人，會分成三個梯次駐守在邊境之牆，整支隊伍皆是精銳，這個人數是確保敵軍進犯時可以撐到後援到來的數字。每三個月就會輪替回到伊斯特公爵所在的領地首府駐守。騎士團的家庭大部分在這裡，等於回到家人身邊。

莫維和格提亞，當然也適用這個制度。不過會特地回來，主要還是公爵府訊息傳遞較快，方便進行各種處理。

格提亞步下馬車，先是對安納普禮貌點頭，隨即看向阿爾傑。

阿爾傑微笑道：

「信件我都整理好放在書房了。」

格提亞道：

「每次都麻煩你了。」然後跟著安納普和阿爾傑，一起進入公爵府。

獨自上到二樓的書房，格提亞走近桌邊，拉開椅子坐下。

案頭放著一疊信件，他拿起拆信刀，開始一封封仔細閱讀。

首先是學院的院長寄來的。格提亞留在艾恩穩定後，就寫信向院長推薦佛瑞森遇見的卡多到學院讀書，學費由他來支付。雖然學院得是貴族身分才能就讀，但是如果不要登記成正式生，僅是旁聽的話是沒有規定的，卡多的情況特殊，他相信院長可以理解。

而且院長，不是那種會因爲地位差異就放棄學生的教育家。果然，當他去信給安娜，請安娜帶著卡多到學院後沒多久，院長馬上發現卡多的語文天賦，至今也仍在學院讀書，院長會定時來信，內容都是卡多有多麼優秀或令人驚奇，感謝他介紹了一個非常優異的人才，今年卡多甚至開始幫忙學院翻譯古文書本了。

格提亞提筆，認眞地寫了回信再蠟封。

接下來的信封上，寫著「祝福學園」四個字。這是公爵府爲樂園之家的孩子，所建造的學校與家園。

他安靜地閱讀這封信。裡面是洛洛和茜茜的親筆文章。

雖然，他曾經認爲那些孩子不需要和過往有關連的回憶，但是洛洛和茜茜相當關心他，想知道他去哪裡了，因此皇女米莉安告訴他們，即使不能見面也可以寫信，當洛洛和茜茜開始上學，學習寫字以後，便寄信給他。

只要寄到公爵府就能夠轉交，這是洛洛和茜茜知道的。

所以他和這兩個孩子，成爲了筆友。

格提亞的眼神變得溫和。正當他拿起鵝毛筆，正準備寫回信時，忽然砰的一聲！有人從外面推開了窗戶。

這裡可是二樓。

窗外的風稍微吹亂了格提亞額前的髮，他抬起臉，就見到蘇西洛在那裡。這位王國太子單手攀著窗框，衣衫不整地蹲踩在窗臺上，露出大片胸膛，簡直像是剛從浴缸裡爬出來似，頭髮還濕答答的。

「我可是費盡千辛萬苦才來到這裡的。我的神之恩典。」他笑道，一點也沒認為自己的行為有多不恰當。

眼前的情況讓人難以理解，不過格提亞仍舊緩慢地站起身，儘管對方還掛在窗戶上，他道：

「你好，善德王國的太子。我是格提亞．烏西爾。」這是他和這位異國人的首句對話。早些時候在艾恩城堡裡，莫維讓他從石室離開，他並未和王國太子有過交談。「神之恩典，是什麼意思？」這是他第二次聽到這個名詞。

如果他沒弄錯，這是給他的稱呼。

蘇西洛一笑。

「就是字面上的意思。」走廊突然傳來騷動的聲音，他微嘆了口氣，有點惱人道：「那個像毒蛇一樣的男人，一進門就叮囑管家一定要跟緊我。」他可是在浴室裡真的泡進浴缸才偷跑的，居然這麼快就發現他不在房間裡了。

雖然他不著急，倒是沒想過得做到這種程度才有機會見他想見的人。

格提亞未受他影響，繼續問道：

「字面上的什麼意思？」

蘇西洛一雙粉金色眼睛閃著微光，道：

「我們約個時間談談吧，我有很多話想跟你說呢。不論你想知道什麼，我都會全部告訴你。」聲音愈來愈接近了，他是相當懂得適可而止的男人。「那麼，期待你的邀請。」語畢，他一躍，登時消失在窗邊。

格提亞走到窗戶旁，樓上又是一陣動靜，蘇西洛應該是從上方的房間下來的。異國的太子，有什麼很多話要跟他說？格提亞毫無頭緒。

上一次，他從沒接觸過這個人。

儘管那時善德王國對邊境的干擾與現在如出一轍，可是因為莫維都是直接將所有進犯的生物燒成灰燼，所以那些擾亂進行沒多久就消失了。

如今，由於他一直對魔獸有所懷疑，因此讓莫維以學習到的魔法技能活捉下來，一方面當作訓練，或許是如此，改變了後續發展。

那麼，王國的太子，果然目的不是在擾亂邊境，而是別有用意？格提亞重新坐回桌前，將原本要回的信好好地寫完蠟封，接著才走出書房，來到莫維在公爵府的寢室前面。

叩叩。格提亞抬手敲門。

門從裡面被打開了，莫維站在他的面前，已經沐浴過也換穿輕便的服裝。他知道莫維若是從外地回到居所，總是習慣先清潔更衣。

如今，這個身形挺拔，面貌徹底脫去少年氣息的莫維，終於追上他曾經認識的那個樣子。

格提亞抬起臉，道：

「我想和你喝茶。明日午後。」他曉得貴族們都是在下午茶的時候聊天的。雖然他自己不曾那麼做過。

就算如此，他也沒覺得這個請求有多奇怪。他就是試著做了一下別人做過的事情。

不過，對於莫維而言，簡直莫名其妙。

莫維歪著頭，注視格提亞好一會兒。

「什麼？」

他瞇著眼睛問。

翌日。

在公爵府裡景色最美的花園，視野最優的涼亭，侍從們已經擺好午茶所需要的一切同時聽從命令退下。

桌面上滿是精緻美味的茶點，連茶都是上好的品種。這不僅是公爵府面對鄰國王子的招待，更是由於昨晚蘇西洛婉拒了晚宴，說自己突然不請自來就不好意思麻煩了，因此在問過阿爾傑以後，安納普在這個下午茶花費了不少心思。

可惜大概要白費了。蘇西洛看著坐在自己對面的兩人，不覺得接下來能夠好好享用。

沒錯，是兩個人。

「我明明只邀請了一位。」他呵呵笑。

格提亞坐在莫維旁邊，道：

「抱歉。不過，你和我講的話，我不會隱瞞他。」所以，一起來就好了。

他就是這麼單純地想著。

所以意思是，即便現在皇太子沒出席，格提亞依舊會全部告訴他吧。蘇西洛摸著下巴，稍微思考了幾秒，其實他本人也不是那麼在乎政治上的攻防，顯然他的神之恩典更爲純粹，也許，是因爲他們都很強，強者不用在意這麼多事情。

莫維端起茶杯，優雅地啜一口。

「原來眞的是有什麼是我不能聽的。」他輕描淡寫地嘲諷蘇西洛的態度。同時警告蘇西洛不要忘記自己身在何處。

直到此時，莫維才確定這個茶會，是格提亞在對他表達不會隱瞞與敵國太子的談話。

蘇西洛不僅沒有生氣，反倒還笑了出來。

「也不是不能聽，那我就明白地說了。」他轉而凝視著格提亞，道：「格提亞先生，我國竭誠歡迎你的到來。」

此話一出，莫維停住動作。

格提亞則是想了一下，確認道：

「這是希望我去貴國參訪的意思？」

蘇西洛笑得彎起眼眸。

「不是。意思是，想要你成爲善德王國重要的存在。」

他這麼說道。

隨著莫維瞬間無比陰沉的眼神，整個氣氛也變得異常冰冷。

「你現在是打算在我的面前，搶奪我國的大魔法師？」他的聲音聽不出情緒，不過紫色眼眸綻放可怕的殺意。「我提醒你，我會根據你的回答給予你適當的處置。」最後，他笑了。令人毛骨悚然。

「怎麼能說是搶奪呢，我可是個文明人，很尊重對方意願的，到現在都沒有動手還不能證明嗎？」蘇西洛道。比起莫維，明顯在意格提亞更多更多，他重新看向格提亞。「神之恩典，就是字面上的意思。在善德王國，擁有神明力量的人，會被當成神的使者來看待，人民崇拜且敬仰著我們。」他說。

在兩人面前，坦白自己擁有「神力」。

艾爾弗一族。這是雷蒙格頓帝國這片土地給予非凡之人的別稱。這些人，卻不僅僅只存在於這個帝國之內。

離開魔塔的艾爾弗一族，在各處開枝散葉，當然也曾前往鄰國，數百年間留下子子孫孫。正是由於如此，帝國才這麼需要魔法師，就算不是帝國獨有，但只要數量比別人多，比別人更強，就能構成一種誰都會害怕的威力。

相反的，一旦失去，那麼即有可能會被周遭國家蠶食。

不過，無論是哪個地方，所面臨的狀況應該都是相同的。格提亞道：

「是不是因為，善德王國擁有神力的人數也減少了。」

這其實是一個敏感的問題，畢竟兩國間絕非友好的關係，不應該透露太多。出乎意料的，蘇西洛沒有表現什麼企圖隱瞞的反應，正面回答道：

「雖然確實是凋零了，但這不是我想要你的原因喔。」他露出相當親切的笑容。

從頭到尾，不管是語氣或者表情，都毫無任何掩飾。

莫維冷冷地注視著蘇西洛。他十分不滿意「我想要你」這四個字，而且他感覺到格提亞相信這個男人所講的話。

「那麼，是為什麼？」格提亞問，和對方那雙粉金色的眼眸相視。

「因為你是距離神最近的存在。」蘇西洛道。雖然他有些吊兒郎當的，眼神卻是相當認眞。「你是目前世上已知，和神血脈最相近的人。神明在我國，是至高無上的存在，擁有神力的人也會受人景仰，崇拜，眞心敬愛。大魔法師？簡直是不值一提的地位，我只是非常捨不得，你待在這種沒人懂得你多麼珍貴的地方。」他說。

原來，這個人做過很多調查。

否則是不會知道他是艾爾弗直系子孫這件事的，應該也相當清楚魔法師目前在帝國的聲望已經大不如前。格提亞看向莫維，莫維面無表情，好像一點也不關心這些。

他沒有告訴過莫維，所以莫維應該是不曉得的。關於他的身世，僅有皇帝和魔塔知道，要等到莫維成爲皇帝，這些祕密才會一同繼承給他。

格提亞對於自己的血脈，沒有外人想的那麼在意。他在二十一歲之前，都在魔塔平靜地生活，他是誰的後代，一點也不重要，這也是他未對莫維說過的原因。

察覺到蘇西洛的視線，格提亞重新望向他。

「我大概沒有你所期待的那種價値。」失去魔力這件事，不能告訴蘇西洛，所以他這麼說道。

蘇西洛聞言，表情變得柔和。

「你覺得我期待你有什麼價値？在這個你我都即將消失的時代。」他往後靠向椅背，雙手交疊擱在自己的腿上。「其實，王國現在是我在治理，因爲我父親已經病倒很長一段時間了，我即位的日子就在最近，相信你們在邊境也多少有所感覺，近來發生的不是像以前那樣的攻擊。而是試探，與接觸。」他說。

這種國家大事可以這樣聊天般告知他們？格提亞儘管政治敏感度不足，也認爲這種場合的話題不應是如此，可是，他沒有懷疑蘇西洛。

接著，蘇西洛明顯地轉移自己的目光焦點，放在了莫維身上。

因爲接下來，蘇西洛要進行的是國事的談話。

只聽他繼續道：

「我想要簽下和平條約。兩國間的戰爭原因已經不再存在，所以，我不想毫無意義地耗費人民的生命與財產。」

「……呵。」莫維笑出聲音。他單邊的梨渦，微彎的雙眸，都充滿諷刺。「或許你不知道，強的那方才有資格停戰。」言下之意，善德王國僅能是被動的立場。

蘇西洛絲毫不受影響。依舊保持笑容道：

「是啊，所以我不是前來拜訪嗎？」

就像拳頭打在棉花上，一點力道也沒有。此人貴爲王族，不但沉得住氣，甚至也放得下身段，莫維注視著蘇西洛的眼神更凌厲了。

格提亞聽到蘇西洛的目的，則是開始思考。

原來如此，那些狀似騷擾的飛獸會這麼溫馴是有原因的。見習騎士團考試時那種大規模侵略，的確是僅有一次。

正在政權轉換的善德，不會也不再有攻打的跡象。蘇西洛所道出的信息相當寶貴。

蘇西洛帶來以前不曾知曉的內幕，致使格提亞想要多瞭解一點。他的所有心思，都在這些他曾經錯過的細節，哪怕是看起來遙遠的線索都好，也許會成爲關鍵。

爲了改變莫維的未來。

不過，他卻因此忽略了此時此刻就坐在自己旁邊的本人。

「戰爭的原因？」格提亞問。

「喔呀，你不知道嗎？」蘇西洛緩慢地抬起手，指尖指向格提亞。「不只善德王國，雷蒙格頓與鄰國，這數百年的戰爭，大家都心照不宣，就是爲了爭搶神的發源地以及神力，或者用你們的命名來講，是爲了奪取魔塔以及魔法師，這種普通人類所沒有的力量。」他道。

格提亞眼也不眨了。所以，蘇西洛說，不再有戰爭的理由了，原因是，無論在哪裡，世上的艾爾弗一族都正在減少。

「你們有沒有……」格提亞不覺出聲。

蘇西洛立刻會意，道：

「有。我們用了很多種方法，想要製造更多擁有神力的孩子，然而經歷這麼長久的日子最終都失敗了，我想你們應該也是。」所以他接受了。

神收回了這些奇蹟，或許是，這樣的力量，已經沒有必要存在於這個世間。

打了幾百年的仗，研究了幾百年，用過無數種方法，終究還是無法改變。

就彷彿註定似的。這種能力，終究會完全消失。

誰都無法反抗這樣的命運。

格提亞心臟怦怦跳著。這是他第一次，聽說他國艾爾弗一族的事。

「……謝謝你告訴我。」縱使他再不懂政治，也能理解，這不是可以輕易對他們說出來的。

蘇西洛做到所承諾的，什麼都會告訴他。

「有沒有對我產生好感了？」蘇西洛聞言，笑得可開心了。「所以我不是期待你什麼，單純是想接近最像神的你。畢竟我知道你在這裡過得並不好。」他的語氣非常惋惜，說完，還瞥了莫維一眼。

格提亞只是道：

「我不會離開這裡的。」

他語氣平靜，表情也淡然，眼神卻是相當堅定。

「是因爲帝國是你生長的地方？還是因爲魔塔在帝國境內？雷蒙格頓眞的太卑鄙狡猾了！」蘇西洛一點也不在乎帝國的皇太子就坐在他的對面，或者說他打從一開始就沒將莫維考慮在內。格提亞的回答令他有點失望，不過沒有太久，他是樂觀的性格。「我的王國可是一夫多妻制，我就有三個妃子呢！這樣也不吸引你嗎？」他繼續利誘。

格提亞僅能看著他，然後低頭短暫地想了一想。

「恭喜你。不過我從來沒有想過結婚的事。」不管是過去，還是現在，和誰組成家庭對他而言都非常遙不可及。

「欸，眞的嗎？」蘇西洛此時拿起點心盤上一塊精緻的餅乾，咬了一口。「我還以爲，帝國會把你綁在床上逼你生下後代呢，畢竟，你的血脈非常重要。還是說，帝國已經這麼做過了？」他笑。

彷彿聽到喪鐘響起的聲音。

僅是一瞬間，面前的餐桌從中爆裂！直接斷成兩半，桌上的茶壺杯盤及精緻點心全部掉在地上破碎，發出刺耳的聲響。

蘇西洛停住了動作，視線稍微往下看著那些被糟蹋的美食。隨即，他微笑地將手裡剩的半塊放進嘴裡。所以說會白費，不過幸好還是吃到了。

明明陽光如此明媚，涼亭內是另一個世界，比嚴冬的暴風雪還來得霜寒。

格提亞不禁轉頭注視莫維。見到莫維雙眸彎成笑眼，露出的單邊梨渦從沒有那麼深過。

「看來，你比想像中瞭解帝國。」莫維啓唇說道。

蘇西洛講的，是美狄亞的經歷。善德王國的太子，到底還知道些什麼？莫維覺得自己不是因爲那個幾乎不存在他記憶裡的女人憤怒，可是腦子卻像是要沸騰了一般。

眞想現在，就在這裡，殺了蘇西洛，摘掉舌頭，讓蘇西洛收回自己講過的話。可是現在不應該節外生枝，他已經學會如何使用魔法，也成功控制魔力，他還有更重要的事情等著他實行。

這是從他懂事後，就一直等待的機會。

他知道格提亞正在看著他。

不管什麼原因，都令他感到煩躁。

這種感覺，像是他闖進那晚的荒淫宴會時，見到格提亞被壓制在別人身下。格提亞不是第一次被人所覬覦，蘇西洛所說的，或許連帝國也考慮過，只是，格提亞是個強大的魔法師，是根本沒有人能夠隨意對待的存在。

直到格提亞對他坦承魔力消失。

在他的面前，格提亞已經多次不懂自保遭遇危險。他也厭惡格提亞給他帶來這種不舒服的情緒。

雖然氛圍糟糕到極點，蘇西洛絲毫不畏懼，依舊在危險邊緣踩踏。

「畢竟你我兩國不是什麼友好關係，知己知彼是基本。」他每一句話都很誠實。格提亞不曉得美狄亞的事情。所以他聽不出兩人話裡的深意，他僅是警戒著，假使兩人產生衝突，他必須要來得及阻止。

若是真如蘇西洛所言，善德王國現在是蘇西洛在治理，那麼激怒莫維很可能是個陷阱。莫維當然也是明白這一點。

比起想要殺了這個人而沒辦法動手，他更討厭的是明明對方別有用意，他還照著對方的希望去發展。

什麼善德王國的太子，乾脆全部都毀掉好了。莫維眼底的陰狠變得深刻。

「沒有什麼談下去的必要了。我給你一天，你必須離開帝國境內，不然，我就砍掉你的頭。」他甚至是笑著說的。

和足以感到言出必行的冷酷內容相比，語氣簡直能稱作親切。

蘇西洛聞言，先是怔住，隨即昂首哈哈一笑。

「好吧。我本來就是個不速之客，能夠像這樣受到款待，已經非常感謝了。」他站起身，單手放在胸前，微拉起長袍一襬，同時稍稍地躬身。這是善德王國另一種禮儀姿勢。「我絕對尊重本人的意願，但是不代表會停止說服。我以善德之神發誓，每一句話都毫無虛假，善德王國會對格提亞先生敞開大門，即使你已經七老八十了，不再能發揮能力了，我們也永遠歡迎你的到來。因爲你，是神明的恩典。」他抬起臉對著格提亞說道，從頭到尾都發自肺腑。

語畢，他沒有再停留，瀟灑地走了。

見他進到公爵府邸裡面，格提亞這才眞的安心了。他總覺得，下一秒莫維彷彿就要出手取人性命。

「你這麼在意他，是想去善德王國？」

旁邊的莫維忽然說話，不過格提亞以爲自己聽錯了。

「我沒有在意，我現在也不會離開帝國。」他望著莫維，以最簡單易懂的文字回答。

莫維不會由於誤解導致動怒，卻會一再地確認他的忠誠。

儘管那雙墨黑的瞳眸未曾有過絲毫動搖，莫維卻是笑了。

「……只有現在嗎？」

格提亞無法對他許下永遠的承諾。因爲以前，完成自己該做的一切之後，他也沒有留下。

雖然那個時候，他只是回去魔塔。如果善德王國眞的釋出善意，那麼待莫維登上帝位，也許魔塔能夠從帝國這裡獲得自由，大家都可以遷移到更加安寧的地方重新開始生活。

不知何時開始，帝國皇帝總挾持魔塔，要脅每一任的大魔法師。他的師傅阿南刻甚至不能離開塔頂，他希望能有改變。

不過，這都是很久以後的事了。現在談這些都太早。

善德王國究竟是不是有其餘目的，也還沒能確定。但是，格提亞心裡，覺得這是一個小小的，過去不曾有過的盼望和選擇。

「在你成爲皇帝之前，我不會走的。」他僅能這麼道。

就連用謊言安撫莫維都做不到。他不想，也不能夠說謊。

莫維垂首，低低地笑了兩聲。

「那我可得快點，這樣你才能從我身邊解放。」他抬起紫色的雙眸，注視著格提亞，眼裡毫無溫度。

莫維到底要他怎麼做？以前他不知道，現在他也仍然不明白。在艾恩度過的這三年多，格提亞感覺自己一點進步都沒有。

「如果你想要我做什麼，告訴我。」這是他第一次對莫維這麼講。

如果像過去那樣被動，不試著對話，那一定又會走向相同的結局。就算他清楚以莫維的性格，這可能是徒勞，他也要表達出自己的意思。

即使現在一切仍舊在曾經歷過的舊軌道上，任何不同的細節，都有可能成為改變方向的關鍵。

莫維只是睇著他，收起笑容。

「你是在跟我說話？」

格提亞聞言，不覺怔住。

「……什麼？」

莫維微微一笑。

此刻的心情，比剛才蘇西洛坐在對面時，更糟糕到極點。

那種不重要的王國太子，反正殺了毀了都在他一念之間。始終跟在他身後的格提亞，他也曾經覺得應該要處理掉，等對他沒有用處了，就像現在。

「在我的面前，你總是表現得像在對別人說話。」

莫維道。

「格提亞……格提亞大人。」

一聲呼喚，令格提亞醒神過來。他看著站在自己面前的愛德華，應道：

「是。」

「是什麼是啊！」愛德華一臉離譜。他旁邊還有夏佐以及賴昂內爾。「你都沒有在聽我說什麼對吧？」一看就是在想別的事情。

「你怎麼用這種語氣對格提亞大人。」夏佐個性比較規矩，以身分來看，大魔法師位階是屬於他們的上司，更別提還用魔法救過大家，當然要有禮貌。

愛德華曾經被家裡人唸過，一旦和誰混熟，就容易太過得意忘形，有時候對方其實不是眞的喜歡他那種隨便的態度，只是表面不方便發作。自從皇太子莫維不准他叫格提亞老師，他也改口喊大人三年以上了，不過其實心裡還是把格提亞當成親近的老師看待，加上格提亞也不會擺架子，所以不知不覺又鬆懈了。

「咦？啊，那個……咳！格提亞大人，請問這兩本書哪一本比較好呢？」愛德華手裡拿著書本，反省過後重新恭敬地問了一次。

這裡是伊斯特領地藏書最新最豐富的書店。自從親眼見識過魔法，愛德華對其產生興趣，雖非想要學習魔法或擁有魔力，但是希望瞭解魔法的歷史，以及魔法師這個族群。

在他出生的時代，魔法師就已經凋零式微了，成長過程裡更是經常聽到不能再依賴魔法師這種論調，即便伊斯特擁有與魔法師共同並肩作戰的過去，不過魔法師幾乎就要消失，這也是沒有辦法的事情。

可是他現在不那麼想了。之所以沒人知道艾恩城堡那把鑰匙眞正的用途，就是因爲大家都遺忘關於魔法的一切。

就當作是想將獲得的恩惠傳承下去也好，愛德華覺得應該要好好閱讀和魔法有關的記載文本，對魔法有正確的認識。

以後，他也想告訴自己的孩子，年輕時有過魔法的護盾保護父親，發生這樣那樣的事情。

格提亞和他閃亮亮的雙眼對視，不想要潑他冷水。

市面上流通的，關於魔法的書籍，其實都是非常大同小異的內容，不管看幾本，都是相當淺薄的論述，眞正的文字紀錄都在魔塔和皇宮裡面，但是不被允許整理成書籍供給大眾閱讀，若不是魔塔以做研究爲由，甚至連自由書寫都有其困難。

「……我會選擇這本。」格提亞指了愛德華左手裡的書本。

愛德華幾乎每次買書都會向他詢問，左邊的這本，儘管也是寫著一樣的東西，至少是先前沒有買過的出版商。

「我去結帳！」愛德華開開心心地拿出錢袋找老闆去了。

由於書店裡面人多，因此夏佐提議到外面去等。

「哇！舒服多了！」賴昂內爾是大塊頭，待在那種滿是書櫃的偪促空間實在太有壓迫感了，一出來就忍不住歡呼。

夏佐則是對格提亞道：

「不好意思，閣下。和我們出來總是吵吵鬧鬧的。」她較爲細心，看得出來格提亞個性文靜。

「欸，我很吵嗎？抱歉。」賴昂內爾大大的身體稍微縮起來，好像這樣可以減低音量。

格提亞看著他們。他不記得在那個遙遠的過去，是不是有夏佐以及賴昂內爾這兩個人了。像是在學院裡，除了莫維，他也不記得其他的學生。

就算那時候他也想將魔法的記憶承遞出去，不過因爲他總是垂著眼眸，沒有正視過坐在臺下的學生，所以最後都未能傳達。現在，他雖然不是爲了傳承而行動，可是卻收穫不在他意想之中的好孩子。

爲什麼他以前不那麼做，他不會再想這些了。現在能夠做更多，他會這麼告訴自己。

格提亞溫和道：

「不會。一點都不吵。」

大概是他總是表情不多，所以夏佐和賴昂內爾，在看見他彷彿輕輕笑了的時候，都不覺睜大眼睛。

「我好啦！」就在這個時候，愛德華從書店裡跑出來，道：「回去吧！」

夏佐嘆一口氣。

「你不能再更穩重一點嗎？」

「什麼？」愛德華眞不知自己爲何要被嫌棄。

賴昂內爾又是沒頭沒腦地道：

「像我！我就很重！」

格提亞和他們一起走著，安靜地聽著年輕人喳呼的對話。儘管格格不入，心情卻是十分寧適的。

就在他們一行人回到公爵府邸的時候，遠遠的看見穿著異國服飾的隊伍。那是前來迎接善德太子的。

從善德王國前來伊斯特，必須橫跨一整個沙漠，絕不是短時間能夠達成的事情，所以這應該是蘇西洛早就在邊境準備好的。

約莫三十來人，分成兩列站立，還有好幾匹帝國內幾乎沒有的馱獸。善德王國境內有廣大沙漠，因此用來載運的動物，也和一般帝國常見的不同。

此役畜雖然和馬匹差不多大小，但不似馬兒那般俊勇，有種慵懶的氣質，牠們可以忍受極端的氣候，背上有個明顯凸起的部分，就是身體用來在度過沙漠時保存的水分，善德王國將其譽為沙漠之舟，是種叫做駱駝的生物。

駱駝所拉的每輛車上，都擺放著精緻的物品。譬如善德所產的針織布匹，華麗器皿，以及昂貴的獸皮。明明派人來低調地接回就好，故意如此大張旗鼓，就像蘇西洛真的是為外交前來拜訪。

這或許是蘇西洛展現想要和平的誠意。即便是格提亞沒有研究政治，也能夠從這麼顯然的陣仗得到對方所想傳達的訊息。

昨晚阿爾傑已經告知，善德王國會有一支隊伍來迎回太子，就是由於這個原因，格提亞才迴避此事，和愛德華他們上街。

若是他待在府裡，禮儀上必須出來送行，他不能再和蘇西洛有太多接觸，那樣會引發莫維的情緒。數年前二皇子科托斯在舞會做過和蘇西洛類似的事，他和莫維間就變得不大自在。

大魔法師不是需要接待外賓的位置，所以避開就好了。

沒想到，和阿爾傑預計的不同，明明善德王國的人一早就抵達，居然近午了也還沒離開。

「我可是終於等到你了。」

在門口和蘇西洛照面時，蘇西洛相當雀躍地笑了。

安納普和阿爾傑佇立在一旁，像是站在那邊很久，至於莫維根本不在。格提亞看著蘇西洛，以及他身後的隊伍，問道：

「你在……等我？」

「當然。雖然你可能不打算為我送行，不過我們善德王國，就像這駱駝一樣，以堅忍且不畏艱險為象徵呢。」蘇西洛笑得開心。他來到格提亞面前，抬起手輕輕一揮，頓時一陣微風拂來，將格提亞披風一角吹起，落在他的手中。「下次再見面，我就是國王了，那個身分不大適合這麼做，所以，現在就原諒我吧。」他傾身低下頭，嘴唇貼上手裡的布料，用最誠摯的表情輕吻格提亞的衣角。

格提亞沒有動作，甚至不知道自己該說什麼。他只能注視著蘇西洛低垂的濃密眼睫。

當蘇西洛抬起雙眸，和他對視的時候，蘇西洛對他道：

「請記住我講過的話，善德王國永遠歡迎你的到來。當然，我絕對尊重你本身的意願。」

他放開手，格提亞的衣角便飄回原位。「我的神明恩典，你所讀過的，帝國書寫的歷史，真的就是那樣嗎？在我們善德王國，關於你們所稱的魔塔，可是個完全截然不同的故事呢。」最後，他眼神尖銳地說。

這段突兀的話語，令格提亞一愣。

「……什麼？」

蘇西洛一笑，走向自己的駱駝。

「歷史是由勝利者所書寫的，這句話你聽過吧？所以我想，輸了的我們只是在記錄。」他俐落地翻身騎上駱駝，輕盈得彷彿沒有重量。「我留了禮物在你的房內。那麼，後會有期了。」他笑著說道。

儘管蘇西洛本人有點依依不捨，但是，整個善德王國的遠迎隊伍，仍舊開始向前了。

安納普終於鬆了口氣，明明一切都安排妥當了，蘇西洛遲遲不肯離開，還以為要出問題。如今已十六歲的安納普，腰間掛著佩劍，外表更為成熟，舉手投足間也變得穩重與可靠，這幾年他是非常努力在做好領主這個身分的工作。

當然阿爾傑幫忙他很多。接待鄰國太子這種事情，大概就連他父親也不曾有過相同經歷。只是，原來蘇西洛是在等他們的大魔法師啊。安納普看出來了，於是望向格提亞。

就見格提亞朝他微點頭致意，接著轉身往公爵府的方向走。

安納普和阿爾傑因此互瞧一眼，他們都沒有聽到蘇西洛與格提亞的對話，即使距離很近，卻僅有模糊的聲音。

因為蘇西洛用了神力。格提亞越過階梯與長廊，回到自己在公爵府裡的臨時房間。正如蘇西洛所言，他的書桌上出現一本不屬於他的書冊。

那書，封面上既沒有圖案，也沒有書名。有一種灰茫茫不起眼的感覺。像是就算明白放在那裡，也不大會有人去注意到或拿起來。除非有人告訴你。

格提亞來到桌前。當他伸出手觸碰那本書的表面時，他身上的披風忽然間發出微光，正是蘇西洛親吻的那角。

呼應著蘇西洛刻意留下的神力，書冊也顯露出眞正的模樣。

這是一本童書。

從封面幼稚的圖畫看起來，是給小孩子讀的那種繪本，文字相當簡單。格提亞不禁坐下來，翻開了書頁。

內容是善德王國和神的故事。

傳說神明丟下一根樹枝，長成了生命之樹，樹裡又生出了一座塔。那座塔，是給神派下凡的使者所居住的地方。

爲拯救分裂的大地，於是神讓自己的使者來到人間，這些被視爲神使的存在，群居在生命之樹的周圍，他們擁有和人類完全相同的外表，能夠使用異於普通人的獨特能力。

那是一種神所賜予的力量。在善德王國，將這種神使稱爲，精靈。

其中，精靈的領導者性格天生平和，不爭不奪，他們安靜地生活很長很長的一段時間。然而貪婪的凡人，在知曉這些精靈具有神力時，便將生命之樹與塔霸占，劃爲國土據爲己有，同時開始利用精靈的能力壯大國家。

精靈們不想做出邪惡的事，不願意聽從，人類就挾持尚未長大的精靈幼孩，逼迫著成年精靈聽話。於是，精靈被逼上戰場。

他們不願意用神力傷害別人，人類因此欺騙精靈，不需要戰鬥，只要保護大家就好。所以就在神力的保護之下，貪婪的人類，殺了數也數不清的生命，打贏一場又一場的戰爭。

有些精靈逃跑到其它國家，在眾人面前展現神的力量，降福給所有需要幫助的人們，其中之一就是善德王國。

善德王國秉持著點滴恩惠，必將泉湧以報的美好品行，勢必復興精靈的國度，將其從貪婪人類手裡解救出來。

繪本就到這裡結束了。格提亞睜大眼睛，額間有著汗意。

書的內容，是用小孩都可以懂得的方式來敘述的，因此書寫得相當直白，配圖也足夠一目了然。

前面的部分，和雷蒙格頓帝國留下的傳說大同小異，中間開始，卻根本是另一個迥異的故事。更令格提亞震驚的，是繪本的最後一頁，在封底上手寫的幾行文字：

「用神力驅使野獸，是善德長久的研究。而且，被帝國人所竊取。」

這是什麼意思？

「……他和你說了什麼？」

莫維的聲音忽然在背後響起，格提亞下意識地要轉過臉，莫維就從後面探手到他頸間，將他的下巴往上推，掌握著可以說是人體毫無防備之處，形成他抬著頭與站在身後的莫維對視的姿勢。

莫維的另一隻手甚至撐在桌面上。這是如今相當高大的莫維，所擺出的壓迫性姿態。

格提亞感覺到他的手指，停留在自己下頷與頸項間的區域。這種程度的接觸，竟令格提亞皮膚起了疙瘩。

「你……」他非常不適應莫維這前所未見的舉動，但是又不曉得推開他的手是不是恰當。

「嗯？」莫維低垂著眼眸，在格提亞的黑色瞳仁裡看見自己的臉。「難道他能碰你，我不能？」他露出單邊梨渦，笑得彎起眼眸說道。

「什麼？」格提亞不懂他的意思。

「……這是他給你的？」莫維察覺到格提亞桌上的書冊，然後拿了起來。

也因此他站直身，同時將手從格提亞身上撤開。

被莫維碰到的一小塊地方，殘留著些許觸感。格提亞不覺抬起自己的手按住那裡，就像是要撫去那種曖昧的感受。

「是。」基於故事內容可說是大逆不道，他誠實地回答。

莫維翻弄著書頁，已經大致上讀完。

「看起來，雷蒙格頓初代皇帝，就是那貪婪的人類。」

格提亞並未回答。雖然是這樣沒錯，不過無法確定這個故事的眞假，如果歷史是由勝者來書寫，那麼美化國家的歷史，當然也是有可能的。

若是換一個角度，善德王國或許是爲爭奪魔塔所以編造出這樣的神話，進一步讓持續數百年的戰爭師出有名。

他不是堅信雷蒙格頓帝國，而是兩方都無法完全信任。

帝國對魔塔的態度，他一直都看在眼裡，甚至他會成爲大魔法師，離開魔塔去到學院，也都是因爲皇帝的緣故。他曾經認爲只要像師傅那樣聽話，就能夠保住魔塔所有人平安，然而後來他明白了。

無論怎麼做，皇帝都不會放過他們。在他已經歷過的以前，直到莫維殺掉皇帝爲止，魔塔始終都受皇帝克洛諾斯的威脅與束縛。

魔塔所遵守的原則毫無意義，所以這一次，他不會再相信皇帝了。

至於莫維，自始至終都對魔塔毫無興趣。所以當時他認爲莫維稱帝後，是能夠進行談判的，因此他告訴莫維，放他離開，他會永遠留在魔塔，帝國和魔塔，兩邊將不再互相干擾。

那個時候，對莫維來說，魔塔是沒有任何利用價值的。

魔法師已經凋零，莫維的魔力比誰都還要強大，唯一能夠與之抗衡的就僅剩下他。儘管莫維最後在他胸前刻下魔法陣，卻沒有把魔塔當作要脅，也眞的讓他走了。

「最後面那一頁寫的，你……」格提亞擱置繪本內容，想先跟他談談那段文字，那表示帝國可能有背叛國家之人。

「那又怎樣？」莫維微微一笑，說道：「跟我有什麼關係？」誰對帝國忠誠，或者誰是造成帝國內混亂的主因，以前他毫不在乎，現在只想對皇宮開始下手的他，更覺得無所謂。

聽到他這麼說，格提亞安靜了半晌。這確實是莫維會有的反應。

見他不語，又陷入自己的沉思，莫維睇起眼眸，道：

「如果這故事寫的才是眞的，你打算怎麼辦？」

格提亞回過神，沒想到他會這麼問。

「我……不知道。」從小到大的歷史，原來是虛假的，眞正發生的是完全相反的情況，就算眞是事實，也沒有辦法輕易地決定應該如何。

莫維居高臨下地睇著他，就像平常那樣。

「你們艾爾弗一族的仇人，其後代就站在你的面前。」

格提亞不曉得他到底想聽自己講什麼，但是能確定他是故意在找碴。

「那也不是你本人做的。」他相當平靜地回應莫維。蘇西洛來的這段時間，他和莫維獨處時，莫維總是讓氣氛變得奇怪。「不過，我會好好想一想。」他也要告訴師傅阿南刻，或許魔塔會有一些關於眞正歷史的線索。

聞言，莫維低沉地笑了。

「想一想以後怎麼到別的王國生活嗎？」他說。紫色的眼眸無比冷漠。

格提亞從椅中緩慢地站起身。自己應該要正式一點表達。

「我沒有辦法承諾太遠的事情。」因爲世界始終都是在變化的。他認眞地道：「不過，在你完成你想做的事情以前，我都會在你身旁。」他認爲如此程度的發言已足矣。

然而，這不是莫維所要的答案。

他心裡其實沒有正確的解答。只是他覺得現在的格提亞，不管說什麼，都不會是他想聽的。

每次產生這種心情的時候，他就感到極不愉快。

已經可以了。這三年，他能夠完全控制自己的魔力，隨心所欲地使用各種魔法，他徹底成功了。

教會他這一切的格提亞，當然也沒有用處了。

莫維冷睇著格提亞那張平淡的臉孔。

此時此刻，他應該要動手殺了這個人。

數年前，他就這麼決定了。那麼，他爲什麼沒有動作。

明明他可以輕鬆折斷那纖細的脖子。

在此時，此地。

難道他在遲疑？對這個他早就想要處理掉的人？他一直在等待，等到利用完以後，就要讓對自己來說危險的存在徹底消失。

這不是心軟，因爲他從來都沒有心。所以，他應該要馬上殺掉格提亞，就像一開始告訴自己的那樣。

「下雨了。」

忽然，格提亞輕聲說了一句。莫維抬起的手停住了。

「……下雨怎麼了？」他道。

格提亞輕輕搖了搖頭。

「就是想起，你很討厭下雨。」他這麼說，淡淡地，很淺薄地，甚至自己也沒察覺地，表情變得溫和了。他的視線放在窗外遙遠的地方。

莫維從不曾對格提亞說過自己厭惡下雨。他的眼神變得深沉。

「以後還會發生什麼？告訴我。」

他問著格提亞。

格提亞靜默了一下。從他被捲入樂園之家的案件，記憶裡經歷過的事情全都提早了，雖然仍是會以不同的理由發生，可是他不能確定會是在哪一年。

他決定對莫維毫無保留地坦承未來。

接下來即將到來的一切動盪，亦不允許他有所隱瞞。

自他回到學院開始，重新與莫維接觸，即使他有過那麼令人懷疑不解的言行，透露許多不可思議，以及絕無可能的預知，莫維不曾直接和他對質過。

經過這些日子，他理解莫維心裡自有想法，不管那會是什麼，他也只能用自己的方式站在莫維面前。

「皇帝的那對雙胞胎會失蹤。」他直視著莫維，一字一句清晰地說：「還有，二皇子科托斯，將會在那之後不久身亡。」

聞言，莫維一雙紫眸看著他。

然後他用那隻原本想要折斷格提亞脖子的手，放在自己的口唇上，紳士般地遮掩笑容，笑出了聲音。

「哈！」

這不是由於他那異母手足才笑的。那根本和他毫無關係。

但果然，還是應該讓格提亞活著。

這樣才比較有趣。

儘管那天，格提亞也明白表示不能精準確定事件的時間點。

不過，數月後，像是咬合的齒輪轉動，明顯地，開始了。

首先是歐里亞斯的信件。皇帝的情婦長居在南邊，也就是歐里亞斯出身的沃克家族所統治的領地。

自從皇太子被貶至艾恩的消息傳出，歐里亞斯每隔一陣子會寄信給格提亞問候，這是一種貴族子弟對熟悉長輩的禮儀。雖然不做也是可以的，但是能夠感覺到歐里亞斯其實不想斷掉和他們的連繫。

但這次，卻不是單純問好的信件。

皇帝的情婦以及雙胞胎，突然地就不見了。身爲領主家族，當然歐里亞斯也跟父親兄弟們追蹤尋找過，結果都沒有下落。

所以他想到了格提亞。這是皇室遇到的危急事件，告知皇太子殿下是相當合理的。

不過，莫維得知此事，也僅說了一句。

「爲什麼？」

「咦？」安納普已經聽聞雙胞胎失蹤的消息，況且南邊沃克家的來信頻率是固定的，偏偏剛好這時候提早了，因此他敏銳地察覺也許就是在報告事件。本來想說如果皇太子要離開伊斯特前往南部的話，他可以來安排，剛好這幾個月不會輪值到艾恩。

豈料這番好心，沒有得到莫維相對的回應。

安納普旁邊的輔佐官阿爾傑，問道：

「所以，殿下不打算過去嗎？」

莫維站在公爵府裡的練武場，手中握著長劍，好像面前的木樁都還更值得他的關注。

「我爲什麼要？那對雙胞胎和我有什麼關係？」

安納普聞言，一時語塞。

「這……」普通的情況下，家人出事，關心是人之常情。或許皇室特別不同吧。雖然皇太子殿下已經待在伊斯特幾年，他們卻都還是完全不瞭解他。

安納普看了身旁的阿爾傑一眼，阿爾傑因此道：

「我明白了。那麼，若是殿下改變主意，我們隨時都是準備好的。」他聽到安納普說要過來找皇太子殿下的時候，其實婉轉地請安納普考慮了，畢竟無論是以外界或他們本身看來，皇太子都絕非是會在乎異母手足的人。

不過安納普所考慮的，是那個萬一。萬一皇太子殿下其實是在意的呢？就算會像這樣被潑冷水自討沒趣，安納普也認爲該前來表達公爵府的協助之意。

這不能說是因爲安納普資歷尚淺，而是安納普本人性格柔軟。

雖然個性跟西勒尼大人完全不一樣，不過怎麼說呢，堅持的部分還是挺相似的。阿爾傑對莫維行禮，安納普也恭敬致意，然後兩人就離開了。

格提亞在附近的長廊上，見到的就是這個畫面。

原本，他是想來詢問莫維打算怎麼做的，看來不需要了。他沒有停留，遂越過練武場，回到自己的房間。

不管是那對雙胞胎，又或者是二皇子科托斯，莫維確實沒有表現過半點興趣，所以肯定也不會在他們身上浪費任何時間。但是爲什麼，在那個唯有他記得的過去，莫維卻是動身前往南邊了。

格提亞發現自己的記憶裡完全沒有那個理由。

他拉開自己的書桌抽屜，裡面放著一本羊皮手冊。他拿著坐了下來，同時翻開。

這是他三年多以來，留在伊斯特所記錄的所有事情。

包括莫維主導和他一起進行的，關於他胸前魔法陣的實驗。

他們兩人得到幾個確知的結論。首先，當他本人不在莫維視線內施展魔法的時候，莫維能夠因此感應到他的位置，這是他們最先知道的；但是反過來，莫維施展魔法時，他則不一定會有所感應。

原因不明，似乎要看莫維本人意願，又或者在特別高昂情緒下的魔力，例如接近失控，才能啓動反應。

然後，在滿足某些條件時，莫維的魔力可以分享給他。那個條件，目前僅已知是在他具有使用魔法的念想，以及距離莫維不遠，若不滿足這兩項，是不是有其它可能，他們未曾試出來。

主要是讓他擁有強烈念想不那麼容易。格提亞看著紙面上的手繪圖形。被刻上魔法陣至今，在艾恩的這段日子，他終於有機會好好研究。

不過，這並非傳統的公式。這是那個時候，已對魔法如火純青的莫維，所自行設計製造出來的圖陣。魔法陣絕大部分都是由古代魔法師創造且流傳的，也就是擁有魔力的人都可以辦到，只要莫維對魔法的認識達到那個程度，當然可以自行建構。

而比誰都還要學識寬廣的莫維，其能力毋庸置疑。

相對的，格提亞不是那種會創新的魔法師。

因爲他不需要。

就算是最基礎的魔法陣，他也能夠使用得淋漓盡致，發揮出誰也達不到的效果。再者，他更專注著要將目前擁有的圖形存留下來，沒想過創建新的。

這個，莫維刻在他胸前的魔法陣，擁有極其複雜的圖形與文字，但是其主要目的，似乎僅是在他和莫維之間建立起獨一無二的連繫。

格提亞目前只能看出，他們所測試得出的理論，無論是哪一種結果，都絕不是普通魔法師能夠和對方願意隨便共享的東西。像是魔力，或者不論在哪裡都可以找到對方的位置。

還有，這個魔法陣的一切反應，都是以他爲主，而非莫維。他挪用魔力，他的位置，魔法陣本身發光旋轉，也像是在引起他的注意。

那個時候，莫維到底是什麼用意。大概，再也無法知道答案了。

格提亞閉了閉眼，讓自己重新打起精神。

在上一次，來到艾恩以後，有很長一段時間，皇帝都不再有所動作，彷彿是將他們給遺忘了。打破這個局面的，是雙胞胎失蹤的消息，莫維一開始沒有特別的反應，就像是現在一樣，擺出與他無關的態度。

接著有一天，莫維忽然決定要去南邊解決這個事情。

那似乎也正是莫維真正執行計畫的起始點。是什麼改變莫維的想法？格提亞認真地回想，可是真的毫無印象。

因為他的記憶不完整，很多事件他明明經歷過，卻由於魔塔不干涉的原則，他幾乎都對內情一無所知，所以他才像這樣，把擁有印象的都寫下來，幫助自己去回想細節。

他所能確定的，就是從伊斯特開始，所有事件的時間都提早了。雙胞胎失蹤，也比他所記得的早了幾年。

那麼，一切也都會提前？或者，會發生其它的事情產生校正？無論如何，每一個異於當時的細節，都不能夠輕易忽略。格提亞感覺腦子愈來愈混亂，他昂起臉，朝天花板無聲地輕吁一口長氣。

……對了。

雖然，他不知道莫維南下的理由，可是他想起來了，在莫維做出決定前的那段日子，周圍的氣氛一直很不對勁。

儘管日常生活順利地進行，但就是瀰漫著詭譎的空氣。

就像是，有什麼危險要來臨了那樣。

如此虛無飄渺的東西，根本沒辦法當作參考。因為那時，直到最後離開伊斯特，任何事情也未發生。

格提亞將記事本闔上。雖然沒能理出什麼頭緒，不過，還有時間。

雙胞胎失蹤，到二皇子死亡，不會進展那麼快速。若莫維如同過去那樣更動想法，就算他不知道原因，那也還是來得及應對。

格提亞對二皇子或雙胞胎都不熟悉，科托斯死亡的消息傳進耳裡時，他甚至除了意外沒有別的感覺。如果可以，和討伐隊相同，也許命運能夠改變，他是這麼想著的，尤其，雙胞胎現在還不滿十歲，不應該是殘酷的結局。

雖然他是爲了莫維回來的，但是現在他也可以做得更多。

這些千絲萬縷，或許都會成爲改變未來的一步。

不論如何，他不想放棄能夠救人的機會。

他要說服莫維。

格提亞這麼告訴自己，可是也不曉得該怎麼做，他本來就不是善於言詞的人。

就在感到膠著的時候，伊斯特公爵府來訪客了。

「哎呀，這一路顛簸的，眞是累死我了。」從皇家馬車走下來的，是一名有著兩撇小鬍子的中年男性。男人體格瘦長，臉型尖削，他的名字是富賓恩・伍德曼。

伍德曼是皇后原本的姓氏。富賓恩是皇后拉托娜的堂弟。

「由首都過來路途遙遠，我們已經爲閣下準備好房間梳洗休息。」阿爾傑對富賓恩躬身致意，禮貌溫和地說道。

豈料富賓恩不買帳，他趾高氣昂地抬起下巴。眼睛裡僅有阿爾傑身旁的安納普。

「你倒是長大挺多的。」他用蔑視的態度說話。

「久疏問候，閣下。」安納普不卑不亢地回應。他是公爵身分，這樣就已經足夠了，不需要因爲年齡或輩分關係把頭放得太低。

就算他在意富賓恩對阿爾傑的失禮，也按捺著控制好情緒。

同樣都是皇后的親戚，兩人當然在某個場合見過。不過富賓恩和皇后本家同姓，也就是血緣更爲相近，理所當然地覺得自己比這屁股毛都還沒長齊的少年公爵更高一等。

更重要的是，此次他是以皇后代理人的身分前來的。

「好吧。那我就先好好休息一下。」富賓恩微哼一聲，越過安納普與阿爾傑，直接步入公爵府。

才只是剛開始，安納普就覺得累了。他嘆一口氣。

「我們也進去吧。」阿爾傑安慰他。

「嗯。」安納普點頭。

他們兩個心裡都很明白，接下來的這段日子，整個公爵府都會處在暗潮洶湧的氣氛當中。

富賓恩到訪的主要理由，表面上是伊斯特公爵府前段時間接待了善德王國的太子。雖然這是突發狀況，也安全無恙地結束，不過以皇宮的立場來看，伊斯特這番行爲，肯定是要交出一疊詳細報告的。當然敏銳的阿爾傑盡責且迅速地上交了，所以皇宮那邊才會這麼快派遣富賓恩過來。

美其名是由於善德王國太子的事情，前來仔細瞭解，實際上，皇后想要和已經換代的伊斯特重新鞏固關係。

然而皇后所不曉得的是，早在前任公爵西勒尼時期，就已經決議暫緩與皇后之間的密切往來。雖然不會切斷這個連繫，但是距離也要拿捏得宜。

原因是西勒尼對於皇后企圖將其子科托斯推上皇位，感到不妥當所以難以全力贊同。無論是誰，都能夠清楚看出科托斯絕非治理國家的最好人選，比起科托斯，妹妹米莉安還更加適合，可惜米莉安是女孩子。

由於皇后的自私，一心一意地希望科托斯繼位，儘管二皇子稱帝，對伊斯特本身是屬於利多，但是西勒尼考慮的是帝國的未來，倘若帝國因此衰敗，那麼這短暫的光輝對伊斯特又有什麼用處。

在皇后拉托娜改變主意前，西勒尼決定暫時保留立場。

這也是爲什麼，拉托娜想要將米莉安嫁過來，比過去都還要急著和伊斯特加強同盟關係，因爲她感覺到西勒尼的支持不如以往。

西勒尼過世，薩堤爾被處決，都不在拉托娜的計畫裡面，不過她覺得這或許也是個好機會。畢竟，安納普年紀尚輕，拉攏他應該不會太難。她和伊斯特之間，本來就有著牢不可破的血緣連結。

因此，以善德太子接觸爲由，她請示皇帝，派出自己的代理人。

於是這般，伊斯特公爵府，除了有代表著皇后勢力的富賓恩，還有著與皇后對立的皇太子莫維。

這對十幾歲的安納普來說已經超過負荷了。不過幸好，他身邊還有值得信賴的輔助官阿爾傑。

晚餐，阿爾傑觀察富賓恩應該是個虛榮的人，於是將迎接晚宴緊急改變，安排得更爲豪華些。不過，富賓恩高高抬起的下巴，終究還是在見到餐廳裡的莫維時放了下來。

在這座府邸裡，地位最高的就是皇太子。即使是皇后代理人，那也不能坐在主位。

安納普和阿爾傑原本沒預料莫維會出席，因爲莫維平常更喜歡自己一個人用餐，皇太子也不需要招待任何人，反而是富賓恩應該要主動去和莫維禮貌致意，不管莫維是不是歡迎這種打擾，富賓恩都要表示自己的禮儀。

啊，大概就是富賓恩沒有那麼做，所以皇太子不打算在晚餐讓他好過了。安納普與阿爾傑兩人，在見到莫維臉上愉快的笑容以後很快理解了。

整個晚宴，儘管廚師按照阿爾傑指示拿出渾身解數表現，卻是近年來最難以下嚥的一餐。眞的要說莫維有做什麼，其實也不是那樣。只不過，他光是存在，就令富賓恩高興不起來，而且也沒辦法張揚地作威作福，於是就僅能坐在位子上憋著。

等會兒用完晚餐，不知哪個下人要被遷怒遭殃了。阿爾傑必須在物質方面想方設法安撫好富賓恩，同時派出老管家威廉應付，至少資歷夠深的威廉進退得宜，經歷許多也不容易受到傷害。

用餐進行至一半，莫維就起身走人了。是一點面子也不給富賓恩。

甚至從頭到尾，也沒有正眼瞧過富賓恩。

莫維離席後，餐桌上的氛圍更加糟糕了。最終，就是草草結束。

富賓恩當然是極不開心的，也如阿爾傑所想的回房就開始亂發脾氣，但是都被老管家威廉客氣有禮堪比銅牆鐵壁般的笑臉給化解掉，第一個晚上算是平安地度過了。

結果隔天，富賓恩在公爵府裡偶遇了格提亞。

「喂，不是讓你們準備馬車了嗎？怎麼那麼慢？」他在前往大門的長廊上，逮住人就發作。

格提亞當然不是做侍從打扮，可也穿得不像貴族。但是，公爵府裡的人都是認識他的，除了這位富賓恩。

雖然感覺到對方認錯人了，由於不曉得該回應什麼，格提亞安靜了一下。

這就使得富賓恩特別不爽快了。

「你這是什麼態度！」他上前一步，給予壓迫，大聲道：「這府裡的下人都沒有規矩嗎？」

格提亞一貫地表情平靜，黑眸看著他。

「我……」不是公爵府裡的人，請不要隨意因此評價。

他原本打算這麼告訴對方的，不過管家威廉和愛德華，從富賓恩身後趕了過來。

「富賓恩大人！」威廉恭敬地喊道。富賓恩讓他去準備馬車，他不過離開一會兒，富賓恩就不在房間裡了。「馬車已經在大門等候了。」他停住腳步躬身行禮，儘管氣喘吁吁，依舊在富賓恩面前優雅地表達恭敬之意。

富賓恩轉身睇了威廉一眼，跟著瞅向旁邊的愛德華。

「小子，你不知道我是誰嗎？」他傲慢地說道。

愛德華原本是來公爵府交報告的，在邊境艾恩輪值的時候，他養成寫日誌的習慣，父親阿爾傑讓他整理成事項當作參考，他能夠幫上忙十分滿足。剛從辦公室走出來，看見老管家威廉忙著找人，他因爲好奇就也跟了過來。

他是知道公爵府裡有位皇宮派來的客人。可是，不知道這人如此討人厭。

「見過富賓恩大人。」不過他成熟了，所以低頭敬禮。

富賓恩哼了一聲。

「你是哪家的公子？」他看出愛德華是貴族，但非公爵府的親戚。

「在下出身戴維斯家族，愛德華．戴維斯。便是我的名字。」愛德華挺直背脊說道。

「啊？喔！」富賓恩恍然大悟。「你是阿爾傑的小兒子！不成材的那個！」他嘲諷地笑了。

富賓恩擁有侯爵的頭銜，所以只是子爵的戴維斯家，他根本不放在眼裡。

愛德華聞言，垂在身側的雙手握成拳頭。即使對過去的自己感到羞愧，像這樣被不懷好意地嘲笑，不管是誰都難以接受。可是他無論如何都不能生氣，因為那會給公爵府，給戴維斯家，甚至給伊斯特騎士團帶來麻煩。

然而，有人一點也不需要考慮那些。

「請你收回那句話。」

出聲的，是格提亞。

「什麼？」富賓恩看向另一邊的格提亞。「你這低賤的身分！敢在這裡頂撞我？」他不但沒認出來，還依舊把格提亞當成下人。

論官職，直屬皇帝的格提亞是高於侯爵的，可他是平民出身，所以就算說出他大魔法師的稱號，有的貴族也依然看不起他。尤其是在魔法師已經式微的如今。

所以他不會與對方用地位分出高下，也沒有那個習慣。

他僅是單純覺得這個人的發言不正確而已。

「愛德華擁有正規的騎士工作。你不瞭解，所以我才告訴你。」他道。

富賓恩當眾被糾正，這哪是他能忍受的。他上前一步，伸手就揪住了格提亞的衣襟，發作他的貴族脾氣。

「你這個下賤之人！」

以前，格提亞幾乎不曾被暴力對待。畢竟那些人連接近他都辦不到。

自從失去魔力，雖然已經遇過幾次凶險的狀況，他還是沒有辦法習慣。眼見富賓恩要一拳揮向他了，他思考著自己能否躲過。

「不可以！」愛德華顧不得其它，飛快抓住富賓恩正欲施暴的手。

富賓恩更生氣了。

「你敢碰我？」區區一個子爵家沒用的小兒子！

愛德華動作比腦子快，沒有來得及思考怎麼收場，幸好老管家威廉及時道：

「閣下，您面前的這位，是大魔法師格提亞大人。」

聞言，富賓恩整個人呆愣住。

「……欸？」

他倒不是在意自己侯爵的地位比不上大魔法師，因爲他就是那種瞧不起平民的標準貴族心態。讓他猶豫的，是魔法師那種非人類的能力，要是現在惹怒魔法師，什麼時候不知不覺被報復都有可能。

畢竟，魔法師很恐怖的啊。

他飛快地放開格提亞，像極碰觸到髒東西，同時也甩掉愛德華的手，然後清咳一聲，重新整理自己儀容。

「富賓恩大人。」

正巧，跟著他從首都過來的兩名護衛騎士找他。大概是他早先吩咐要出門一趟，卻還沒見他上車，時機眞的是抓得太好了。

「嗯。」他像是沒事人般，對威廉道：「馬車準備好了？我要走了。」

他不願紆尊降貴，對格提亞這個平民說話，也不想和魔法師打交道，所以，他無視了。

威廉心裡鬆口氣，向格提亞與愛德華點頭致意，隨即立刻帶著富賓恩離開，結束這場鬧劇。

格提亞不覺注視那兩名護衛騎士中的一人。

有種，奇怪的感覺。

明明是沒有見過的臉，爲什麼那麼莫名熟悉。

就好像，他本能地知道那是誰。

「……格提亞大人！」

愛德華一句呼喚讓他醒過神。格提亞看向愛德華。

「怎麼了？」

「就是……謝謝你幫我說話。」愛德華有點彆扭，可是心裡是快樂的。曾經他眞的是個混帳，這樣的他，如今也有人認同了。

格提亞眨了下眼。

「我只是覺得他講錯了。」必須得更正。

愛德華先是瞅著他好一會兒，然後笑出聲音。

「哈哈！」眞的是，他沒有遇過這樣的人。「不過，你差點就要被打了啊！」他記得格提亞的體術很差的。

「嗯，該是我要謝謝你和威廉。」格提亞點頭，當時他都感覺到拳風了，眞的是千鈞一髮。「……對了，爲什麼你要叫我大人？」雖然他不是在意稱呼，愛德華也改口好久一段時間了，現在應該剛好是個提問的機會。

愛德華又是望著他。

「現在才問？」話說，原來他不曉得原因啊！

該好好解釋是皇太子不讓他叫老師嗎？可是那又有什麼重要的？比起那個，愛德華忽然覺得，如果在自己學習的階段，也有這種老師的話，會不會就沒有那麼混蛋的一段日子了？

站在長廊窗邊的格提亞，正想問愛德華爲什麼笑得這麼開心，單純想知道那份喜悅由何而來，卻忽然感覺到一股視線。

於是他轉頭望向外面，正好見到富賓恩上了馬車。

兩個騎士則一左一右，騎馬護衛在車旁。一行人隨即往公爵府大門前進。

詭譎的空氣。

過去的那一次，富賓恩不曾出現，所以格提亞原本沒有特別在意。

可是爲什麼，現在，他有了相同的感受。

那個時候，公爵府邸籠罩著不安定的微妙氣氛，之後，莫維就做出前往南邊領地的決定。

富賓恩．伍德曼。

作爲皇后家族的一員，他的能力其實不算特別突出。

無論涵養還是學識，都不及格。就是純粹好運生長在依附皇室的貴族之家而已。

不過，皇后拉托娜很是喜歡他。因爲他小時候就跟在拉托娜身邊，一起玩耍一起學習，被獨生女的拉托娜視爲親生弟弟般的存在。

即使富賓恩不成材，拉托娜也是無限溺愛。就像對兒子科托斯一樣。

如果皇后是想給富賓恩一個表現的機會，所以讓他成爲代理人前來伊斯特，是足夠合乎理由的。那麼，皇帝又是爲什麼答應？

皇帝克洛諾斯和拉托娜不同，儘管，皇帝特別喜歡聽話的木偶，但如果木偶無腦的樣子降低皇帝的品格，皇帝就會毫不猶豫丟棄。因此就算不滿意莫維，也不肯將皇太子之位改爲科托斯，最重要的原因雖然是莫維擁有魔力，可是選擇科托斯，對克洛諾斯來說，簡直就是種恥辱，是在告訴全天下他的眼光奇差。所以，倘若皇帝眞的爲善德王國太子的事情，派人到伊斯特瞭解，絕對不可能會挑富賓恩。

將莫維與格提亞扔至艾恩的三年多，皇帝完全沒有任何行動。

如今，總算要開始了。

莫維一雙紫眸，發出水晶般的色澤。他專注地凝視前方。

從一個很高的視角，不是人類能夠達到的高度，往下看著。

只見富賓恩搭著馬車，一路來到伊斯特城邊停留。這裡有好幾間提供旅客落腳的飯店，是在長途跋涉抵達伊斯特領地後，第一晚休息整頓的去處。

富賓恩的馬車是公爵府借的，所以相當顯眼，不過以富賓恩的腦子，大概就顧著炫耀身分，想都沒想過低調。富賓恩走下馬車，進去一棟建築。就像是與誰約好在此見面。

這個角度看不到，必須停到窗邊。才這麼想著，馬車旁的一個騎士，忽然抬起頭，和他的視線對上了。

這個瞬間，莫維感覺到身邊颳起一陣詭異的怪風。

突地，格提亞的聲音響起。他一眨眼，回到原本所在的地方。

「你怎麼了？」

也就是伊斯特公爵府的書房。

格提亞敲了門，沒有得到回應，他很確定莫維就在這裡，推開門進來果然見到他背對著自己站在窗邊，所以開口和他說話，結果莫維像個雕像不語不動。

於是他上前一步，再次出聲。

莫維不著痕跡地調整氣息。現在的他，使用魔法時，已經能夠控制得很好了，而且，除了過去那種大規模破壞及釋放能量以外，將魔力更為細緻的多樣性運用，他也可以做到。

莫維轉過身，原本閃爍著水晶光芒的眼睛，已恢復原來的樣子。

「什麼事？」他睇一眼書房門扉，立刻明白格提亞是擅自進入的。「如果是別人，我會砍掉他走進來的腳。你知道嗎？」他微微一笑問。

不過因為是格提亞，所以他不能那麼做。格提亞還得活著供他樂子。

即便是如此，那也是在他心裡，格提亞與他人不同的意思了。莫維沒有發現到自己話中的含意。

至於格提亞，當然也毫無所察。

他感覺莫維剛才似乎在使用魔法，雖然他不是有什麼證據，也不如以前那般對魔力感到極度的敏銳。不過，這是一種直覺。

或許也可以說是他身體留存的記憶。

「……你又放灰鷹出去飛了。」格提亞沒有深究，僅是望著窗邊那個飼養飛禽的架子，問了這一個問題。

灰鷹是莫維前兩年在邊境之牆學習控制魔力時，用魔法捕到的一隻老鷹。別說對動物，莫維對人類都不怎麼感興趣，可是莫維留著養了起來。

但是莫維不打算給牠名字。格提亞就用外型幫牠取了相當簡單易懂，甚至只是描述的一個稱呼。

因爲這樣，愛德華那幾個人爆笑了好久。格提亞是眞的想知道他們笑的原因，畢竟自己是個相當無趣的人。

「難道把牠關在屋子裡比較好？」莫維沒有正面回答。

在艾恩第一次遇襲後，他們對那些狼與熊進行研究。據格提亞所言，牠們的身上都殘留神力，換句話說，善德王國利用和雷蒙格頓魔力同樣的力量，改變了這些動物。

從那時開始，莫維就很想嘗試。

他抓到的老鷹，正好適合。

善德王國驅使的野獸視野更加寬廣，更聽從命令。以前汙染點遭遇的那些魔獸，則像是失敗的缺陷版本。

他會比這些都做得還要更好。

現在，別提最基本的驅使這隻飛禽，他甚至能夠將自己的視覺完美寄附在灰鷹眼睛上，讓牠來進行各種監視。

聽到莫維那麼說，格提亞道：

「我不是那個意思。」他是覺得，莫維不會做沒有意義的事情。

「那你是什麼意思？」

莫維方才啓唇，就聽得一陣翅膀拍動的聲響。灰鷹從遠處直飛向窗口，一眨眼而已便衝了進來。

然後，停在格提亞的肩膀上。

「你好。」格提亞問候牠，相當習以爲常。

明明他才是主人。莫維瞇起眼眸。

雖然養牠有目的，不過他完全沒有關懷動物的那種溫柔心情，所以經常都是看不下去的格提亞在餵食和照顧。

久而久之，這隻鳥就和格提亞親近了。儘管格提亞本身似乎也未預料到這個結果。

灰鷹是他完全馴服，也訓練成相當優秀的使役飛禽。只是，工作的時候非常聽話，平常要讓牠無視格提亞卻辦不到。

莫維輕噓了下無聲的口哨，灰鷹就拍著翅膀從格提亞肩膀移動到他手臂上。

「你還沒說找我有何事？」他將灰鷹帶到鳥架前。

牠相當俐落地跳上金屬橫桿，然後低下頭喝水。

莫維回過首，聽格提亞道：

「那個人……富賓恩，我想知道他眞正的目的。」即使他再怎麼不敏銳，也能夠明白富賓恩此行絕不單純。

從踏進伊斯特公爵府的第一天至今，富賓恩沒有對他們這些和善德太子有過接觸的人進行詢問。如果他是單純行事怠惰的話那或許還簡單一些，不過他是皇后的代理人，所以應該是更複雜的情形。

富賓恩是在以前未曾出現過的人物，他必須防範任何會導致走向壞結局的引繩。可是他自己想不出什麼結論，所以直接問莫維會更快一點。

莫維睇著他。

「怎麼，我以爲你是要來叫我考慮前往南邊領地的。」這麼快放棄了？

格提亞看著他唇邊那抹笑容，搖了頭。

「我知道你不會突然間答應。」因爲自己先前已經提議過一次。當時莫維不感絲毫興趣，目前他仍未找到什麼好的理由能夠說服。像這樣的狀況，就算他再提出，莫維也不會莫名改變主意。

他們和伊斯特騎士不同，不是三班輪値半年駐守邊境一次，而是每三個月就在伊斯特與艾恩輪流來回。換句話說，還有幾十天就得回去艾恩，或許這段時間內，會發生不可抗的因素，讓他們前往南邊領地。

因爲，總是這樣的。就算過程不全相同，最後卻總朝和過去相同的方向走去。他的介入，使得討伐隊全部的年輕人都活下來了，清除巢穴的任務不曾失敗。可是，莫維依舊由於別的原因被流放到艾恩。

他不明白，自己究竟有沒有改變結局。或許直到盡頭之前，他都無法確定。即使如此，他也會嘗試到最後一刻。

他又流露出那種堅毅的眼神。

最近，莫維愈來愈想知道，那究竟是爲了誰。

儘管一直以來，格提亞的眼裡只有他，他卻逐漸明白，其實，那個並不眞的是他。

每當這個時候，他就變得極想要爲難格提亞。

莫維低垂眼眸以後又抬起，紫色的雙瞳變得清冷。

「理由是什麼？」

「……咦？」格提亞一頓，沒有聽懂。

「你想要我去南邊的理由。」莫維說道。

格提亞沉默了。他不曉得要怎麼跟莫維說明，那個時候，其實他不清楚細節，唯一能確定的，是莫維在那裡，發現了皇帝即將要做的事情。

不過現在已比過去的時間線提早數年，會如何發展他也不能確定。就算有其它原因，對莫維來說，那對雙胞胎怎樣都好，雖然彼此擁有一半血緣，也不是需要在乎的對象。

那麼，他要怎麼回答才對。

「……我就是希望，你不會後悔。」格提亞道。明知後悔這兩個字對莫維來說是幾乎不存在的情緒。

以前，他自己也不認識後悔這種心情。

直到親眼看見，莫維的頭顱被掛在皇宮前方。

「後悔？我嗎？」莫維微歪著脖子，旋即哈哈大笑。「我？」他就是笑了。

笑得猖狂，笑得傲慢，笑得不可一世。

格提亞安靜地注視著他。

感覺就像站在過去那個莫維面前。所以，他有點出神了。

莫維能夠分辨。那個表情，不是對著自己的。

「——呃。」待得格提亞回過神，莫維已經欺近至他身前，倏地伸出手捏住他的下巴，逼迫他抬起臉來。

兩人以不能再更近的距離四目相對。

莫維道：

「如果你不是在看著我的話，好像不需要眼睛了。」

他的嗓音還帶著笑意，雙眸卻冰冷無比。

格提亞頓住。

「……什麼？」為什麼這樣說？又有何種含意？

果然還是一副無辜的臉孔。莫維緊皺雙眉，跟著將手撤開，道：

「你出去。」

格提亞不明白。

「我……」

「不要讓我說第二遍。」莫維俊美的臉上完全沒有絲毫笑容了。

這是比帶著笑的怒意，更加深沉的，少見的憤怒。

好像，在他提出要離開皇宮回鄉的時候，也曾見到過。

他記不清楚了。

因爲當時，他沒有正視莫維的臉孔。

格提亞垂下眼睫，道：

「我知道了。」接下來應該是沒辦法再好好談話了。他步出書房。

待格提亞離開這個空間，且關上門以後，忽然砰的一聲！桌面的墨水瓶炸裂了。

玻璃碎片與墨汁飛濺，弄得整個書桌滿目瘡痍。

莫維已經很久沒有像這樣，因爲情緒導致壓抑不住魔力。

從十歲由那個最深處的房間出來以後就再也沒有。

他痛恨這種感覺。

站在走廊上的格提亞，並不清楚他爲何發怒。

即使，他曾跟隨在莫維身邊那麼久的日子，還是經常感到自己不瞭解這位比誰都還要強大的皇太子。

在門前佇立半晌，他轉過身，背對著書房走向長廊。

接下來的幾天，公爵府則是一如以往地忙碌。

伊斯特領地位於邊界重鎮，本來就有很多公事需要處理，除了國防方面，還有民生。今年降雨不如預期，所以官員們正在想方設法降低影響。

不管府邸裡有誰在，領主都需要帶領他的下屬正確運作。

但是也幸好，一天之中，富賓恩待在公爵府裡的時間不是太長。所以儘管他難伺候，至少安納普與阿爾傑還能安慰自己最多是晚餐容易被挑剔而已。

格提亞注視著準備坐上馬車的富賓恩。他已經觀察數日了，富賓恩總是早出晚歸的，以皇后代理人的身分過來伊斯特，應該在公爵府裡視察最爲要緊，因爲理由是善德太子的來訪。

而善德太子在艾恩短暫停留以後，就只待在公爵府裡而已了。

那麼富賓恩，去外面是什麼目的？

如果解釋成去領地觀察居民，那也是說得通。但是，富賓恩從第一天來到伊斯特，就不像是爲了善德太子。

還有，他身旁的那兩個騎士。格提亞注視著騎士翻身上馬的背影。

富賓恩帶來的人都住在公爵府邸的別屋，所以他們接到富賓恩命令來到主宅時，格提亞才會見到。

每一次，他都覺得有位騎士給他一種奇怪的感覺。

難以說明，那就得自己來搞懂了。那天在書房和莫維談話中斷，所以沒有得到答案，現在他則已無法忽略騎士帶給他的疑問。格提亞坐在馬背上，將披風的帽子戴好，跟在了富賓恩馬車的後面。

過去的他，絕對不可能會主動這麼做的，如今，他告訴自己，必須和以前不一樣，不能再像那樣，什麼都不干涉地旁觀，最後迎來不是他所要的結果。

其實，不知道爲什麼，他有點不安。

從府邸往前會經過一條長長的小路，這片廣大的綠地仍然是公爵住宅的範圍，要穿過這條路，到達盡頭的金屬雕花大門，出去了以後，才算是眞正地離開公爵府。

因爲小路上沒有什麼遮蔽物，所以格提亞是繞到草地旁邊避開富賓恩一行的眼線，直到完全踏出了門才保持距離跟在後頭。

很快地馬車來到伊斯特領地最熱鬧的區域，也就是一個叫做三卓羅的城市。這是伊斯特的首府。

或許富賓恩是想在市集閒逛玩樂，畢竟他是喜歡享受的那種貴族。格提亞這麼猜測著，雖然他已待在領地數年，根本不曉得有哪裡是貴族常去的場所，就記得去過的書店。

更久的那個以前，他甚至完全不曾在領地裡好好逛過。

回想起來，他從來沒有嘗試體驗自己期待的生活，當莫維稱帝，他的任務結束，魔塔也已經安全，所以他想要回家，回魔塔。他不留戀首都的繁華富麗，只是想要平淡地過日子。

現在他也是這麼想的。等到一切都結束，他可以平靜度過每一天就好。

因爲，這個世界，已經不再需要魔法師了。

格提亞雙手拉緊韁繩，放慢馬匹的速度。富賓恩的馬車在一棟建築前停下來了。

他將馬拴在遠處的樹下，然後獨自接近那個木造的兩層樓房。

這裡是三卓羅的外圍，和市中心比相對地僻靜，人流也較少。格提亞抬起頭，這附近都是住宅居多，戶與戶間也都相隔一段街區，他在木屋的前方停下，觀察過後來到窗門旁邊。

他看到裡面有人影，但是非常模糊。

明明是個大白天。

……這是魔法。才這麼判斷，忽地一陣極爲刺目的閃光籠罩著他，等他能夠張開眼睛時，已經身處在一個特殊的房間裡面。

房間的地板，畫著圓形的魔法陣，而他就站在正中央。

他的面前，則有著一個人。

這人外面套著披風，身穿白色刺繡長袍，滾著金邊，腰間束著金色的腰帶，上面縫有透明的寶石。衣著整體雖然十分簡單，可是不論從質料或者作工來看，一定都是相當高級昂貴的。

格提亞專心地注視著自己面前的人。即使對方戴著帽子，僅露出半截臉，也仍是那麼地熟悉。

他認識。

「薛西……弗斯。」

聽到他唸出名字，那人微翹的嘴角畫出一道弧線，隨即抬起雙手慢條斯理地將披風連帽褪下。

「好久不見。」他道。

薛西弗斯．坦納。和格提亞一樣，都出身自魔塔，他比格提亞年長九歲，就算他只出現在格提亞小時候的記憶裡，格提亞還是一眼就認出那張臉。有一天，他和阿南刻說要離開，就再也沒有回去。

在以前，這就是格提亞最後一次聽說到他的消息。

所以格提亞一直以爲，他就像那些離鄉背井的魔塔人一樣，在某個地方組建家庭，安身立命了。

如今，竟會在此時此地與他重逢，格提亞感覺到非常意外。

「……你怎會在這裡？」原來，最後是在伊斯特定居了？自己已經在伊斯特駐守數年，不過伊斯特領地寬闊，到現在才遇見也是有可能的。

像是毫無預料他第一句會這麼問，薛西弗斯怔了一下。

「你很關心我嗎？」他睜大眼，然後昂首哈哈笑一聲。「不過，我才是忍不住想要見你呢。」他隱約咬牙說道，眼神隨著話語變得陰暗。

只是格提亞沒有察覺。

「你想見我？」那寫信告訴他就好，他成爲大魔法師以後，曾經待在學院，留在首都，找他不是什麼特別困難的事情。

但是過去，薛西弗斯一次也不曾聯絡過他。

「是呀。」薛西弗斯上前一步，縮短兩人的距離。他瞠著一雙黃橙色的眼眸，一字一句地道：「你記得我，我眞的是很開心的。因爲，我以爲你早就忘記我這種小人物了。」

就算格提亞遲鈍，也能感覺得到，他的態度不是一種舊識重逢的友善。這對格提亞來說，其實不陌生，原因是，在魔塔的時候，薛西弗斯也是這個樣子。

魔塔是一個相當封閉的環境，所以才更加需要彼此扶持信任。

當然，也不可能每個人都能夠做到。格提亞凝視著薛西弗斯，道：

「我記得魔塔的每一個人。」當然也包括他。即使薛西弗斯總是在言行之中，隱約表現出不滿意他的存在。

他曾經想過，薛西弗斯會離開魔塔，是不是就是因爲他？

那麼，他又做了什麼導致薛西弗斯如此？那時候，他不過才幾歲，無法試著去瞭解薛西弗斯；等到長大，薛西弗斯早已離開，他也僅是就讓其這般過去。

對任何事都保持著不要過於關心，更不要過於干涉的立場。這是他自小就被告知的，從未有過質疑。

但是，當他那般活過一次以後，卻覺得，或許不應該是這樣。

薛西弗斯皺眉，因爲他覺得眼前的這個格提亞，和他在魔塔記得的模樣有些微妙的不同。

當然他們都長大了。格提亞應該是個眼神更加淡然的人，還只是年幼兒童的歲數，就足以讓他一輩子忘不了，那因爲無比強大而目空一切的姿態。

就像剛才，明明踩中他所設下的移動魔法陣，因此轉移到他的面前，也不曾有過一絲驚慌與在意。

因爲無人奈何得了格提亞，所以字典裡亦永遠不會有危險兩字。

「你……好像有些變了。」他最後一次見到格提亞，是在魔塔頂端那個潔白的房間，在阿南刻的面前，他說出了自己要走的決定。

阿南刻雖是魔塔的首領，卻沒限制過他們什麼。要來的人，要去的人，阿南刻都認爲那些是緣分也是命運。

能夠讓超脫世俗的阿南刻唯一關照的，唯有格提亞。

因爲格提亞擁有艾爾弗最純的血，因爲格提亞從出生就和所有人不同。

格提亞是有別於人類的一種至高無上的存在。

他們其餘人，都僅是襯托他極其特殊的一種道具。

格提亞聽到他那麼說，誠實道：

「你沒說錯。我試著讓自己改變。」因爲，這是他付出所有能支付的代價，換來的第二次機會。

薛西弗斯聞言，又是張大雙眼。隨即，他抖著肩膀噗哧地笑了起來。

「好極了！其實我也變了，怕你沒看出來。」他張開雙臂，像在展現一般，炫耀著自己。「我變得更有自信了！我現在有權力，也有金錢！還有許許多多聽我講話尊敬我的信徒！不過可能還是差你大魔法師一點，所以我還在努力。」他說。

雖然他的每一句話，都夾帶著諷刺，可是格提亞卻道：

「那太好了。」在魔塔時，薛西弗斯總是有種在生氣的感覺，若能在別的地方過得更好，那也表示當初的選擇是正確的。

他的表情平靜，語氣也誠懇。

一下子，薛西弗斯覺得無趣了。他放下手，道：

「你就不想瞭解我是做什麼才有這番成就的嗎？」

格提亞搖頭。因爲那對他而言並不重要。

「你想告訴我再說就好。」

豈料，他這句話，令得薛西弗斯勃然大怒！

「我就知道！你根本沒有變！你就是不把我們放在眼裡！從以前到現在，你都覺得自己是最特別的！是唯一一個被神所眷顧的！」

他突如其來的劇烈情緒起伏，令格提亞一愣。

「我……」沒有那麼想過。

薛西弗斯打斷他。

「你閉嘴！」

隨著這句怒吼，忽然，整個空間一陣強烈的晃動。格提亞從薛西弗斯臉色的變化，看出這不是薛西弗斯所做的。

伴隨著震晃的，還有四面八方傳來的破壞聲響。格提亞昂首，見到頂端像是遭人用手撕裂那般，逐漸脫離四方牆面，即將被粗暴地拔開。就在這個時候，魔法施加在這個房間的幻術消失，原來他和薛西弗斯是在一間木屋裡。

隱隱約約的，可以看到有一條金色的光索纏繞著房頂。

這混亂的突發狀況，反倒使薛西弗斯變得冷靜。

就彷彿剛才所有的一切都不從發生過那般，他對格提亞道：

「本來和你見面就不在計畫之中。我得走了。」語畢，薛西弗斯一拂袖，整個人就像縷煙霧那樣消失了。

此時，這間木造房屋的屋頂，也整個被掀開了。

格提亞因此抬起臉。

只見殘破的碎屑紛紛落下，莫維佇立在高處，垂眸俯瞰著他。

作爲艾爾弗一族，薛西弗斯有著上等的魔力，也早就能夠得心應手地使用魔法。在魔法師稀缺的如今，是一個珍貴的人才。

不過，自從他離開魔塔，格提亞就再也沒有他的消息。

對帝國來說，魔法師是需要控管的存在。薛西弗斯說自己過得很好，那麼，或許是正在爲帝國做事。

他不知道那是什麼而已。

「他是從小和我一起長大，出身魔塔的魔法師。」跟著莫維回到公爵府，格提亞才有機會解釋。

因爲回來的路程，莫維的表情不是太好。他還是緩了一下，進到書房才對莫維報告。

不過，莫維在意的重點顯然不在這裡。他背對著格提亞，站在書桌旁。

「……你一個人過去做什麼？」

關於這點，格提亞也是打算稍後說明的。但是他認爲莫維最想知道的是他和誰見面了，因此最先講道。

「我跟著富賓恩的馬車，想知道富賓恩來伊斯特的眞正目的。」他說。

「所以你就獨自一人去查了？」莫維反問。

由於背向的角度，所以格提亞無法從他的表情得知他的態度。僅能從語氣感覺到一種寒冷的怒意。

於是他思考，爲什麼莫維會如此不高興。能夠找來他和薛西弗斯所在的那個屋子，表示莫維和他一樣，在追蹤富賓恩的足跡。

「如果我是破壞了你什麼計畫，是我太不謹慎了。」他應該要想到的。

儘管莫維這陣子表現得不怎麼關心，那也不表示什麼都沒做。他所知道的莫維，絕對不會讓自己處於情況的掌控之外。

莫維單手握拳，抵著書桌的桌面。其實，他也不確定自己此時這般煩悶的情緒由何而來。

當他透過灰鷹的眼睛，看到格提亞出現在那裡的時候，他立刻離開府邸趕去。

比起是誰設下魔法陣讓格提亞瞬間從視野消失，他更想確認的，是格提亞被帶到了哪去。

當他看見格提亞就在屋裡時，他明顯地感覺到自己內心的暴躁沉澱下來。

那陌生的感受，像是安心。

明明格提亞已經對他沒有太大用處了，就是覺得有趣才繼續放在身邊，那又怎麼會產生這種名字的心情。

他必須介入格提亞與他人的接觸，阻止讓格提亞成爲皇后助力的可能，因爲那就等同於爲皇帝如虎添翼。

不，不對。不是那樣。

他就僅是不能接受格提亞去別的地方。一個他看不到的地方，無論是何種理由。

和科托斯那時不同。科托斯想要格提亞，他只覺得荒謬好笑，因爲科托斯根本沒有那個本領，而且格提亞也一再地對他承諾會留在他的身邊。

可是現在，蘇西洛出現了。蘇西洛和他有著同樣的地位和能力，國家甚至將魔法師視爲神明尊重，就算蘇西洛要的並不多，甚至是格提亞以後的某一天能夠過去，即使是那樣，他也不能允許。

格提亞是他的。

就連身上，也刻著他的名字。

這個無法抹滅的認知，令莫維瞇起紫色的眼眸。

他總算轉過身，面對格提亞。

「雖然你沒有破壞什麼，不過或許打草驚蛇了。」畢竟弄出這麼大動靜。那又怎麼樣？他根本不在意。

還好莫維普通地對自己說話了，不然不曉得該怎麼辦。格提亞道：

「你查出富賓恩想要做什麼了？」從以前就是這樣，說正事的話，氣氛就會自然許多。

莫維不想對他講得太多。他已不再需要格提亞幫助，若是格提亞插手，或許又會再發生樂園之家那樣的事情。也就是被捲入一種不應該產生的危局。

「你爲什麼想知道這件事？」他用問題回答。

格提亞安靜了半晌。

「因爲我是第一次見到他。」他說。

這句話，別人聽來不會有太過特別的地方。但是，在他們兩人之間，卻是不同的意義。

至今格提亞都沒有和莫維徹底坦白說清楚過，關於自己曾經有過的經歷以及如何到來，因爲他不曉得要怎麼對莫維講出他的理由。可是，他能夠感覺到，莫維也未完全否定他所帶來的結論，這成爲他們彼此的默契。

莫維聞言，瞇起眼眸。

「富賓恩確實有別的目的，不過，他把自己想得太重要了。」他依舊不給正面回答。

格提亞唯一明白的，是莫維不想說的時候，怎麼樣都不會告訴他的。

就像以前，莫維什麼都沒對他講，直到結束。

那應該就是不相信他。

又沒能從莫維這裡得到答案，格提亞感覺自己比從前多了一分類似沮喪的情緒。理由是在以前，他從未期待莫維信任他，也不曾試著建立起那樣的關係，可是重新來過的他卻是努力加上主動了。

或許，這種陌生且不曾有過的心情，也算是一種改變。

在經歷許多以後，格提亞心態變得更加沉靜。

他們正都一步步走在通往盡頭的道路上。距離結局也愈來愈近。

對他來說那是過去，對其他人而言，則是未來。

即便他回來進行干涉，將道路許多次指引到不同方向，最終卻都仍舊踩在同樣的因果線上。

到底該不該去南邊的領地，他遲疑了。

然而，就如同之前的每一次相同，總是會發生一些事，把路引回原本的走向。

「你說什麼?」安納普錯愕。

不到兩天的時間，富賓恩死了。

而且是死在伊斯特公爵府裡。

據侍女證詞，富賓恩通常習慣睡到近午，所以她們早上是不會去喚他的，否則富賓恩會發脾氣。所以都是在午餐時間前的一小時，她們才會敲門進去服侍梳洗及更衣。

今天她們也按照往常一樣的時間，可是一打開門，就見到富賓恩倒在地上，原以爲他是昨晚喝醉了，因爲也曾有過這樣的狀況，沒想到走近一瞧，他竟是瞠著雙目倒臥在血泊之中。這眞讓她們嚇壞了，趕緊跑出房間就去叫人。

安納普從沒想過自己府邸會發生這樣的事情，不過他沒有驚慌，很快冷靜請來醫生，他們必須先確認富賓恩是否眞的死亡，接下來才由公爵府和富賓恩隨行人士雙方一同調查。

醫生到來的這段時間，皇家騎士團竟然也上門了。

富賓恩既是皇后代理人，那麼身邊本來就有兩名皇家騎士護衛。可是在出事沒多久，十數位皇家騎士忽然現身在公爵府前。安納普其實相當吃驚，如此的身分，加上如此的人數，進到他的領地，他居然不曉得。

還有，出現的時機也太過巧合了，不過安納普缺少合理拒絕他們的理由，因此僅能允許。

來到案發房間，當阿爾傑上前小心翼翼地翻過富賓恩已經僵硬的屍體時，所有人都看見，他的胸口插著一把刀，刀柄上，刻有伊斯特騎士團的徽章。

直到這一刻，安納普和阿爾傑終於明白，這一切都是個局。

從富賓恩踏入公爵府那時起，就已經安排好了。

「不可能！伊斯特騎士團絕不會做出這樣的事情！」安納普畢竟年輕，情急之下，這樣蒼白地辯解。

「證據就在眼前，這不是閣下一句不可能就可以帶過去的。」說話的，似乎是現場皇家騎士團的領隊，一個名叫波文·加齊的男人。

加齊，同時也是皇帝旁系的一支家族。阿爾傑此時大感不妙，伊斯特雖被看做是皇后的後盾，長久以來都未被捲入權力鬥爭，在自己的位置上負起責任就好，對他們來說，還有防衛邊境這件更重要的事情。

但是皇后的代理人，在皇后後盾的領地被殺了，嫌疑人是領地騎士團，出面進行處理的則是皇帝的人馬。

阿爾傑飛快看向安納普，安納普圓睜著雙眼面色凝重，握拳的手心出了汗。

只聽波文道：

「有鑑於罪案現場以及凶手都和公爵府有所關連，因此我們皇家騎士團會主導調查。」

「這不行！」阿爾傑立刻向前站出一步。若是他們不能參與，那眞是沒有辦法自證清白了。

波文的家族比阿爾傑爵位來得高貴，再加上皇家騎士團是直屬皇帝，所以波文對待阿爾傑的態度有點傲慢。

「什麼不行？這裡恐怕沒有閣下說話的餘地。」他道。

聽到他出言不遜，安納普眼神變得鋒利。

「那麼我來說話。」即使他年輕資淺，那也是現今的伊斯特公爵。他挺直背脊，道：「這是在我所管轄之地所發生的案件，我必有一定的責任，全部交給你們實屬不妥，所以，我會派人協助，直到眞相水落石出。」

他語氣堅定，內容卻不強硬，沒有要和皇家騎士爭奪主導，可是也表達不可能接受被排除在外的立場。這短短的時間，是他所衡量的，能夠使其雙方都同意的合理方式。

阿爾傑不禁看著他，這位曾經在他眼裡幼小的主公，眞的長大了。

安納普的要求無不恰當之處，再加上又是公爵的身分，波文其實也不好硬碰硬。他稍微停頓，答應了。

「好。那麼首先，我想要對伊斯特騎士團的成員進行審問。」他說。

「……我知道了。」安納普曉得自己沒有辦法拒絕，否則就會被視爲以特權維護自己人擾亂辦案。

他能做的，就是不放過任何一個細節，洗刷冤屈。

格提亞站在門外，裡頭的紛擾是他所沒預料到的。但是，他想起數日前莫維與自己的談話。

就彷彿知道他在想什麼似的，莫維在他身後，面帶微笑地說道：

「看吧。我說了他把自己看得太過重要。」

格提亞回過頭望著他，眼也不眨了。

「你知道會這樣？」

莫維不關心這些，從容又優雅地走離。皇家騎士團來到領地，領主卻沒有得到絲毫消息，那就僅有一種可能。就是他們遠征隊也曾經用過的方式，分批低調入城。

他用灰鷹的眼睛追蹤富賓恩，發現皇家騎士都住在城邊的旅店。

這些是皇帝的人。既然都要派直屬騎士過來，那又何必多一個皇后代理人富賓恩，儘管富賓恩頤指氣使，騎士團看起來不怎麼聽他的命令。

所以很多餘啊。富賓恩這個角色。

「如果是我，我會讓沒用的東西變得能夠有用。」莫維有趣地說道。

「有用？」格提亞跟著他，啓唇詢問。

莫維並未馬上回答。他很享受格提亞的跟隨，走出了建築，來到庭園。在一處蔭涼的亭子，他停住腳步，側首注視著格提亞，揚著嘴角道：

「陷害伊斯特的道具。這就是他的用處。」被安排成遭到伊斯特騎士團殺害，讓他瞭解這個多出來的棋子為什麼會被放在這裡。

一條人命，他遊戲似地看待。富賓恩這個人，活著還是死著，莫維毫無感覺，一點也不在意。

格提亞不懂政治，所以只能就自己所知道的部分來說：

「伊斯特是支持皇室的。」

聞言，莫維一笑。笑得懾人心魄。

「克洛諾斯討厭廢物。」

「……什麼？」因為他沒用敬稱，格提亞一時間有些恍惚。以前，那個決心殺掉皇帝的莫維，也是如此稱呼皇帝的。

莫維未看漏那個表情變化，因此朝格提亞站近一步。

「他也討厭會威脅到他的存在。他只想要能夠把事情做好，而且完全聽話的東西。」低垂眼眸，他睇著格提亞。

所以，克洛諾斯永遠不會傳位給科托斯，因爲科托斯是個廢物；克洛諾斯痛恨巴力，因爲巴力太過強大。無法掌握在自己手中的伊斯特，一樣地礙眼。

克洛諾斯也痛恨自己費盡心思製造出來的皇太子，還有大魔法師。

之所以能夠容許他們活著，那是因爲都還有其用處，但是，在僅能臥病躺床的那段時間，失去可以行動的身體，眼睜睜地體會自己變成廢人，原本擁有的全部即將脫離他的控制，克洛諾斯肯定極爲痛恨著這一切。所以，等時機到了，就會想辦法除掉他們所有人。

身爲兒子，莫維在病榻前，親眼見到克洛諾斯眼裡的憎恨。

能夠在短時間毫無預兆地恢復健康，一定是聖神教做了什麼，他完全不在乎克洛諾斯是怎麼痊癒的，甚至喜悅克洛諾斯還活著，沒有那樣隨便地死掉了。至於重新能夠站起來的皇帝，會將那只能躺在床上時一遍又一遍想過的計畫，開始付諸實行。

所以，他也會準備好。對他這個血緣上的父親，絕不會手下留情。

格提亞凝視著他，從他的眼裡看到殺意。

一直都在魔塔生活，和雙親也僅有幾年的相處回憶，所以格提亞不完全懂得父子之間應該還能是什麼模樣。只是，對於弒父這件事情，莫維從來就沒有猶豫過。

格提亞曾經所知道的那個莫維，更像是爲此目的活著。除此之外，似乎沒有什麼值得讓他繼續留在這個世界上。

是不是因爲這樣，莫維最後才會做出那種選擇。

以當時莫維的力量，就算是動用整個帝國的軍隊，也無法奈何得了他。所以莫維是自己決定以那種形式結束的。

「……如果你成爲皇帝，你想做什麼？」格提亞終於問道。

那時，得知莫維燒毀皇宮，他不明白。明明已經坐上帝位，得償所願，然後他總算察覺了，莫維不是由於想要當皇帝才除掉自己父親。

當上皇帝，和殺死克洛諾斯，是兩個不同的原因。

而這兩個原因，他全都不知道。

克洛諾斯在位的日子，是魔塔遭受最嚴重壓制與操控的期間，所有的魔塔人都變成人質，就連師傅阿南刻也必須自囚表忠心。當時，他心裡唯有將魔塔從克洛諾斯手中解放的想法，他有這個機會，只要他幫助莫維。

所以他沒有想過其它的事，關於莫維的事。

即使在莫維身邊十年，習慣莫維的脾氣與作風，卻完全不瞭解那藏在最深處的內心。

「現在這麼問，不會太晚了嗎？」莫維有點嘲笑的口吻。

格提亞理解他的語意。自己早就說會幫助他當上皇帝，現在又提出這種問題顯得矛盾。可是那時，莫維一定不會願意回答他，至於現在，他不曉得莫維對他是什麼想法，但是他努力過了。

「我想知道。」他僅是認眞地這麼說道。

莫維一直都不怎麼喜歡格提亞的這種眼神。一開始，是因爲覺得莫名其妙，漸漸地，又讓他很想去探究格提亞究竟爲何對他如此執著，如今，他預感當他剖開那個答案時，大概不會感覺太高興。

既然如此，他不會答覆格提亞關於他的任何事情，因爲格提亞眼睛裡看的並不是他。莫維笑得瞇起一雙紫瞳。

「知道誰的？我還是他？」他刁難地問。

「……咦？」格提亞一時間無法理解。那個「他」是什麼意思？「當然……是你。」隱隱的，覺得自己的回應其實不算正確。

可是，現在站在自己面前的，也沒有別人。

莫維還是那樣垂著眼眸。黑色的睫毛在他眼睛落下陰影。

他想當皇帝，卻也不想當皇帝。成為皇帝這件事，對他來說，不是那種普通人所能想得到的意義。

小時候，他想坐上那個帝位，想知道這個位置到底有什麼價值，能夠讓人做出那樣的事情；長大以後，他明白了，有的人就只是披著人皮的禽獸，被那種禽獸生下的自己，也是同樣的怪物。

即使格提亞，就算由於得知他要弒父的想法，在心裡猜測著生長環境所帶給他的影響，這一輩子，他也絕對不會告訴格提亞，那時候的自己活著的樣子。

那個皇帝的頭銜，在他眼裡完全沒用。

不過現在，他又開始覺得那個寶座或許還是不錯的。

因為，他想得到皇帝所擁有的一切。

那雙注視著格提亞的紫眸，燃起低溫的火焰。和眼底冷淡沉默的瘋狂相反，莫維僅是露出單邊梨渦笑道：

「那我可真是榮幸。」

他要結束對話了。感覺到這點，格提亞不禁伸手拉住莫維的袖子。

這是他幾次衝動做過的舉動。因爲他不習慣被別人碰觸，也鮮少主動去碰觸他人。對莫維，更是保持著一種難以解釋的距離。

可是就在剛才，他第一次覺得自己幾乎要觸及莫維的內心了。

「我希望你建造一個更好的國家。」格提亞說。雖然他不知道自己的方向是否正確，可是他也不明白還能怎麼講。「如果你當上皇帝，我覺得你有那個能力。然後，如果這個國家變得比現在更好，或許你就會覺得自己是有意義的。我會幫你到最後。」他必須讓莫維尋找其它存在的理由。

如果有可以將莫維留下的東西，什麼都好。這樣莫維就不會將他自己從這世上抹滅掉。

比起格提亞的語言，還是格提亞的行動更教莫維在意。

莫維低眼看著自己被拉住的衣袖。

然後，他收起笑容，抬眸注視著格提亞，用那低沉的嗓音道：

「那你，好好抓著我。不要放手了。」

對於伊斯特騎士團的調查與審問很快地展開了。

雖然由波文主導，不過阿爾傑能夠以身為監督的立場加入。

由於伊斯特距離艾恩有半天以上的路程，就算趕路最快也得好幾個時辰，富賓恩遇害的當天，在艾恩輪值的所有騎士都在崗位上，邊境的守衛相當嚴謹，所以基本上可以排除。因此，範圍就縮小到當晚在伊斯特的騎士團成員。

伊斯特騎士團都住在領地之內，去除掉離公爵府遠的，以及當晚有老婆家人證明是在家的，剩下的嫌疑者已經不多了。

就在阿爾傑整理名單時，波文卻說不用了。

他已經找到了犯人。

翌日，愛德華．戴維斯被叫到公爵府問話。

「我殺了富賓恩大人？怎麼可能！」他簡直不敢相信自己所聽到的話，睜大眼睛激動地反駁。

波文拿出手裡的資料，唸道：

「五日前的那個晚上，你因為早前與富賓恩大人爭執，心懷不滿，所以潛入公爵府裡將其殺害。」

愛德華聞言，張著嘴一臉茫然。

「我確實和他有過爭執，不過誰會因為這樣就殺人！」他沒有否認，相反的，他誠實解釋。挺直背脊道：「真的不是我！我沒有做過這件事！」

會議室裡，主位坐著領主安納普，次位是波文及其手下，與會的還有阿爾傑以及查思泰。

他們都不敢相信愛德華居然是嫌疑犯。

「還是不認罪是嗎？」波文哼一聲說道。隨即朝旁邊勾勾手指，他的部下便遞上一個用白布包裹著的物品。在波文的示意下，部下將其解開。

那是凶器，有著伊斯特騎士團紋章的小刀。

「這……」愛德華雖然聽說富賓恩遭到殺害，卻不曉得細節。一直覺得這是跟騎士團，跟他，都不會產生關係的事情。

波文讓部下將物證舉高，方便大家看個清楚，然後道：

「請看這把凶器的刀柄，上面刻有名字第一個字母的縮寫。這是你們伊斯特騎士團的傳統，每個騎士都會有這樣的一把刀，刀柄上則刻有持有者的姓名。」

沒有錯，騎士團的物品統一由公爵府提供，若不刻上名字，很容易搞混。安納普和阿爾傑當天都在場，所以知道凶器上會有縮寫，但是相同字母者何其多，在案件尚未明朗以前，他們也未特別鎖定何人。

只是怎麼也沒有想到，以案發時各種條件進行過濾之後，最後連名字縮寫都符合的人竟然會是愛德華。

不過，由於阿爾傑亦掌握著波文調查出來的線索，所以安納普早已準備好了。

「波文閣下，我想傳喚兩名證人。」他會想盡辦法，讓愛德華擺脫這個情況。身爲騎士團的主人，安納普有義務也有責任挺身而出，更別提現在站在這裡的，是他最信賴的輔佐官阿爾傑的兒子。

波文聳了聳肩。

「請。」

安納普對查思泰點了下頭，查思泰遂起身開門。進入會議室的是夏佐，以及賴昂內爾。他們穿著騎士團的正式服裝，先是對在場所有人行禮，然後站到了愛德華身旁。

安納普道：

「這兩位是愛德華的同僚，此二人可以證明，案發當晚，愛德華和他們是在一起的。」儘管阿爾傑得知調查結論後感到晴天霹靂，所幸當日這三人邀約結伴一起去郊外的森林露營去了，因此是鐵一般的人證。

「是的！我和愛德華那天晚上約好去露營的！我們還在溪裡抓了魚來吃！那天夜裡睡覺被蚊子咬了好多包！」立正的賴昂內爾，朗聲地說道。

待他講完，一旁的夏佐開口：

「我們是睡在簡易的營帳裡，因爲有蚊蟲的關係都沒睡好，半夜我起來過好幾次，愛德華一直都在，我甚至還和他交談了幾句。」她知道重點是愛德華當晚的行蹤，她沒有說謊。

「是嗎？」波文卻像是早已料到似的，慢條斯理地對安納普道：「你都已經說是同僚，甚至還出來作證，那就表示他們的感情確實很好吧。那麼有沒有可能，因爲感情太好了，所以願意爲了對方說謊呢？」

「波文閣下！」安納普立刻提出抗議。「若是照閣下所言，那麼所有親屬的證詞都沒有可信度了不是嗎？在不具備證據能夠指明是謊言的情況下，希望閣下謹言慎行。畢竟閣下主導調查，可不能如此。」這番話，說得極有公爵的氣勢與威嚴。

然而遭受一個十六歲的孩子指責，這使得波文有點不快。

「公爵大人，我知道您也是愛護自己部下，何況這位還是您輔助官的小兒子。可是我們不能因此偏頗，正是由於如此，他來去公爵府應該也比別人輕易，畢竟父親就在府裡工作。和富賓恩大人發生爭執的那天，不也正是在府邸之中嗎？就算公爵大人您再不願意相信，符合所有條件的，就是這位愛德華公子。」他一陣陰陽怪氣，暗諷整個公爵府都在袒護犯人。

安納普並未被激怒，僅沉下臉，冷靜地觀察波文。

愛德華則是用力地思考著，自己的短刀未曾遺失，在此講出來是否有其公信力，若是對方指稱他弄把一樣的出來也不是難事的話，自己如果沒有辦法做出無懈可擊的回答，可能又會加深懷疑。

正當氣氛有些對峙的時候，有人推開了會議室大門。

「夫人……」老管家威廉沒有能攔住，著急地跟在旁邊。

眾人轉頭望去。就見一名孱弱美麗的貴婦人站在門口，她約莫三四十歲的年紀，穿著簡單大方且不失禮儀，儘管看起來略有些匆忙，依然相當端正得體。

貴婦人先是拉起裙襬行禮，過後站直身體道：

「不好意思，打擾各位大人。我是愛勒貝拉．戴維斯。也是愛德華的母親。」她道。

「愛勒貝拉。」阿爾傑從座位站起，他曉得妻子對此事件焦慮，但不知道她竟會現身。現場狀況不容他洩漏太多情緒，因此他僅能忍著不離開位子。

愛勒貝拉微抬手，安撫自己的丈夫阿爾傑，接著抬頭挺胸步至夏佐與賴昂內爾身旁。

「案發的那個晚上，愛德華，與他的同僚夏佐及賴昂內爾，是在我府上，由我親眼目送他們離去的，府裡傭人可以作證。」她道。

作爲一個母親，大兒子被冤陷入獄時，她病倒沒能給予幫助；現在，換她的小兒子落入相同的境地，她再也無法待在家中。

拖著好不容易痊癒的這副身體，她要出來給予證詞。

波文清咳一聲。身爲紳士，他不好對貴夫人疾言厲色，委婉道：

「愛勒貝拉夫人，我知道母親總是會心急袒護兒子，不過，妳當然應該瞭解，自己的兒子曾經是多麼地浪蕩靡爛。」

他早就聽說過了，愛德華．戴維斯的傳言。子爵家那個不學無術讓家族蒙羞的小兒子。如果是這種品行，那做出害人之事也是非常合理的。

在場的人都聽得出波文的暗喻，愛德華甚至不能反駁以前那個混帳廢物的自己。他雙手緊握成拳，低下了頭。

「我的孩子愛德華，他的確跌倒過，但是也靠自己的反省重新站了起來。他因爲內疚所做的一切努力，我都看在眼裡。」愛勒貝拉自始至終都是挺直著背，就像是她毫不感到羞愧那般，堅定地道：「我以戴維斯家的名譽在此立誓，我所說的每一句話都是眞實的，我的兒子愛德華，絕不可能是這個案件的犯人！」

儘管她輕聲細語，卻又那般慷慨激昂。

呼應她的誓言，阿爾傑和查思泰也都立直身體，異口同聲道：

「以戴維斯家的名譽！」

此情此景，令得愛德華的淚水就要湧出眼眶。每一次他讓大家失望，父母都沒對他說過重話，就彷彿是不期待他那般；兄長在他加入騎士團後，也好像故意在疏遠他，他只能告訴自己必須做好，重新贏得家人的信任，從未想過原來他們早就這般相信他了。

波文冷著一張臉，對眼前的家族情感一點也不感興趣。

「就算你們這麼說，可是證據擺在眼前。戴維斯家成員的發言，終究只是空話。」名譽又能證實什麼，對他來說，也沒有皇帝的命令重要。

他所知道的，就是行前皇帝囑咐他，若發生什麼意外，那麼主使者一定是和公爵有關或者伊斯特騎士團裡的人。富賓恩在公爵府中死亡他也感到意外，不過朝著皇帝給的方向查辦，果然就得出這樣的結果。

「我知道了。」此時，主位的安納普站了起來。「看來在這裡不會得出結果，那麼，就到首都去，請中央法庭仲裁吧！」他道。

位於帝國首都的中央法庭，是專門處理貴族間案件的法院。至今以來的判決並未引起過什麼爭議，對外展現的是公正無私的形象，戴維斯一家若是想在那裡尋求機會，那旁觀者也不置可否。

波文觀察著在座與會人士的表情，似乎僅有當事人愛德華顯得吃驚，和身旁的同僚面面相覷。

「好吧。那就不要再耽擱，明天啓程。」波文點頭，起身致意道：「那麼我就先告退了。」語畢，他和自己的手下步出議會廳。

嫌疑犯愛德華，也被他帶走。

現場留下的夏佐和賴昂內爾，一臉不知所措。阿爾傑與查思泰兩人，立刻離開座位去攙扶愛勒貝拉。

當晚，正當被押禁在監牢的愛德華垂頭喪氣的時候，安納普拿著鑰匙過來開門了。

「馬車已經在外面準備好，查思泰會帶你從側門小路走，不要回頭，盡快離開。」

愛德華簡直無法理解，他看向安納普身後的父親和大哥。

阿爾傑對他道：

「皇宮那邊，會想盡辦法讓你入罪，所以你不能再留下來了。」所謂的前往首都，僅是拖延之計，爲的就是給他們製造出這個空檔。

從事件發生後的種種，安納普以及阿爾傑都已經看出，無論如何，波文都會用此案給伊斯特安上罪名，就算不是愛德華，也會是其他人。所以無論有什麼證詞，做出何種辯解，波文都不會採納。波文此行的最大目的，就是將伊斯特定罪。

既然這個計畫是從皇宮帶來的，那麼就算愛德華去到中央法庭，也很難有什麼改變。

他們需要時間，查清楚來龍去脈。

「但是……那不就像是畏罪潛逃了嗎？」愛德華難過道。這樣會給家人以及公爵府帶來更大的麻煩。「我可以去首都！就算眞的沒辦法被判入獄，假以時日眞相大白，我還是可以被放出來的。」就像哥哥查思泰當時一樣。

因爲他什麼都沒做！

然而，阿爾傑卻搖了搖頭。

「不行。」這次的對手是皇宮，不像之前那麼簡單了。「聽我說，我們絕不是懷疑你，相反的，這裡每一個人都相信你絕對不會做出那樣的事。」認眞地凝視著自己的兒子，他一字一句正色說道。

「父親……」愛德華有點哽咽。

「好了，你可是伊斯特騎士團的騎士。」阿爾傑拍了下他的肩膀。「我們必須盡快隱密地送你走。和你哥哥去吧！」在波文發現之前。

所以他和安納普得在府裡正常活動，不能久留此地。

「跟我來。」查思泰朝他示意，沒有半點耽擱。

愛德華只能跟著，臨走前，不忘回頭看父親一眼。即使再怎麼不捨，他抿住嘴唇忍耐，重新朝向前方，緊隨兄長的背影。

行至一處地下密道，愛德華低聲道：

「對……對不起。」又是因為他，家裡不得安寧。母親應該好好休養身體，還出席替他作證，難怪他會被哥哥瞧不起。

查思泰看著前方趕路。

「沒有做過的事情為何要道歉？我被誣陷的時候，難道你覺得我愧對家族了？」

「當然沒有！」愛德華馬上道，生怕兄長誤會。「我是……因為你好像並不喜歡我進騎士團，現在果然闖禍了。」他垂下眼眸。

查思泰依舊直視著面前的地道。半晌，他啓唇說：

「我確實不喜歡你加入騎士團，因為那很危險，我希望你至少要是安全的。」所以每次在騎士團裡見到弟弟，他都無法開心。

這還是第一次，從兄長口中得知眞正的理由。愛德華總是以為自己被討厭而感到難過，現在他想起來了，他們小時候是一對感情很好的兄弟。

「嗯……嗯！」他強忍著，眼眶微紅地回應。

「這件事情不是你的錯，皇宮要對付我們，羅織什麼罪名都可以，只不過你剛好和被害者有接觸罷了。」他們伊斯特騎士團，沒有一個人會覺得愛德華是兇手。「所以，在我們找出其它證據之前，你就跟最強而有力的人走吧！」說完，剛好邁出步道。

外頭，有幾個人幾匹馬，佇立在他們面前。

「你來了。」說話迎接他的，是格提亞。

至於他的後面，是騎在馬背上的皇太子莫維。還有夏佐，賴昂內爾，都是一副整裝待發的模樣。

查思泰轉身，對愛德華道：

「安納普大人明天會告知皇家騎士團，皇太子殿下將親自帶你轉移回首都，用這個說法，你便不需被皇家騎士團押送。因為夏佐和賴昂內爾也牽扯在內，避免他們借題發揮，所以你們一起走，也好有伴。」他從懷裡掏出一個小包裹，放在愛德華手裡。「這些錢你拿著用，還有，母親沒辦法來送你，所以她把她最喜愛的胸針放在裡面了，讓你一定要回來親手還給她。」他說。

愛德華抱住那個包裹，差點就要哭了。

「我知道了，我會的。」

「快去吧。」查思泰推他一把。

查思泰此時的心情，十分地複雜。當他告知團長這個計畫的時候，丹·費根鮑姆以騎士團的立場做出回應，說愛德華此時已成整個伊斯特騎士團的軟肋，騎士團很有可能遭到政治上的打擊再度瓦解，因此愛德華留在此地確實不是好事，能夠送走才是幫助。

儘管有些殘酷，團長每一句話都是事實。查思泰身爲副團長，沒有將團長的想法傳達。現在他就只是愛德華・戴維斯的兄長。

愛德華抬起手臂抹抹眼淚，知道現在分秒必爭，自己不能再拖延。

夏佐將他的馬牽給他，他很快地翻身上馬。

領頭的皇太子莫維沒有說一句話，僅輕扯韁繩，讓馬朝向該前進的方向。

其他人也跟著動作，踩在草地上的馬蹄聲不是那麼明顯，在夜空下，一行人就此出發了。

格提亞先確認著他們都跟上，一回頭，就見莫維騎在他旁邊。

莫維露出他慣有的笑容。別有心思的那種。

「不要忘記你的承諾。」他道。

格提亞聞言，一臉認眞地回答：

「我不會的。」

那日，在他說明薛西弗斯是誰後，莫維告訴他，皇帝似乎打算開始對付伊斯特，從他的觀點來看，還嫌晚了，不過會以這個事件爲起點，愛德華就是那隻待宰殺的替罪之羊。不管如何，愛德華都會被判定爲凶手。

「……你說沒看到那個叫薛西弗斯的了，那就表示他在這裡的任務已經完成。」莫維道。他是皇太子，自然知道魔塔歸帝國管制，雖然他沒聽過薛西弗斯這個名字，不過他能夠肯定就是皇帝派來的人。

格提亞回憶，當時富賓恩身旁給他感覺不對勁的騎士，自薛西弗斯消失也再沒出現過，想來那是薛西弗斯用魔力喬裝的了，所以他才感到異樣。

若是以前的他，不僅馬上就能破解，也不會踩中轉移的魔法陣。現在他所思考的，是薛西弗斯不知是否察覺到他失去了魔力。

但是，眼下還有更需要解決的事態。格提亞問：

「你的意思是，富賓恩的死是他下的手？」既然如此，那麼，「那在那個房間裡，一定會留下魔力的痕跡。」只要能夠證明就好。

「不行。」莫維淡漠地說道。

「爲什麼？」格提亞問，隨即很快地理解了。

若是查到魔力痕跡，那麼，當日在走廊上和富賓恩同樣有爭執的他，也會和愛德華一樣成爲嫌疑犯，甚至被指責是共同動的手。

因爲，事實如何本來就不重要。

莫維沒有正面回答，反倒若有所思地一笑，道：

「我有辦法解決。現在唯有我能辦到。」

「……咦？」格提亞有些意外。不是由於莫維這兩句話，莫維的能力毋庸置疑。而是莫維不會那麼好心腸。

果然，就聽莫維道：

「不過，那要看你。」莫維當然知曉他想要幫助愛德華，因此，「我要你立下誓言，允諾從此以後將會無條件答應我一件事。」不管是什麼，不管想不想做，又或者做不做得到。

格提亞幾乎是沒有思考。

「我知道了。」他答應。如果他還有什麼能拿走的，他願意給莫維。

就正是由於如此，他才站在這裡。

莫維從格提亞身上感覺到付出，一直以來都是這樣。執著的，單方面的，一廂情願的。

無論他如何試探，格提亞始終不變。

但是那對他來說不夠。他要格提亞對他做出獨一無二的誓言，像這樣，掌握著格提亞的感覺很好。

「如你所願。」莫維得到想要的了。

之後，他主動找上也想將愛德華從這種困境脫離的安納普與阿爾傑。皇太子願意介入，這無疑是個天大的好消息，就算是皇帝的人馬，持有皇帝的旨意，也不能奈何得了皇太子。

甚至還使用他會將人帶往首都這種理由，而不是受到公爵請託，以此劃清界線，保住整個伊斯特騎士團及公爵府。

畢竟，皇太子莫維的命令，誰又能不從。

能做到如此面面俱到，又符合行事風格，也僅有莫維一人了。

無論如何，格提亞是感謝他的。

莫維大可以什麼都不做，就那樣袖手旁觀，事實上他也的確冷眼無視了好一陣子，直到最後他想要得到格提亞的諾言。

他們會確實地將人送到首都，只是會稍微繞路。

目的地是南邊。

也就是歐里亞斯出身的沃克家族所治理的領地。

莫維這般笑著告訴格提亞：

「我看你似乎很關心那裡。」

又一次，命運將他們推向曾經走過的道路。格提亞心臟怦怦地跳著，即使什麼也不做，也彷彿被推動著進行。

他怔然的神情，都被莫維看在眼裡。

就這樣，揣懷著不同的心思，經過五天日夜不停的趕路，他們抵達南部領地，紹斯艾瑞亞。

帝國雖以首都爲中心分成東南西北四個方位，那只是方便地圖上的定位，實際國土不是那麼距離均衡，更準確地來說，帝國首都在中間偏右，東至西較長，南至北較短。

所以從東邊的伊斯特，到南邊的紹斯艾瑞亞，不如想像中地遙遠。而且這段路程幾乎都是毫無障礙的平地，以直線距離在移動，因此沒有任何耽擱。

當他們一進入城門，很快就有迎賓的護衛上前領路。

護衛身穿深藍色的騎士服裝，是領主沃克家族特有的劍士團。其所有成員，劍術都比一般騎士團還要來得高強。

畢竟是那個沃克。貴族圈裡總是這麼說的。

隨著幾位劍士來到一座占地遼闊的莊嚴府邸，有人在大門口迎接他們。

「參見尊貴的皇太子殿下。在下是紹斯艾瑞亞公爵，史都華德．沃克。」低頭行禮的中年男子聲音有力，身形筆挺，樣貌端正，處處給人一種相當正派的氣質。「這是我的妻子赫蒂，女兒潼恩，以及兒子歐里亞斯。」他簡單地介紹。另有一個孩子在遠方讀書，目前不在府內。

母女兩人拉起裙襬行禮，至於歐里亞斯，較爲三年前更加挺拔了。

「嗯。」莫維應道。

「府邸已經準備好一切，請各位先梳洗休息。」史都華德這麼說道，讓管家安東尼帶路。

由於他們加快速度趕路，確實是累了，貴族禮儀繁瑣，聽到能夠先休息，賴昂內爾露出大大的笑意。

另一名侍女上前，對夏佐道：

「小姐這邊請。」很體貼地讓他們男女分開。

「老師。」歐里亞斯趁著空檔，和格提亞交談。「好久不見了。」他問候道。

格提亞聽見那熟悉的稱呼，不禁眼神變得溫和。

「你長大了。」內心那種感慨，難以言喻。

「老師倒是沒什麼變。」不過，應該不會被販童罪犯抓走了。歐里亞斯笑道。

格提亞正欲說話，結果愛德華插了進來。

「你可不能喊他老師。」他善心提醒。

「啊？」歐里亞斯聽不懂。

「總之，我們只可以稱呼他爲格提亞大人。」愛德華僅能這麼說道。他也不曉得要怎麼解釋。

就連格提亞自己，也不清楚此事。不過，愛德華一路上都有點垂頭喪氣的，現在見到舊友，好像稍微恢復精神了。

歐里亞斯道：

「聽說你振作起來了，看起來確實如此。」他打量著愛德華，已不再是那個倒在巷弄裡像是垃圾一樣的傢伙，很爲愛德華高興。

聞言，愛德華忽然間變得低落。

「那個……抱歉。」他道。

「幹嘛抱歉？」歐里亞斯不懂。

「因爲我給人抓住了把柄，所以還得來麻煩你。」愛德華一路上都在反省，想要更輕鬆地講出這番話，卻無論如何做不到。

歐里亞斯伸出手，一把拍上他的背，讓他抬頭挺胸。

「你沒做錯事，不需要道歉。」從皇太子決定要來此地之時，伊斯特那邊就捎信過來，他當然已經得知事情的來龍去脈。「跟我說說你在騎士團的那兩位朋友吧！」他推著愛德華，進去公爵府邸。

格提亞一旁看著，再抬起眼來，見到莫維正站在不遠處的階梯上睇著他。於是他移動腳步，走向莫維。

那幾個年輕人的房間是不同的樓層，因爲皇太子和大魔法師的身分和他們不一樣。

格提亞進入寢室，照慣例婉拒了侍從的服侍，自己洗好換過衣服，都沒能擦乾頭髮，就睏得倒在床上。

窗外，一頭灰鷹盤旋後停在窗口，因爲他睡得沉了，所以沒有發現。

也不知道，史都華德已經來到隔壁莫維的房間。

「殿下。我想傳達，沃克的立場向來是保持中立，不過，因爲父親大人的指示，所以沃克家在這短暫的時間，將會提供一切的協助。」史都華德是公爵，沃克家族由於和皇室結過姻親，亦擁有皇族血統。因此，他對皇太子的態度是保持應有的尊敬，而不過於卑下。

「哈。」莫維拿起乾毛巾，擦拭自己才洗過的濕髮。「看來巴力還活著。」還算有點本事，皇帝到現在都沒能除掉他。

「是的，我父親會活得很好。」史都華德道。儘管不想拖累他們選擇離家，知道他過得好也就夠了。

現在，父親察覺到，無論如何，沃克家都是皇帝的眼中釘，所以他們得在那之前先一步準備好。他會在一定程度上幫助皇太子對抗，不過與皇帝爲敵則是最後非不必要的選擇。

「所以？」莫維微側首瞥視他。會單獨談話，絕對不是只想講這些。

「我現在要說的，是紹斯艾瑞亞在這陣子所發生的事情。」史都華德嗓音沉著，清晰明瞭地道：「首先，伊芙夫人及其一對龍鳳胎，於三個月前失蹤，目前最後已知出現的地點是在距離領地邊境五哩的一個荒廢城鎮。他們是自己主動離開住所的，這點馬伕及府中女傭可以證實。」

伊芙夫人，即皇帝的那位情婦。

莫維沒有見過她，甚至他血緣上的那雙異母姊弟。理由是，那對他來說，不重要也毫無關係。

「在失蹤之前，有什麼異狀？」不過，他可以感覺到，這三個人會消失，是跟皇帝有關。他得知道原因，或許就能弄清楚皇帝想要做什麼。

伊芙夫人身體柔弱，帶著孩子在紹斯艾瑞亞養病，是個不算公開的祕密。也就是唯有一些貴族聽說過，沒有公之於眾。

身爲紹斯艾瑞亞的治理者，他們沃克家族理所當然地承擔照顧責任，所以他們是有派遣護衛守在伊芙夫人府邸的。皇太子會這麼問，足以顯示他相當明白領地與伊芙夫人的情況。

史都華德道：

「若是伊芙夫人附近的怪事，那倒是沒有。他們在領地已經平穩生活很長一段時間了，不過據府上的侍女回報，她在失蹤前明顯地心緒不定。」

莫維冷冷一笑。

「那跟我進城時，看到的巨大建築有關？」

雖然尚未竣工，不過從已完成外貌來看，那是一座神殿。

「那並不是我下令建造的。」史都華德道。雖然他是這片領地的領主，但是皇帝親自號令要建設，他僅能接受。

聖神教的巨型神殿，短短數年一座又一座立起。在紹斯艾瑞亞的這座，將會是除首都神殿以外最宏大雄偉的殿堂。

「紹斯艾瑞亞應該有祭司進駐了？」莫維向他確認。

「是。就在三個月前。」史都華德道。雖然不能確定是否有關，但是伊芙夫人產生異狀的時間，和祭司及教徒進城時機吻合。

莫維沉吟。已經在此穩定生活許久的伊芙夫人，會忽然想要離開，一定是外界產生致使她做出如此決定的變化。身體不好，又帶著兩個孩子，這對貴婦人來說，是個萬不得已的選擇。

所以他猜測的是皇帝派人準備處置她，就像處置伊斯特一樣。這裡沒有皇帝的使者，只有和皇帝過從甚密的聖神教，因此他推斷聖神教帶給她某種訊息，但是目前還不清楚是什麼。

莫維推開窗戶，一頭灰鷹遂由天而降，停在窗臺上。

史都華德原本略感訝異，不過很快發現那是莫維飼養的飛禽。

就聽莫維道：

「我會把所有事情查清楚。紹斯艾瑞亞，別妨礙我就好。」

他笑。不容拒絕的。

室內，好黑。

僅有壁爐裡搖曳的焰光，忽明忽滅的顯得詭異。

莫維就站在那團火的前方，高大的身姿挺拔不群，器宇非凡。他低著頭，像是在注視那狂妄燃燒的烈焰。

「那個女的死了，雙胞胎裡的姊姊也死了。」

他說。態度像漫不經心地談論天氣好壞。

格提亞想起來了。

眼前這個畫面是曾經發生過的，對當時的他來說，更像是一件別人的事情。

莫維口中那個女的，就是皇帝的情婦；至於雙胞胎裡的姊姊，則是莫維的異母妹妹。

格提亞想要講話，卻發現自己發不出聲音。

因爲那個時候，自己是保持沉默的。

莫維抬起那雙美麗的紫色眼眸，在這昏暗的房間，映在他眼裡的火光，看起來是那麼危險。

「不過，我知道他想要做什麼了。我會在那之前，砍掉他的頭。」

說完，他笑得彎起雙眼。

用這個熟悉的表情，毫不猶豫地說出要殺死自己父親的話。

在莫維面前的自己，非常平靜。心裡想的是，若是他能除掉現任皇帝，那麼魔塔可以從皇帝手中解放了。

因爲，自己再過不久就會和皇太子提出這個交換條件。

在嘗試各種魔法理論的深度研究，確知師傅阿南刻此生眞的再也無法離開塔頂後。

格提亞感覺自己的嘴巴動了，好像說話了，卻完全聽不見聲音。

然而莫維聽到了，道：

「你什麼都不用知道。就像以前一樣在我身邊就好。」

語畢的一瞬間，格提亞倏地睜開眼睛。

他雙手抓著被單，心臟跳得好急。進入眼簾的，是有點陌生的床頂。

這裡是紹斯艾瑞亞領地，公爵的府邸。確認過現實，他才發現自己額頭有一層汗意。

微喘著氣，他撐坐起身。

與其說是做夢，更像是他的記憶回流。

雖然他沒有失憶，可是上一次，由於他不進行干涉的緣故，很多事情的細節都沒去注意，甚至迴避。因此才會導致即使他倒轉時間，對於曾經發生過的事件，僅有輪廓的模糊印象。

那時候，在壁爐前，他應該是問莫維，皇帝想要做什麼。這是因爲始終秉持不可干預的他，終於感到不大對勁。

皇帝開始私下進行一些非關治理國家的動作，聖神教的動向也很奇怪，周圍瀰漫詭異的氣氛，總之直覺正在警告他，所以他無法再忽視下去。

可是，莫維雖然得知皇帝的目的，最後卻沒有告訴他。

接下來，莫維以勢如破竹的態勢，攻進中央皇宮，並且讓皇帝人頭落地，這使得回答變得無關緊要。

因爲皇帝還來不及進行，就已經被莫維徹底摧毀了。

難道這次也會一樣？如果能在夫人以及小皇女遇害前阻止的話，也許能夠成爲改變結果的關鍵。

格提亞屈起腿，抱著自己膝蓋，把臉埋在手肘裡。月光將他的影子映照在潔白床鋪上。看起來既孤單，又寂寥。

「……呼。」

最後，他輕聲地嘆息。

距離終點，已經愈來愈近了。他有那個預感。

格提亞緩慢地閉上眼睛。

就這樣，天亮了。由於沒睡好，所以當愛德帶著夏佐及賴昂內爾敲他的門，邀請他和他們以及歐里亞斯出去逛逛的時候，他本想婉拒，不過想到自己待在房子裡不會有什麼幫助，還是得上街瞧一瞧。

在佛瑞森時，就是如此才找到安娜和卡多，也因此得到艾爾弗的幸運符。

當他換好衣服，走出房間時，外面忽然變得非常安靜。

他抬起眼，結果見到莫維站在大家的面前。

「要出去？」他就是笑著這麼說道。

相當地突兀，而且可怕。在艾恩，他從來不主動跟騎士們互動，所以這是非常奇怪和令人不適的，即便是樂天的賴昂內爾，也張著嘴表情呆滯。

愛德華自風鳴谷以來原本就怕他，還是夏佐最勇敢，道：

「是的。」事實上，也是她提議出門的。

從伊斯特到紹斯艾瑞亞這一路上，愛德華都相當委靡，所以她才想拉他出門走走，就算無法那麼快振作起來，就當散散心也好

她帶著愛德華一起來找格提亞，理由是在伊斯特的時候，他們也曾這樣一同上街。她覺得愛德華對格提亞有一種信任感，可能源自於以前都參加過討伐隊。

也許，皇太子殿下現在會這樣，也是相同原因吧。夏佐心細，很快地發現，莫維從沒正眼瞧過他們的雙眸，放在他們身後的格提亞身上。

「去哪裡？」莫維又問。還是相當友善的。

可是他愈如此，愈莫名讓人感到背脊一股涼意。

「還沒決定。應該會是去書店。」畢竟他們在伊斯特時幾乎都是去那裡。夏佐誠實回答。

「去那麼無聊的地方做什麼？」明明表情和語氣都沒什麼變化，卻忽然好像在嘲笑一般。莫維道：「都跟我走。」

聞言，三個年輕人面面相覷，倒是格提亞，步出房間同時順手帶上門。

「我知道了。」他向莫維應道，朝著旁邊的三人點頭。

莫維轉身就離開，格提亞遂跟上去。

沒機會去找歐里亞斯一起了。儘管夏佐不曾想到會變成這個樣子，還是趕緊拉著發愣的愛德華和賴昂內爾走了。

皇太子總是騎馬，他們很少見他使用其它移動的交通手段。不過今天，他卻吩咐準備兩輛馬車。

也許是因爲他們不能太過張揚，馬車可以很好地隱蔽，畢竟愛德華目前情況比較微妙。夏佐這麼想著，和愛德華與賴昂內爾上了馬車。

至於皇太子與大魔法師兩人，則在前面那輛。

位處帝國南方的紹斯艾瑞亞，東邊部分與鄰國接壤，西部海岸線則擁有國內最大貿易港口。由於氣候溫暖，即便是冬天溫度也相對穩定，因此萬物富饒，植物或動物皆多樣性高，也能夠生長得宜，沒有像北方佛瑞森被氣候影響僅能偏向某種產業的現象，各項領域均衡發展。

糧食自給自足，多的則囤積應急，甚至支援其它領地，一直是個相當富足的領地。唯一的問題僅有夏季水患，不過這也在堤防等治水工程推進以後，亦有顯著的改善。

夏佐聽說過紹斯艾瑞亞的繁華，才想帶沮喪的愛德華出來散心。一路不停地來到鬧區，她馬上就知道出府前自己對於馬車的想法錯了，固然理由確實是不要過於暴露在外，但那可不是爲了愛德華。

馬蹄聲踩在石板路上，喀噠，喀噠的。距離前方宏偉的建築愈來愈接近。

格提亞望向車窗外那純白的殿堂。

高聳的尖頂，被一根根巨柱所支撐，氣勢恢弘莊嚴，上面還有細緻到令人讚嘆的雕刻，在那些雕刻的最高處鑲嵌著珍珠與鑽石，陽光下炫目閃耀，就算僅有單色，一點也不影響其華麗。

巨殿四周皆是菱形的紋章，彷彿神明的印記，降臨整片領地。

即使尚未完工，也足以展現其氣勢。

「……聖神教？」格提亞喃道。原來莫維是想要讓他看這個。

莫維一副就是如此的表情。

「就在我和你，在艾恩過日子的時候，聖神教已經擴張到這個地步了。」雖然這對他來說，也不算什麼威脅。

但是，很礙眼。

聖神教想將魔法師取而代之，這是淺顯易見的。不過這種只會閉著眼睛祈禱的東西，連提起魔法師三個字的資格也沒有。

莫維注視著在自己面前的格提亞。

格提亞沒有察覺到他的視線，僅道：

「是皇帝的緣故。」聖神教能夠成就此等規模，一定是這個原因。

莫維的目光，依舊停在格提亞的身上。

「沒錯。你說過，聖神教和皇帝有問題。」他道。

可是自己能確定的，也唯有這點。格提亞在以前經歷的那段時間，直到最後也不曉得皇帝和聖神教想要做什麼。

當時已經弄清楚一切的莫維，在那發生前將其毀滅了。

可是這一次，聖神教擴展得更加快速了。

所有的事情都提早了好幾年，被他介入且改變的部分，一定也牽動著周遭，造成關連性的影響，莫維是否還能像曾經那樣洞悉？他不知道。

變動的細節，異樣的發展，相同的結果。

有一種，就要開始混亂的預感。

在馬車越過神殿之際，十數名穿著白袍的教徒緩步走向殿內。

好相似，和薛西弗斯穿的衣服。

不過領子和袖口不同，教徒袍子也沒有腰帶。聖神教的服裝是白色長袍滾著銀邊，薛西弗斯則是金邊，當時由於薛西弗斯在外面罩著披風，所以沒能看太仔細，雖然整體來說相當接近，又不是完全一樣。

他再見到薛西弗斯時，心裡疑惑薛西弗斯與聖神教的關係。看來，薛西弗斯多半不是普通教徒，是位階更高的大祭司，甚至是教皇。身分和教徒有所差別，著裝才會那麼相像又有異。

身為擁有魔力的艾爾弗一族，薛西弗斯如何能在聖神教擁有一席之地？

以前或現在，他和聖神教的接觸都不多，薛西弗斯在人前，也許用魔法改變了樣子，明目張膽地掌控著聖神教。格提亞垂著眼，整理目前所知的情況。

莫維沉默地看著他。

格提亞忽然陷入思緒，再度自顧自將他排除在外。這種時候，他總是覺得十分不快。

馬車繼續前進，離開熱鬧的地方，往城郊的方向而去。

經過一段不長不短的時間，到達某處看起來像是荒廢村莊的地方。莫維於是揮了下手，讓愛德華他們的馬車停住。

「在這邊看著，別讓其他人進來。」他命令道。

這時車上三人總算明白，原來帶著他們是用來把風的。他們也無法過問皇太子殿下是要去做什麼，僅能傻傻注視著莫維和格提亞徒步進入的背影。

「……這裡是？」格提亞啓唇問道。畢竟莫維什麼都沒對他說。

「那女人和雙胞胎最後出現的地方。」莫維冷淡地道。他感興趣的不是他們的行蹤，而是或許在這裡留下的線索。「我要知道克洛諾斯突然找上他們的原因。」皇帝情婦在紹斯艾瑞亞領地休養，已經好幾年了。

對他們始終不聞不問的皇帝，突然想起其存在，同時間，皇帝也在伊斯特做出明顯的陷害動作，這些到底有沒有牽涉關係，他要弄清楚。

如果全都是克洛諾斯想要對付他的前置作業，那他要先一步處理。

莫維朝旁邊揮出右臂，長長的金色繩索頓時也從他掌心甩落在地，他微一抬手，繩索就彷彿有生命似的，如同一條攻擊的大蛇，迅速朝向前方的房屋。

啪地一下！

面前破敗的屋子，瞬間就被他劈成了兩半。

格提亞愣住。回過神來，對他道：

「停下。」

莫維道：

「這裡已經沒有住人了。」他從史都華德那裡得知，這個村莊由於去年的暴風侵襲，幾乎完全毀壞，因此居民不得已遷村了。

身爲領主，史都華德爲領地民眾在更適當的地方，重新建造城鎮。

那麼，爲何在這種地方，被目擊到那三人身影出沒？

「就算都沒人，那又爲什麼要破壞。」格提亞很早就注意到，自從莫維徹底掌握金索這個能力，就一個勁地濫用。對於將此魔法傳授給他的格提亞來說，並不想要見到這種用法。

莫維一副理所當然的樣子。

「因爲太亂了，得先清理一下。」說著，又是揮手掀翻好幾個屋頂。「畢竟我不擅長偵察。」他對著格提亞笑道。

這是實話。比誰都強悍的莫維，卻找不到自己皇太子宮的魔法出入口。

格提亞眼見他端著張笑臉到處破壞，只能道：

「我可以幫忙。所以不要再這樣了。」把他帶到這裡，不就是想要他有所用處，他又怎麼會不曉得。

莫維絕不會求人，但是，會逼對方達到他所要的結果。

聽到他這麼說，莫維收回金索。

「畢竟你是老師，一定什麼都會。」他微微一笑。

每次喊他老師的時候，都這麼陰陽怪氣。格提亞覺得自己就算是個木頭，也很難忽略莫維那種故意。

他走向面前的空屋荒地，其實，剛才莫維在大動作掃蕩的時候，自己好像感覺到了什麼。說不上來的，這裡確實是有些東西。關於魔法的。

以前，由於他天生擁有無窮無盡的魔力，對於同樣性質的存在是相當敏感的，現在雖然體內已經失去絕大多數能量，那種敏銳還是有一些殘存在身體的記憶裡。雖然不再能一瞬間就發現，給他點時間，也是能感應到。

在格提亞本人沒有發動魔法的情況下，莫維此時察覺自己體內的魔力軌跡在蠢蠢欲動。那表示是格提亞無意中在驅動。

在艾恩的一千多個日子，他讓格提亞配合他做過各種類型的嘗試，因為他必須清楚格提亞如何能夠使用他的魔力，畢竟他討厭單方面地被掌握。

發動的條件其實非常簡單，幾乎是只要格提亞想，就能從他這裡得到。在多次實驗過後，甚至還致使格提亞變得更加輕易取得，就像是閥門鬆開了一般。

對他來說，格提亞愈來愈危險。是未來勢必處理掉的人。

莫維凝視著他清瘦的背影，眼神變得冷暗。

格提亞僅是專注著眼前，在走過幾間破屋後，突然停下腳步。

「在……這邊。」立於他面前的，是一棟相對這附近的建物來說，保存還算良好的住所，僅外牆上有些斑駁紋路，屋頂窗戶或門房，雖沒到完好無缺，至少足夠遮風避雨沒有問題。

他伸出手，推開了大門。

木造門板「咿呀」一聲緩慢敞開，進入眼簾的畫面，和那些破敗的房屋沒有什麼不同，布滿灰塵與蛛網，骯髒的地毯，翻倒的家具，搖搖欲墜掛著的窗簾，就是一處曾經有過人，結果被放棄的生活空間。

看著是這樣沒有錯，可是，有哪裡不大對勁。格提亞在窗簾和牆邊接觸的地方，看見不吻合的痕跡。

就像是一張圖畫，被覆蓋新的構圖與顏料，卻沒有完成那般。

於是他低頭望向地板。雖然，很不明顯，不過他的腳底下，有一個魔法陣。格提亞蹲下身，用手指抹去露出地毯的那一角炭筆粉末，輕聲道：

「對我展現。」

就聽啪的一聲，他指尖接觸的地方突地裂開一道縫。那縫宛如蛇行向前延伸，接著就像是憑空碰到一堵空氣牆面，裂痕繼續往上攀爬，旋即，眼前的畫面如同玻璃般破碎了。

剛剛所見到的一切，原來都是魔法陣建構出來的虛像。

隱藏在後面的，才是眞實的場景。

此時此刻，格提亞沒有意識到，自己使用的是莫維的魔力。不過莫維自己十分清楚。畢竟，那是從他體內導流出去的。

這是，那個刻有他名字的魔法陣，給予格提亞的特權。儘管神奇的事情一瞬間就在面前發生了，莫維還是更在意這點。

破敗的屋內景象消失，展露出來的，是儉樸乾淨的客廳。在這客廳的角落，佇立著三個人。

一名貴婦人，她的左右兩邊，則有一男一女的孩子抱著她。

那兩個孩子約莫八歲左右，高度在貴婦人的腰部，而且，長相十分相似。

莫維一笑，慢條斯理地道：

「初次見面，伊芙夫人。」

那名貴婦人，也就是伊芙夫人，一手攬著一個孩子，做出保護的動作，戒慎恐懼地注視著莫維。

「你是……」她想起帝國僅一人擁有紫色眼眸。於是很快地將兩個小孩藏到自己的身後。「不要過來！誰也不能帶走我的孩子！」她威嚴地斥喝道。

伊芙夫人久居紹斯艾瑞亞，對外界不聞不問，堅持低調生活了許多年，甚至刻意迴避皇室的消息，所以即便身為情婦，也不是非常清楚皇帝與皇太子之間的傳言。

她只曉得，跟皇室有關的人，要來抓走她的小孩。

那是皇帝克洛諾斯，將她安置在此地時所留下的告誡。待在這裡，直到他需要「他們」。

她非常明白，皇帝口中的他們，不包含她。因為在她生下小孩以後，任務就已經結束了。

對皇帝來說，她早是個沒有任何用處，等著被扔掉的垃圾。

可是，她有孩子。她必須保護他們，不要像她淪為皇帝用完就丟的工具。

伊芙夫人表情嚴厲，眼裡卻帶著惶恐與不安。在她身後的小女孩，抓著她的裙襬，確認過自己母親真心厭惡不速之客，小女孩瞪著眼睛朝莫維和格提亞伸出了手。

「嗯？」莫維笑一聲。

不管那小女孩要做什麼，都會馬上結束。

格提亞和莫維同時發現小女孩的舉動。格提亞一下子上前，這個站位干擾到莫維就要進行的反制。

伊芙夫人則由於格提亞的接近不覺後退，女孩反而一個箭步跨出來，在母親驚訝拉住她前，她朝格提亞用力揮了下手。

一道光刃倏地從她指尖射出，朝格提亞面部迅疾飛去，他卻恍若未覺。

莫維瞇起眼睛，冷哼了一聲，那光刃便偏掉方向，噗一聲砍在了旁邊的牆面上。

小女孩顯然沒料到會這樣，她大吃一驚倒退，伊芙夫人正好將她抱入懷裡。

就在這一刻，格提亞前傾彎下身，同時用雙手捧起女孩的臉。

她有一雙常見的棕色眼睛，可是瞳仁的最中心有一圈玫紅色紋路，如果不是近距離觀察很難發現。這麼想著，旁邊，突然地探出隻小手，用力扯住格提亞的衣袖，他轉頭看去，見到小男孩瞪視著他。

而且勇敢開口道：

「放開母親和姊姊。」

這個男孩，和他的雙胞胎姊姊擁有同樣的眼睛。

他們具有魔力，會使用魔法。

這個房子之所以能夠隱藏起來，原來是因為這對龍鳳雙胞胎。

正當格提亞還在初步釐清狀況的時候，一股氣息忽地貼上背後，眼角餘光見到莫維要做出動作，他舉臂阻撓道：

「不可以。」語畢，感到莫維抓住了他的手腕。

莫維露出一副什麼不可以的表情。

「難道你以爲我會對付這兩個小東西？」他讓格提亞鬆手退開，不要碰那個女孩，也不要被那個男孩碰。

格提亞不得不承認，有那麼一瞬間自己是那麼想的。他閉了下眼，要對伊芙夫人及兩個孩子表示沒有敵意的話，首先還是得先介紹自己。

「我是格提亞．烏西爾。」

他道。

這對雙胞胎，姊姊叫做弗蕾雅，弟弟叫做弗雷。

和莫維一樣姓雷蒙格頓。

是帝國皇室的血脈。

在回去公爵府的路上，伊芙夫人以及兩個孩子都非常警戒。格提亞在馬車裡，面對著他們，也不曉得該怎麼對話。

事實上，他想要進行的說服沒有成功。伊芙夫人是當場判斷若不聽從莫維會更加危險，所以逼不得已才和他們走。

已經被發現的藏身所，也不再穩妥。

她或許正在想著過後另找機會逃脫，總之要把孩子安全放在最優先的話，現在反抗是行不通的。

莫維那極大的壓迫感會讓她那麼覺得。

失蹤的伊芙夫人及其龍鳳胎，被莫維帶回公爵府，史都華德一臉訝異。這不過是莫維來到紹斯艾瑞亞的第二天而已。

他趕緊喚人安置貴客，在莫維的命令下，告誡此事不可張揚。那就不能是隨隨便便的侍從來侍候了。

趁著史都華德還在走廊安排，休息的接待廳裡，格提亞對莫維道：

「你把他們帶回來，打算怎麼做？」

莫維坐在單人沙發裡，端起茶杯，優雅地啜飲一口。

「克洛諾斯想找他們，我就要讓他找不到。」他彎著雙眸笑道。

雖然這的確是莫維的性格，不過，莫維當然不僅有這種單純的想法而已。格提亞道：

「那兩個孩子會使用魔法。」這和皇帝突然找上他們一定有關。

莫維低垂眼睫，睇著杯中淺淺漣漪的茶液。看起來，雙胞胎不像他一樣，是經歷過反覆試驗出生的，因爲生母還活著，也陪伴在身邊。

那麼就僅有遺傳這個可能。雷蒙格頓皇室原本就和擁有魔力之人聯姻，即便經過數百年證明這種血緣會愈傳愈淡，皇室紀錄裡仍有記載過隔代的影響，雖然稀有，的確是會發生。

「不過，能力不怎麼樣。」莫維冷淡地評價。在那間屋子裡，他沒有感覺到特別強盛的力量，小孩使的都是雕蟲小技，伊芙夫人多半也是知道無法抵抗才選擇綏兵之計聽話。

格提亞確實也是這麼認爲的。雖然沒有人教導，只要能想辦法取得魔法相關書籍，就能夠畫出魔法陣，「將自己隱藏起來」算是相當基礎的魔法。

雖然雙胞胎進行攻擊，那也是射出飛鏢的程度。在格提亞相同歲數的時候，他已經能夠翻江倒海，他相信以莫維的魔力也差不多是如此。

不過當時，還是有一些奇怪的地方。

格提亞沉吟。他必須和那兩個孩子談談。

此時，史都華德進來了。

「能夠找到失蹤的伊芙夫人與孩子，我史都華德由衷感謝殿下及大魔法師閣下。」他禮貌地行禮，正色道：「公爵府能給予庇護，但可能維持不了多久。」

皇室血脈在他的領地失蹤，他身爲領主是有責任的。能夠找回他們，當然必須道謝。

聽說形跡是用魔法掩蔽，難怪即使派出麾下菁英也毫無辦法。結果是主動藏匿非遭遇劫持，由這一點史都華德自己也已進行推敲，伊芙夫人突然帶著孩子躲避起來，唯一能夠使她做出此事的，唯有皇帝。

倘若皇帝下令搜索公爵府，那就沒有辦法了。

莫維瞥著他，道：

「你倒是十分配合我。」不論是從伊斯特過來留停，或者將皇帝正在找尋的情婦帶進府邸，號稱中立的沃克家族，居然能夠如此明顯地違反原則。

史都華德自然明白他話裡的意思，因此默然了半晌。

然後，他道：

「自陛下臥病在床，便開始有意無意地針對我們沃克家。」這不是什麼新聞，貴族間也知道就是因爲如此，前公爵巴力才會退位讓給兒子。不過接下來，則是僅有少數人知曉的祕密。「從我父親卸下公爵頭銜，離開皇后宮後，皇室就開始追殺他。」所以他走了，對外都稱是旅遊，唯有直系子孫能與他聯絡。

史都華德選擇在此時說出這件事，原因是皇太子似乎不信任他。他和皇太子不需要建立互相信賴的關係，可是不能引起對方懷疑，這是父親巴力告訴他的，就在父親離開皇太子宮沒多久。

父親感覺沃克已成爲皇帝針對的目標。沃克家或許可以獨自面對皇帝的刁難，不過，若能有助力那會更好。

因此，皇太子莫維就是這種存在。他們之間並不是戰友，只是都站在皇帝的對立面。

皇帝想要除掉巴力，莫維不感意外。

「所以？」他還是問。

史都華德道：

「沃克家經過調查確信，皇帝陛下正在將計畫的某些事情付諸實行。」雖然他們需要更多的線索去確定目的，可是皇帝原本大病的身體，在離奇痊癒之後就動作頻頻，似乎這幾年都在鋪陳，較爲敏銳的貴族們皆感覺到氣氛的不對勁，而且，皇帝在最近還加快了速度。

就像是在著急一樣。

「這可眞是個不錯的訊息。」莫維微笑。

史都華德看不出他是在諷刺還是眞的稱讚，儘管他對莫維本人不怎麼熟悉，不過憑靠著本能也足夠感受到莫維的不簡單，所以他說的或許都是莫維早就知道的消息。那意味著毫無價值。

於是他轉移視線，放在安靜聆聽的格提亞身上。這令莫維不著痕跡地微皺了下漂亮的眉毛。

史都華德道：

「大魔法師閣下有什麼意見呢？」他很清楚，大魔法師直屬於皇帝，在好幾年前的討伐，他的孩子歐里亞斯就和他提過，皇太子殿下的身旁有大魔法師。

莫維因殘忍處決皇后陣營的薩提爾被貶至伊斯特，貴族無人不知，現在皇太子和大魔法師由伊斯特來到紹斯艾瑞亞，那就表示，這數年大魔法師始終跟隨皇太子。

皇帝還對此無異議，這眞是奇妙又詭異。不過作爲統治南部領地的公爵，他當然擁有政治方面的敏感。

從皇帝迅速讓聖神教擴張可以推論，聖神教的存在意義是取代魔法師，所以看樣子，大家的立場都是相同的。

皆是皇帝要解決掉的人。

還是相同的結論，他們都站在皇帝的對立面。

格提亞對政局沒有太多的瞭解及研究，不過他已經歷過一次，所以他明白皇帝正在計畫剷除那些有威脅的人。

即使已經跪下伏首稱臣，也不再能容許其存在。

就像他的師傅阿南刻。

「我需要和那兩個孩子談話。」格提亞把剛才所考慮的說出來。

史都華德想了一想。

「我認爲他們不會坦白所有事情。」伊芙夫人住在紹斯艾瑞亞將近九年，從懷孕時就是在這個領地生活，卻從來沒有接觸過任何貴族，以她的身分，讓公爵府幫她找間豪華住宅都是可以的，但她就是帶著兩個孩子，在那種平民騎士也買得起的房子裡，非常低調地過著平凡的日子。

偶爾，他們甚至會不小心遺忘她的存在。

由此看來，伊芙夫人大概排斥貴族，再加上正在躲避皇帝，應該是很難對他們坦露什麼。

莫維不覺得格提亞是要對兩個小孩問話，他應該就是單純地想要瞭解一下會使用魔法的雙胞胎而已。畢竟他是該死的老師。

不過，雖然格提亞不是那個意思，莫維判斷他們身上一定有線索。

這對雙胞胎一直被藏得很深，甚至從未在皇宮生活過，以克洛諾斯的作風這不算奇怪，因爲伊芙夫人僅是情婦而已，不過，那對流著克洛諾斯血液的龍鳳胎擁有魔力，且會使用魔法。

那就完全不一樣了。

皇帝會對擁有魔力的皇室子女做什麼，沒有人比莫維更加深刻了。

出生至今都不聞不問，一夕之間又要召回皇宮，那個理由，對克洛諾斯一定非常重要。

「就算他們什麼都不會說，也要想辦法使其開口。」莫維講話的時候，帶著笑容。

史都華德卻一點也沒有覺得哪裡値得笑的。他們要面對的是女人和小孩，到底該怎麼做？

莫維會有這種反應，莫非是皇帝想要另立皇太子了？

史都華德對莫維的出生遭遇以及個性，都只限於貴族間的談論，以及兒子歐里亞斯的描述，然而其中矛盾甚多，他自己此時和莫維接觸短暫兩天，也感覺比別人口中說的都還要來得不同。

貴族說他是魔鬼一般邪惡的美麗外貌，還具有不屬於人類的力量，極其殘忍又陰毒，是違背神意的個體，所以才會背負詛咒，有一天神會收回他的生命。歐里亞斯則盛讚他強大果斷，儘管相當冷漠高傲，面對狀況，始終都是正確的，沒有做出錯誤的決定。

是適合戴上皇冠的皇太子。

若是眞的坐在帝位，歐里亞斯甚至提及自己會想要成爲輔佐官員。

歐里亞斯一直都非常懂事明理，這算是非常高的評價了。當他得知皇太子一行人眞的會來紹斯艾瑞亞時，也是眞心地高興。

史都華德則覺得兩方都沒有講錯，都是皇太子的其中一面。但他本人，認爲皇太子極其危險。

這是從他父親巴力那裡得來的結論。

父親希望皇太子變強，以此來抗衡皇帝，他也眞的讓皇太子習得劍術，可是，父親認爲皇太子是明知道他的用意，卻不動聲色地接受了，於是斷論就在數年後，皇太子將會用屬於他本人手段的方式繼位。

正當接待廳的氣氛有些沉重的時候，管家安東尼過來了。

「殿下，主人，閣下。」他向在場的三位禮貌致意，道：「抱歉打擾諸位談話，伊芙夫人她……」

話都還沒說完，伊芙夫人就從管家身後出現，一臉著急道：

「快去請醫生過來！弗蕾雅！弗蕾雅她又昏倒了！」

史都華德聞言，立刻上前。

「怎麼回事？」

伊芙夫人顧不得體面，一把抓住史都華德的手臂，道：

「拜託救救她！」

史都華德使個眼神，讓管家馬上去請醫師，隨即對她道：

「帶我過去。」雖然他不懂醫學，還是得確認一下發生什麼事情。

他向莫維微躬身行禮，遂與伊芙夫人離開了。

莫維不感興趣，只是，格提亞一下子也跟了上去，接待廳僅剩他一人。

「……嘖。」他啜飲一口香醇的紅茶，旋即放下杯子。

隨著伊芙夫人來到二樓的房間，史都華德的妻子已經在裡面，吩咐準備毛巾冷水等物品。雙胞胎裡的弟弟弗雷站在角落，表情惶恐；弗蕾雅則躺在床上昏迷不醒。

「她忽然就發起高燒，很快地失去意識。」公爵夫人赫蒂對自己的丈夫重點說明。

到達府邸以後他們僅先更衣，尚未飲食，如果伊芙夫人與弗雷都沒事，那麼就不是食物的問題。史都華德詢問伊芙夫人：

「她有什麼疾病嗎？」整個過程都非常突然，應該早有什麼原因。

「她……」伊芙夫人一時無法回答。

因為，她不瞭解。一旁的弗雷終於上前，用那稚嫩的嗓音道：

「姊姊使用魔法就會變成這樣。」

「什麼？」史都華德和妻子赫蒂都是一愣。

雖然聽說找到人當時是魔法屏蔽，但是他們不曉得那是孩子的能力。還以為也許是伊芙夫人花錢或透過關係找的幫助。

儘管魔塔的魔法師是屬於帝國的，可是再怎麼管控也仍是有一些魔力微薄的地下魔法師，畢竟最初建國時沒有限制魔法師的血脈與足跡，即使由於和普通人結婚導致數量變得稀少，漸漸消失，可確實是有這樣的一個傳聞族群存在。

就在史都華德整理聽到的資訊時，格提亞進到房間，啓唇道：

「我能否看看她？」

對了，這裡有大魔法師。魔法的事情當然由魔法師來處理更為妥當。史都華德．沃克和這個家族裡大部分的人相同，他們都對魔法師有一種莫名的信任，源自於祖先曾經和魔法師並肩作戰。

他牽著妻子赫蒂讓開身，傭人早已離開房間迴避，床沿只有伊芙夫人以及弗雷。

格提亞來到弗蕾雅旁邊，仔仔細細地看著這個小女孩。

「她身上沒有魔力。」他得出這個結論，可是，當時確實是她使用魔法攻擊的。格提亞眨了眨眼，轉頭看向弗雷。「有魔力的……是你。」他道。

伊夫夫人聽到他這麼說，露出驚訝的表情。

「怎麼可能？那些魔法，一直都是弗蕾雅使用的啊！」

弗雷抿著嘴唇。

媽媽發現姊姊會用魔法的時候，他們五歲，根本什麼都還不懂，但是媽媽非常焦慮，和他們說，絕對不可以讓別人知道姊姊會魔法這件事。

他們聽話。姊姊對魔法十分感興趣，覺得能做到別人做不到的那感覺很棒，等到長大一些，姊姊向媽媽要求閱讀魔法的書籍，媽媽雖然爲難，最後並未拒絕，他也跟著姊姊看書，透過書本裡的理論，漸漸地，他和姊姊發現了。

唯有兩個人在一起，姊姊的魔法才奏效，若是分開就不行了。藉由這一點，他們很快地弄清楚是爲什麼。

那是因爲他們，一個只擁有魔力，一個只能施展魔法。正常的魔法師能力，被他們雙胞胎一分爲二。

也是由於如此，他們的瞳色不是書上說的那麼明顯。

因爲他和姊姊是只有一半的魔法師。

當明白這件事的時候，姊姊選擇不要告訴媽媽，媽媽知道她會魔法的時候那麼地害怕，若是和媽媽說其實他們兩個都是與魔法有關的體質，那媽媽會多擔心啊！

他們從小沒見過父親，與母親相依爲命。

所以，噓。

這是他們兩個人的祕密。

「請救救姊姊。」弗雷害怕地哭了。姊姊用魔法過後總會有些不適，但是休息就能復原，偶爾也有幾次瞞不過媽媽，可是，第一次這麼嚴重。

格提亞對魔法可謂是無所不知，不單純是他天生具備的無窮魔力，更是他從小就在阿南刻身邊學習。

在學院裡，他本來希望能將魔法的歷史傳承下去。

雖然，姊弟倆的狀況非常稀有，不過魔法史裡的確是曾經有過一樣的雙胞胎案例。格提亞表情平靜地對弗雷道：

「那麼，請你伸出手，放在你姊姊的額頭。」

他的態度緩和了小男孩的緊張，就好像這個人知曉姊姊發生什麼事，會幫忙他們，所以他不用擔心那般。弗雷走上前，毫不猶豫地將小手掌放在姊姊額上。

「這樣？」他回頭問。這麼做就好了嗎？

格提亞溫和道：

「你就想著，希望她能好起來。」

弗雷有點困惑，不過仍舊閉上雙眸，彷彿在祈禱，在心裡吶喊著，想要姊姊變好，變健康，張開眼睛，然後跟他說話！

神奇的事情發生了。

弗蕾雅原本由於高燒導致通紅的臉蛋，緩慢地恢復，就連那不舒服皺起的眉頭，也漸漸舒展開來，不過一會兒，她就像睡著一樣，呼吸平穩均勻甚至看起來還有個好眠。

弗雷因此圓睜瞳眸，飛快轉頭望向自己母親。

「這是……」伊芙夫人驚訝不已。從她有記憶以來，女兒若是如此，總是非常突然，找醫生怎麼看和吃藥都沒有作用，那還是普通發燒的不明病狀。今天這種特別燙手的高熱，眞的是嚇到她了。

格提亞始終態度穩定，沒有讓在場的任何人感覺到這多麼嚴重，侃侃道：

「我想妳是清楚的，這對雙胞胎能夠使用魔法。」這絕對是無法瞞過一位母親的，他們在木屋那裡，兩個孩子也確實在她面前施展過了。「體內擁有魔力的人，也會擁有軌跡，運用魔法對他們來說就像呼吸一樣自然。但是他們姊弟倆，弟弟體內雖有魔力和軌跡，可是缺少開關。」他說。

「開關？」史都華德不瞭解魔法，覺得這個名詞有點奇妙。

格提亞輕輕慢慢地，繼續解釋道：

「不是眞的開關，是軌跡的一環。魔力在體內循環著，我們可以自由收放開關，放出魔力驅動魔法。」他所說的，眞的是天生就會不需要學習的過程，所以他也很難去描述，這是他所能想到最好的說明了。「弗雷的軌跡多半是封閉的，只有弗蕾雅能夠輸出。又因爲弗蕾雅本身沒有魔力，所以她在使用這種力量的時候，身體會承受不住引發生病的反應。我想，這應該不是第一次了。」他問向伊芙夫人。

「……是。從小，弗蕾雅就無故地發燒。」伊芙夫人說道。原來，那是姊弟在她看不見的地方偷用魔法。「但是這次是最嚴重的。是什麼原因呢？是他們身體都變弱了嗎？若閣下知道的話，請告訴我。」眼前的人明顯具備魔法的知識，不管他到底是誰，她都得問。

「我想，他們以前應該都是用一些很小的魔法，這次爲了隱藏起來，畫了魔法陣，也必須擴大施展範圍。」這對雙胞胎不是普通的狀況，所以無論怎麼做都會有副作用產生，這些都會反撲在毫無魔力的弗蕾雅身上。

伊芙夫人整個人呆住。自從逃跑後，弗蕾雅總是氣色不大好，想來那個時候可能就偷用魔法隱藏他們了，到今天察覺有外人搜查，她翻開地毯，原來下面早就畫好了魔法陣。

她明明身爲他們的母親，卻讓他們冒這種危險。

「……媽媽，對不起。」弗雷看著她難過的表情，不禁拉住她的手。他和姊姊對媽媽說太多謊了，就算是爲了媽媽好，那也是不應該的。

伊芙夫人望著自己的兒子，從他滿是歉意的眼睛裡，理解雙胞胎的本意。他們三人一直都是相依爲命的，她又怎麼會苛責。

伊芙夫人伸手撫摸他的頭頂。安慰似的。

「沒關係。是我不好。」打從一開始，就是她錯了。

克洛諾斯讓她得到兩個珍貴的孩子，可是她不該依賴克洛諾斯生活，如今想要逃離他的掌控已經晚了。

她垂首安靜拭淚。稍微冷靜過後，她逐漸釐清眼前情況。

首先，這些人大概不是皇帝派來抓他們的。

否則孩子早就被迫和她分開，火速送往皇宮。她會被丟在這裡，眼睜睜地看著孩子被搶走。

「夫人，妳要坐下來休息嗎？」在場唯有赫蒂適合做出這個詢問。

伊芙夫人抬起臉，感謝她的友善。畢竟，很多地位崇高的貴婦人根本瞧不起皇帝的情婦這種身分。

「我沒事。」她勉強地笑了一下。接著，她彷彿做出決定，眼神堅定。「我會把事情都說出來，請幫幫我。」

她道。

在弗雷也因疲倦睡下以後，伊芙夫人來到接待廳。她面前的，除幫過她的格提亞，還有皇太子莫維，以及府邸的主人史都華德。公爵夫人赫蒂向來只主內，打理公爵府上下一切事務，卻絕不參與和插手丈夫的主外事宜，所以已經退下。

伊芙夫人在沙發椅中落坐，或許是接下來的所有事情都是第一次告訴別人，所以她需要醞釀，給予自己勇氣。

「我是，某個偏僻領地的伯爵之女。」她啓唇道。

大概很多人以爲她是出身自風化場所的女人，所以甘願成爲沒有任何名分的情婦，可是其實不是這樣的。她的父親有五個女兒，由於過於揮霍以及缺錢，女兒們被以各種名目賣給貴族或騎士。

姊妹們有的很幸運，即使是金錢交易，也遇到還算不錯的丈夫，不過也有成爲足夠當祖父的年老貴族的妾室。而她，被神祕的買家看上，她父親得到一大筆可觀的金錢，她的任務卻不是嫁人，而是生小孩。

在那個不堪回首的夜晚，她終於知道，自己的肚子裡將會懷有誰的血脈。這個祕密，她被告誡絕不可以說出口。

一旦確認她懷孕，皇帝就再也沒碰過她，她不能擁有皇室頭銜，也必須扔棄原本的姓氏，那是什麼都不曉得的父親覺得她未婚生子丟人。龍鳳胎誕生沒多久，皇帝有來看過，卻是有點不滿意的樣子，但是，孩子被允許留下來了。

她也是。此後她以伊芙夫人，皇帝的情婦這個身分，留在紹斯艾瑞亞生活。這是皇帝的命令。

父親在終於得知她生下的是皇帝孩子時，來找過她好多次。興奮地告訴她這全是因爲家族裡的祖輩曾經具有魔力，她才得到這種光榮。

然後有一天，他掉進河裡死了。

她對這個把他們姊妹當成商品販售的父親，沒有辦法產生太多親情，可是這個男人依舊是她的爸爸，所以她哭了。同時她也認知到，若是她不聽話，就會有相同的下場。

儘管如此，在紹斯艾瑞亞的日子非常平靜，就算缺一個正式的身分，皇帝也讓他們衣食無憂。幾年過去了，她甚至都要遺忘自己曾經感覺到的危險，以爲自己可以就這樣平淡地陪伴孩子長大。

然而，從來都不是她丈夫的皇帝，身體不好倒下了，她沒有立場也沒有意願去探視，對她來說像是一件不怎麼需要在意的事情。可是，接下來的種種都讓她感到不對勁。

皇室開始派人過來接觸，字字句句都圍繞在雙胞胎的狀況，又過了好久，變成神殿的傳使拜訪。幾乎每週一次，鉅細靡遺地觀察著兩個孩子。

作爲一個母親，這令她非常不安。

她不曉得該怎麼辦，就在某天，這些訪問忽然停止了。

就這樣過了將近四年，斷斷續續聽聞皇帝逐漸恢復健康，毫無預警地，聖神教的祭司找上門來了。

說要帶走雙胞胎。她怎麼可能答應！

於是她以需要整理行李的理由，流著眼淚拜託終於得到一個晚上的拖延，她當機立斷，帶著孩子逃走了。

這是他們三個人以前就討論好的。那時候神殿的傳使頻繁來訪，她覺得有不好的預感，當下就曾跟孩子們計畫過各種可能發生的狀況，三個人一起商量出結果。

他們不想離開媽媽，媽媽也想和他們在一起。所以，逃吧！

她知道女兒會使用魔法，女兒也相當自信地告訴她不會有問題，因此到達物色好的藏匿地點，他們一直躲在那裡。

即使公爵府的劍士團曾經找過來，就站在屋子前面，卻沒有能發現他們。

因爲女兒弗蕾雅運用魔法使得屋子極不顯眼。來找他們的人不是一個兩個，每次都順利地躲過去了，弗蕾雅身體雖不舒服最後也都是休息一陣子就好。

直到皇太子和格提亞的到來。

弗蕾雅不得不動用更深度的魔法陣，隱瞞室內的模樣。

「我……我不曉得皇帝陛下想做什麼，但是，我覺得很奇怪。」最後，伊芙夫人說出自己的結論。

她非常坦白，或許也是走投無路。因爲她懷孕以後就不曾涉及社交界，根本沒有能夠依賴的朋友，所以這段日子，她僅能和年幼的孩子一起想辦法解決。

史都華德聽完整件事情，第一個想到的是皇帝想要重新立皇太子，畢竟皇帝一直以來都隱隱不待見皇太子，所以皇帝或許在等雙胞胎長大；可是聖神教的介入感覺十分詭異，變得不大單純，確實是有蹊蹺。

他不禁望向皇太子。

皇太子莫維，面無表情，眼神卻相當陰沉，看不出在想什麼。

一旁的格提亞，則是思考過後啓唇問道：

「神殿派來的人，是關心孩子們的哪一個方面？」

伊芙夫人握緊手裡的帕巾，回憶道：

「大多是跟身體有關的健康狀況，他們特別關心弗雷，仔細地問了他的生日。」

聞言，格提亞感覺不大好。並非已經知道什麼，而是還在尋找答案就已直覺地認爲那相當異常。

皇帝陛下，正要做一件不正確的事。

從數年前就開始計畫，現在，已經準備完畢。

「呵。」忽然間，莫維笑了出來。「哈！哈哈哈！」而且是，放聲大笑。

明明前一秒伊芙夫人還在沉重地論述，這突如其來的笑聲，使得整個廳間呈現相當詭譎的氣氛。

「殿下你是……」史都華德不是很理解眼前的狀況，所以他出聲詢問。
莫維繼續大笑數聲，然後揚著嘴角，道：
「你們兩個先出去。」他看向史都華德和伊芙夫人。
兩人雖一頭霧水，不過他是皇太子，他們只能聽從。
「是。」
史都華德和伊芙夫人，一前一後地離開廳間了。
這再明顯不過的清場，格提亞因此道：
「你想和我說什麼？」還特地支開別人。
莫維美麗的眼睛，閃爍著冷冽光芒。
「明天，我們去一趟神殿。」
這和格提亞剛才心裡所想的不謀而合。他也覺得要從神殿著手調查。
「我知道了。」
去過之後，應該就能知道皇帝目的了。
以前，莫維就是在紹斯艾瑞亞得知所有眞相。
這是最後一塊拼圖。
翌日。
爲不引人注意，直到晚上，莫維才和格提亞穿著披風，騎馬輕裝出發。
神殿離公爵府邸不遠，穿過幾條街就能見到。這個時間，大部分民眾都已經吃過晚餐準備歇息，剩下酒館還燈火旺盛。

醉漢說的話沒太大可信度，所以即使目擊到什麼也不要緊，比起三更半夜在外騎馬教人懷疑，這個不是完全沒人的時段才是剛剛好。

莫維總是考慮得滴水不漏。格提亞這麼忖道，看著街道的情景才想到這些。

馬蹄清脆地敲在石板路上，和沿途酒館的吵鬧聲混合，所以在夜晚不顯得突兀。

「你覺得，皇帝是在計畫什麼？」忽然間，莫維開口問他。

格提亞轉過頭，看他注視著前方道路，一副不認真，僅是隨口聊的樣子。

「陛下不是想要換掉皇太子。」就算如此，他依舊給出自己深思過後的答案。

以前，他對什麼事情都表現的不感興趣，莫維也從不告訴他。可是現在，他主動參與其中了，這可能是莫維願意和他交流的原因。

「真巧。我也是這麼認爲的。」因爲皇帝，對擁有他血脈且魔力強大的孩子，有著旁人想像不到的瘋狂執著。莫維一笑，紫色眼眸在夜空下，變得極爲深暗。「小孩和魔法，關於這些，我倒是知道很多。」他道。

這一瞬間，格提亞感覺他變得非常陰沉。儘管平常有點不好捉摸，但是在特定的時候，莫維偶爾會散發這種強烈的情緒。

在他身旁這麼久，格提亞經常隱約地覺得，莫維的生長環境應該帶給他某種程度的影響，皇室總是外人不可探知的，如果他問的話，莫維願不願意和他說？

「你……」

格提亞正開口，就聽莫維道：

「到了。」

格提亞因此朝他的視線望過去，神殿就在眼前。很快地來到空曠的廣場，近看更顯得神殿的氣勢磅礡。

人因信仰而崇拜神，神如此高高在上，令人難以接近。

魔塔相信有神。否則就不會有艾爾弗一族，那些非凡的能力，是神所給予的；可是魔塔不認為神就是一切。人的命運，是屬於他們自己的。

神是至高無上，不會犯下錯誤的存在。這是聖神教的概念，因為他們覺得神不是人類，有著不容置喙的絕對正確。

這個理論，遺忘最原始的傳說，神是由於憐憫才將艾爾弗一族帶給人類。

既然擁有感情，那就不可能不會出錯。

因為人就是這樣。

神不會有錯，這個思想本身就有點偏執。那是否表示只要以神之名，做什麼都是不可能有誤的，也不允許質疑的。這樣的神，又怎會有慈悲的心。

聖神教最初的主張和理念並不是如此強烈的，真的要深究，是從上一任皇帝年輕時候就開始散播的，到克洛諾斯患病，這樣的教義迅速且強烈地傳遍帝國。

「……咦？」格提亞忽地停住動作。

有個人站在神殿前面，那人的長相和體型，以及無法忽視的華麗穿著，都教他一眼就認出來。

那是二皇子。莫維的異母兄弟，米莉安的親兄，科托斯・雷蒙格頓。

雖然，所有的事件都早了幾年，不過大致上都還是在軌道上邁進，那些提前時間所隱約造成的影響，格提亞可以感到正在逐漸擴大，就像是不應該出現在此的二皇子。

格提亞從馬背上落地，同時就在莫維的注視之下，毫不猶豫地朝二皇子科托斯跑了過去。

科托斯聽到腳步聲，轉過身，步伐搖搖晃晃的。

「欸？你怎麼在這裡？我是太醉了嗎？」他渾身酒氣，顯見剛正在哪處飲酒作樂。見到格提亞朝著自己奔來，他還揉了揉眼睛。

格提亞喘著氣，停住在他面前。的確是二皇子沒有錯，就是本人。

雙胞胎失蹤，是在紹斯艾瑞亞；那麼，二皇子是在何處死亡？

他只記得，皇宮發出消息，皇帝通令全國致哀。可是關於二皇子在哪裡，發生什麼，他全部都不曉得。

又或者，二皇子會出現在此地，僅僅只是個巧合？

科托斯有些醉茫，見他眼也不眨地看著自己，半句話不說，便大著舌頭繼續道：

「啊，莫非你是終於想跟著我了？好啊！我十分歡迎！」語畢，他伸出手臂，直接就要一掌拍向格提亞肩膀。

豈料，這個瞬間，他小腿忽然劇痛，整個人突兀地彎下身去。

科托斯旁邊立刻有兩名護衛現身，不過，他們要面對的，可是帝國的皇太子。莫維站在格提亞一側，對著護衛騎士微微一笑。

「怎麼？」他道。

輕描淡寫的一句話而已，兩個年輕人頓時頭皮發麻。

「拜見帝國尊貴的皇太子殿下。」同時行禮。

「你們這兩隻豬！」科托斯好不容易站起來，馬上破口大罵。「對他這麼禮貌做什麼！沒看他剛才攻擊我了嗎？」回過神才發現原來是小腿不知被石頭還是劍柄攻擊了。

一邊是主子，一邊是帝國皇太子，護衛騎士只能默不作聲。

科托斯心裡氣惱，不禁動手打了兩個騎士的頭，在人前毫不給予他們尊嚴。

「遷怒的樣子太難看了吧？你可以直接找我。」莫維還笑著在他的怒火上澆油。

誰都可以看出來，他就是沒辦法直接面對莫維，所以才對手下發洩。

科托斯一張浮腫的臉漲成豬肝色。

「滾！不要再出來給我看到！」他對兩名護衛怒吼。

護衛騎士狼狽地退場，回到隱蔽的原位繼續守護。

「你知道為什麼我是皇太子，但你不是嗎？」莫維揚著嘴角，一點都不留情。「就是因為你這種無能的樣子。」很不巧的，他也討厭廢物。

科托斯對他怒目而視。不過也僅能做到這樣而已。

完全無視這糟糕的氣氛，格提亞終於有機會開口問道：

「二皇子殿下，前來紹斯艾瑞亞所為何事？」據他所知，二皇子是個非常不喜歡離開首都的人，出生至今，從未至帝國領土與百姓接觸，總是在皇宮享福，在首都吃喝玩樂。

格提亞的提問剛好給科托斯一個不需要理會莫維的理由。他清了下酒嗓，道：

「我是……」感覺到莫維的視線，他一咬牙，抬起下巴。「你看到後面這座神殿了吧？這是帝國目前僅次首都的最大神殿，最近就要竣工，所以父皇派我先來瞧瞧！」他的眼神閃爍，很明顯的，因為說謊。

不是皇帝親口交代讓他過來的，而是母后拉托娜吩咐的。畢竟他總是賴在首都，完全沒有表現，所以拉托娜想他在一個適當的場合露露臉，彰顯存在感。

即使皇太子莫維被貶放到東部邊境數年，科托斯在民眾心裡的地位，一點也沒有提升。儘管莫維可怕不祥，不過誰都知道他絕非弱者，這是毋庸置疑的，可是關於二皇子科托斯，卻就剩下無能的紈褲子弟這種評價。

科托斯本人其實不在意，反正賤民怎麼想又與他何干，他只要等著繼承皇位就好，母親會替他打點好一切。也因此當拉托娜千拜託萬拜託，勸他來紹斯艾瑞亞的時候，他心不甘情不願地聽話。

這對他成爲皇帝有幫助的，遠一點沒關係！

來到紹斯艾瑞亞的路程就不用講有多累了，雖然說是首屈一指的大領地，怎麼也沒有首都繁華。不過住了幾天以後還算可以，環境粗糙了一點，至少在這裡的酒館消磨時間，母后罵不到他。

所以，他每天喝得醉醺醺的，如此開心逍遙的日子，直到此刻遇見莫維。

科托斯以爲他的胡言亂語可以騙過面前二人，畢竟他們離開首都很久了，他的發言足夠讓皇太子產生地位的危機感。而且等到神殿完工以後，母后自會幫他安排露面的機會，剛好適合。

但是深知皇帝克洛諾斯的莫維，根本不信。皇帝絕不可能給這種無能廢物任何任務。

「所以，你已經進去看過了？」莫維微笑問。

「欸？這……這是當然！」科托斯硬著頭皮把謊言繼續下去。

「那麼，那面神話的雕刻之牆，你也一定覺得讚嘆吧。」莫維笑得瞇起雙眸，露出單邊梨渦。

什麼牆？科托斯微醺的腦袋轉不過來，有點流汗道：

「沒……沒錯！確實巧奪天工！」

「哈哈！」莫維像在笑個白癡一樣笑他。

科托斯經常感覺，自己在莫維面前就是個小丑。他惱羞成怒，想著大魔法師剛才對他釋出善意，只要站在他這邊，那就可以證明他自己。

於是他又一次扶手伸向格提亞。

然而，這次莫維卻揚起披風，將格提亞納入他控制的範圍之內。

科托斯簡直傻眼。抬起臉，就見莫維微彎著危險的紫眸，對他道：

「不要動手動腳的，你沒有資格。」碰這個人。

就差下一句說要砍掉他的手了。科托斯摸著自己膀臂，剛被披風一角拂過，有種被斬了一刀的錯覺。

那股殺氣，致使科托斯完全清醒了。

莫維甚至都沒正眼瞧過他，對格提亞道：

「走吧。」

格提亞被他帶著，僅來得及對科托斯道：

「二皇子後會有期。」

莫維皺眉。當他看到格提亞下馬直接奔向科托斯的時候，他心裡有種很不愉快的感覺，沒有名字，無法定義，總之就是不想要見到這個畫面。

科托斯曾經在皇宮的舞會上拉走格提亞，跟當時的心情有點類似，不過，現在比那時更為強烈了。

強烈得嚴重干擾他，無法忽視。

陌生的情感正在左右他的情緒，莫維從格提亞身旁移開一步。

格提亞恍若未覺，道：

「今晚沒辦法進去神殿了。」科托斯和他的護衛騎士在那裡，甚至和他們照面，所以現在得暫時撤退。

遲鈍歸遲鈍，倒不是無知。格提亞說的完全沒錯，莫維就是因此帶他離開。

「神殿就在那裡，不會跑的。」他冷笑道。

那也是沒錯，不過要什麼時候再來？

明天？

這個答案，很快地格提亞便知曉了。早晨，神殿周圍都是二皇子帶來的騎士在巡邏站崗，看來科托斯為了落實自己的謊言，所以提昇他本人對於神殿的參與力道。

這也是拉托娜所希望的，必須彰顯存在感。

在他撤掉之前，都沒有什麼機會能再訪神殿。儘管格提亞在意，莫維卻是老神在在。

就這樣過去幾天。公爵府邸運作如常，史都華德帶著歐里亞斯熟悉領地工作，因為相當忙碌，偶爾才能碰到格提亞，歐里亞斯會和格提亞如熟人般寒暄幾句；至於伊芙夫人與雙胞胎，在府內被好好保護著，經常和公爵夫人赫蒂一起活動，赫蒂因此僅留信任的侍女在身邊，屋裡待悶了也會去花園。

一切都平靜無波。只是，什麼事也沒有解決。

在這種風雨欲來的氛圍中，一日夜晚，夏佐匆忙地闖進府裡，喊道：

「殿下！大魔法師大人！公爵大人！」

她以鮮少的狼狽，情緒激動的姿態，出現在眾人面前。

這個晚上，愛德華．戴維斯，卒於紹斯艾瑞亞。

得年二十一歲。

愛德華覺得沮喪和鬱悶。

自從以那樣的狀況離開伊斯特後，他整個人就一直深陷在低潮裡。

他總是想，自己闖禍，自己麻煩他人，自己成事不足又敗事有餘。儘管夏佐安慰他，賴昂內爾即使無厘頭也逗笑他，歐里亞斯和他有次不錯的對談，但都只能維持他短暫的振作。

很快地，他又陷入自我厭惡。

他會這樣，是由於他曾經做過蠢事，就算在那以後他積極地想要改變自己，然而好像才看到成效，他就又出事了。這次還連帶著那麼多人受到影響。

甚至大家都被迫離開伊斯特，他實在過意不去。

來到紹斯艾瑞亞不過幾天時間，他就深深有種無能爲力的感覺。

「愛德華！」

走廊上，夏佐喚著他，後面跟著賴昂內爾。

「你們來啦。」愛德華勉強讓自己露出笑容。

或許是他委靡的模樣太過明顯，夏佐和賴昂內爾經常會找他。目前他們都是暫住在紹斯艾瑞亞公爵府裡，只是夏佐和賴昂內爾可以出去，而他不行。

身爲案件的直接嫌疑人，儘管這裡距離伊斯特相當遙遠，可是皇家騎士團應該開始感覺到不對勁了，爲免他們循線追查過來，他自然是不要引起注目最好。

「我們今天帶了新的書給你。」夏佐遞出一個牛皮紙袋。裡面是她和賴昂內爾去書店裡買回來的書冊。

賴昂內爾不會什麼話語的技巧，道：

「我們挑了很久了！夏佐一直不滿意。」

「因爲看過的書很多了，你都拿重複的。」夏佐用手肘撞他的肚子。

「謝謝。」愛德華笑了一下，有被安慰到。

夏佐和賴昂內爾互望一眼。

賴昂內爾道：「我們去花園吧！今天天氣好好的！歐里亞斯說會給我們準備好吃的！」他口水要流出來了。

「好吧。」愛德華點點頭。他能活動的範圍也就這幾處。

三人走向樓梯口，剛好遇見莫維和格提亞。

「殿下！大人！」愛德華連忙快步上前。

跟在後頭的夏佐和賴昂內爾隨即行禮。

「你們好。」格提亞問候他們。

莫維則是掃了一眼。

三人都十分習慣他那種冷漠的態度。愛德華對格提亞道：

「大人要出去？等等要吃午飯了。」

「嗯，有些事。你們好好用餐。」格提亞簡單地對三個人回應道。

莫維已經轉身了，格提亞語畢也跟過去。

愛德華看著他們背影，有一點落寞。最開始在艾恩，是格提亞陪伴他的，騎士測驗時給他的那把鑰匙，也讓他幫上很大的忙，建立起自信。

上次皇太子殿下招他們一起出去，結果只是讓他們在荒廢的城鎮入口等著，什麼也沒做就回來了。

皇太子似乎帶回相當重要的客人，不過他完全不能參與。

現在的他，真的是沒有用啊。

夏佐心思細膩，看出他的低落。她道：

「我們去花園吧。」只能轉移他的注意力。

「啊？喔，好。」愛德華回過神，和賴昂內爾以及她，一同步下樓梯。

這種原地動彈不得的困滯感，纏繞著他。

府邸裡出現小孩的聲音，那是一對雙胞胎。旁邊都會有一名貴婦人陪著，似乎和他一樣不能出去，所以他們經常在府邸各處偶遇。

「你是誰！」就有那麼一天，貴婦人不在孩子身邊。姊姊非常盡責地將弟弟維護在身後，道：「我常看到你！你到底是什麼人！」

愛德華眨了眨眼。先是瞅瞅姊姊，再瞅瞅躲在她後頭的弟弟。

「原來你們記得我。」每次都是隔著一段距離，居然被記住了。

「回答我的問題！」姊姊十分嚴厲。

愛德華低頭注視著他們。然後蹲下身，將手放在胸前，禮貌致意道：

「啊，抱歉。這位小淑女，以及小公子，我的名字是愛德華．戴維斯。」他露出笑容。

弗蕾雅總是用這種態度說話的，因爲她要保護弟弟，保護媽媽。周遭誰都不是很喜歡她，和她交談的時候也一副她在裝大人的口氣，可是面前的這個金髮男性不是，他是眞的友善，甚至願意蹲著與他們平視。

於是她放下戒備，同樣回以禮貌，拉開裙襬行禮。

「你好。我是弗蕾雅，這是我弟弟弗雷。」

她沒有介紹自己的姓氏和家族，媽媽說不可以。愛德華並不愚笨，這陣子的偶遇，重要的客人，紹斯艾瑞亞的貴婦人以及雙胞胎。

最有力的證據，就是絕非什麼隨便的人能夠住在公爵府裡。所以，他們大概是皇帝陛下的孩子。

「我想去花園看書，你們呢？」他親切問。

弗雷拉了下姊姊的裙子，指著他手裡拿的書本，那是本關於魔法的書籍。弗蕾雅定睛一瞧，雙眼立刻發光。

「走吧！」她抓住愛德華的膀子。

愛德華可沒料到這個。

「咦？等等！」

小孩子判定一個人是能夠親近的以後，建立信賴關係的過程就會很快。儘管弗蕾雅有防備心，可是留在這棟建築裡，又能和他們接觸的人，應該都不會有太大的問題。這點她還是相當明白的。

所以不過兩三天的時間，她便將有人要抓他們，所以他們才待在這裡的事情告訴愛德華。住在公爵府裡的這陣子，愛德華確實有幾次聽到一些耳語傳出。和兩個孩子所言的相同，神殿是有問題的。

他很想和格提亞討論，但是自己又礙於這種狀況，根本派不上用場。他好希望自己能幫上忙，因爲他實在是拖累太多人了。

「我好想偷跑出去。」有一日，他忍不住對夏佐和賴昂內爾這樣說了。

夏佐看著他，倒是不先否定，問：

「想去哪？」

愛德華壓低聲音道：

「去神殿。」

「那個還沒蓋好啓用的？」夏佐疑惑，道：「我不知道你有這麼深的信仰。」一般虔誠的信徒身上會有菱形紋章，譬如項鍊或手帕類的隨身物品，愛德華是沒有的。

愛德華想了一下，最後把事情簡單地告訴他們了。

「待在這裡什麼事都不能做，你們受得了嗎？」他眞的是非常鬱悶。

夏佐聽完緣由，考慮道：

「要不要找歐里亞斯一起？」這樣行動會更容易一些。

愛德華沉默。這陣子，他親眼見識歐里亞斯在學習將來繼承公爵的課程，原本自己就不夠爭氣了，現在更覺得自己和他相差太多，雖然這種比較沒有意義，還是令人難受。但是那絕非歐里亞斯的錯。

「不用。就我們三個。」愛德華搖頭。他不想讓歐里亞斯參與，一方面歐里亞斯很忙，一方面也不想麻煩歐里亞斯。

夏佐其實性格較爲謹愼，一般情況她都是會聽從命令的，只是，正好她也對現狀感到十分無力。至於賴昂內爾，是什麼都行。

他們三人都交換了一個決定的眼神，彼此心有靈犀。

接下來，夏佐想辦法幫愛德華喬裝，她找來女裝，不是參加舞會那種裙子，而是女性騎馬的衣服，再隨便胡亂地化個妝，由於太滑稽了，三人相視露出有趣的表情。愛德華體型本來較瘦，加入伊斯特騎士團以後鍛鍊變得強壯，不過幸好這都可以用外套遮掩過去。

傍晚，天才剛暗下來，趁著沒什麼人注意，他們大搖大擺從正門走出去了。一來門衛本來就是入嚴於出，公爵也沒有下達禁止愛德華出去的命令，再加上夏佐和賴昂內爾是熟臉，愛德華就走在賴昂內爾身後，適當地稍微遮掩，順利離開公爵府邸。

三個人走至門衛視野外，旋即開始跑起來。

「哈哈！」賴昂內爾首先笑出來。「我還是第一次幹這種事呢！」他像個孩子開心。

愛德華和夏佐也忍不住笑了。

這個時候，他們僅是單純地想要沒被誣陷時的自由，想要自己能有用處。

三人沒有忘記自己的目的，很快地來到神殿。他們在牆邊小心翼翼地觀察，不過這是個尙未完工的建築，所以仍未開放使用。

「就是進去瞧瞧，可別做其它不該做的。」夏佐還是提醒一句。

愛德華和賴昂內爾點頭。尤其愛德華，他是想要戴罪立功的，根本不會想再製造麻煩。

因爲沒人，他們很容易便潛進了。

太陽已經下山，唯有月光高掛在夜空。純白色的神殿顯得聖潔不可侵犯，他們走過廣場，穿過大廳，經過長廊。

毫無異樣。直到他們隱約聽到一聲叫喊。

三人立刻到柱子後面躲藏。

「你們聽到了嗎？」愛德華向其他兩人確認。

「嗯，聽起來有點距離。」夏佐道。

「好像慘叫啊。」賴昂內爾龐大的身軀縮成一團。

果然這裡是有蹊蹺的。三個人都這麼想著，於是他們朝著聲音的源頭前進，來到最裡面的聖堂。

這裡是個四方形的寬闊空間，最中間有水晶做的大型菱形標誌，是給祭司祈禱的場所。只要祭司在聖堂以最虔誠的心禱告，那便會生出不可思議的力量。

在代表聖神教的菱形水晶底下，地板有一處奇怪的空間。就像是隱藏起來的地下密室，現在是打開著的。

愛德華上前，被夏佐拉住。於是他轉過臉，見夏佐對他搖了搖頭。

他明白，知道這裡有怪異之處就已足夠。他應該要回去告訴殿下，或者格提亞大人，讓他們來處理就好。

「啊──」

然而此時，那個地下室又傳出悽慘的叫聲。

愛德華當機立斷。壓低聲音道：

「不行，我要去看看能不能救人。」如果他就這樣走掉，那他一定會後悔。

這次他頭也不回地走下樓梯。夏佐根本拉不住他。她趕緊對賴昂內爾道：

「在這裡看著，我去就好。」總要留一個人在外面，免得被關起來。再者賴昂內爾的體型不適合下去。

賴昂內爾一臉嚴肅地點頭，夏佐遂跟上愛德華的腳步。

地下室是以石頭砌成的，樓梯延伸到最底，會接一條走道，左右各轉彎一次以後，盡頭出現亮光。

愛德華和夏佐用眼神交流，以牆壁為掩蔽蹲在兩邊，相當小心地往裡頭看去。

但見一名身穿白袍，擁有黃色雙眼的男子，正注視著躺在地上的一個人。

那人倒臥在一個魔法陣的中心，魔法陣周圍都是五顏六色的石頭，身上的衣服已經被血染紅，失去意識歪掉的頭正朝向愛德華的方向，應該是想要逃出去才看著出口，可是，睜圓的雙眼混沌無光，已經失去生命的光芒。

即便那人的臉色青白，表情扭曲，也能夠一眼看出。

那是二皇子科托斯。

夏佐由於位置角度的關係，所以沒有愛德華看得清楚，僅見有人躺在地板上。至於正面迎上科托斯的愛德華，心臟劇烈地跳著，他知道自己此時此刻目擊到非常不得了的事情。

白袍男人對著已經死亡的科托斯道：

「爲什麼你會跑到這裡來？放著你不管，你就眞以爲這裡歸你管了？」他的語氣甚至是有點瞧不起科托斯的。

那可是皇帝的兒子，帝國皇子。

愛德華強忍著情緒，連呼吸都不敢大聲。

白袍男人又道：

「不過正好拿來試試。結果看起來還是不行啊……」

愛德華完全不明白那是什麼意思，不過二皇子看起來已經沒救了，他全副精神都放在自己和夏佐要怎樣不動聲色離開這裡，並且把看到的這些帶回公爵府告知。

於是他用眼睛示意夏佐，讓她先退，他自己也輕輕地移動，兩個人都沒有發出半點聲音。

但是，白袍男人卻抬起臉，朝著他們這邊望來。

「我還以爲今晚只有一隻老鼠呢。」

白袍男人話落，同時揚起手，一條憑空出現的黑色鐵鍊直朝愛德華襲去！

夏佐已經退到看不見石室內的情況，這一瞬間，愛德華伸出手將夏佐往前用力推去！他自己則被鐵鍊纏住脖子。

他和夏佐四目相對，迅速無聲示意她快走！自己則被鐵鍊粗暴地拉進石室！倒在二皇子科托斯的屍體旁邊，他頭昏腦脹，雙手下意識地朝被勒住的脖子摸去想要扯掉，結果竟看見自己掌心裡全是血。

「……咦？」

鐵鍊有刺，已經刺穿他的頸部血管。他聽到自己的心臟怦怦跳著，每跳動一下，耳旁就響起液體的聲響，頸邊同時湧出大量鮮血。

他……要死了嗎？就這樣如此突然地死去？本能的，他知道，自己活不了多久了。

這種血量，他很快就會失去意識，必須趁那之前做些什麼。

「奇怪，你是誰？」白袍男人的聲音從頭頂傳來。

愛德華跪在地上，朝石室門口伸長了手。他和二皇子都處在魔法陣的中央，這個動作像是要逃離這裡。

「呃……」他的脖子因此被勒得更緊了，他沒辦法呼吸。

頭好暈，他要死了。大概。

不，他絕對會死在這裡。

愛德華的鮮血染紅整個魔法陣，可是，他毫無害怕的餘地。因爲他感覺到自己剩餘的時間非常短暫，所以他根本沒有恐懼，僅專注在自己伸向前方的手。

白袍男人用輕蔑的語氣道：

「糟糕，我殺得太快了。算了，反正二皇子我也殺了。」他微彎腰，看向愛德華，瞪著眼說：「你們爲什麼都這麼喜歡隨便跑進來呢？」

愛德華聽見心跳的節拍愈來愈慢了，他的四肢也沒有了知覺。

好睏啊。

想要閉上眼睛睡一覺。那麼，他就永遠醒不過來了吧。

之前買的書，都還沒看完呢。原本想著以後可以和孩子傳承魔法的偉大，看來也沒辦法了。對不起，爸爸和哥哥。對不起，殿下和格提亞大人，對不起夏佐及賴昂內爾，還有好多好多人。他果然一無是處，只會拖後腿啊。

媽媽會很傷心很傷心吧。

沒能把您最喜愛的胸針帶回去還您，對不起，媽媽。

「沒氣了？」白袍男人，也就是薛西弗斯，哼了一聲。

這小子應該不是一個人。不過，無所謂了，接下來要做的事多著，到這個地步，也不再需要藏東藏西的了。

儘管所有的試驗都失敗了，卻是更讓他確定了。

他想得沒錯，魔塔果然是不可取代的，該回去找恩師了啊。阿南刻那老婆子，看到他會像看到格提亞那樣露出高興的笑容嗎？

薛西弗斯得意地昂首，想像阿南刻會是什麼表情，他就興奮極了。

另一方面。

夏佐被用力推開後，眼睜睜見著愛德華被一條奇怪的鍊子拉進去，她立刻會意過來。那是魔法！

身上就攜有一把小匕首的她，怎麼可能會是魔法師的對手。那不是單純使用武力就能夠打倒的對象！她打從心裡不想丟下愛德華，但是眼下如果不去找救兵，那根本什麼可能都沒有了。

她只能相信愛德華能夠爭取時間。

如果夏佐知道地上躺著的二皇子已經是屍體，大概拚了命也會留下的。可是此時的她，以爲那人是昏倒了，還有個男的在做奇怪的法術，她必須告知皇太子殿下以及大魔法師，這是最好的解決方法。

於是她狂奔上樓梯，與賴昂內爾在最快的時間返回公爵府通報。

當她帶領著絕對能夠解決的幫手到來時，卻在神殿大堂中央，看見被擺在那裡的，二皇子科托斯，以及愛德華，兩個人的屍體。

「不……」夏佐不敢置信。她臉色鐵青，瞠著雙目後退，撞到和自己同樣表情的賴昂內爾。

「愛德華！」先上前的是格提亞。他將趴臥在地板的愛德華翻過身來，看見的是那失血過多的蒼白臉孔。

已經失去呼吸心跳的身體，摸起來好冷。

「來人！」史都華德發現旁邊的是二皇子，立即喚人。

格提亞探手，想要摸到愛德華的脈搏，可不管是手腕的，胸口的，甚至是被刺穿的脖子，一點動靜都沒有。

他不放棄，繼續瞠著雙眼，檢查愛德華全身。然後，他注意到了。

愛德華的手裡有東西。

「……不要再做那種沒用的事了。」

莫維站在身後對他講話，他恍若未聞。

愛德華．戴維斯。原本該死於風鳴谷一役，是他改變了愛德華的命運，就像改變了歐里亞斯或其他人那樣。

所以愛德華應該要和其他人相同地活著才對。

「為什麼……」

莫維皺起眉頭，因為他聽不清楚格提亞的低喃，而且格提亞完全不理會他。

他抓住格提亞的手，讓他停止，道：

「說了沒用。」在他們面前的，是肉眼可辨識毫無生命跡象的屍體。

格提亞低著頭。

「……放手。」

「不。」莫維拒絕。隨即他感覺到自己體內的魔力在向外輸出。

該死！

一陣怪風圍繞在格提亞周遭，逐漸地旋轉起來。他知道這股將要引爆的魔力不是他自己的。

「放手。」但是，他仍毫無感情地說道，眼睛注視著不會再動的愛德華。

下一秒，他後頸一痛，整個人忽然間就失去意識。

莫維從後面攬住他的腰，將軟著身體的格提亞收在自己懷裡。旁邊因為科托斯的死亡局面亂烘烘的，夏佐和賴昂內爾則蹲跪在愛德華旁邊哭泣，莫維沉默地帶著格提亞往神殿外走去。

待得格提亞清醒，已經是就要天亮的凌晨了。

他精神上受到過大的打擊，因此昏迷了一個晚上。張開眼睛以後，他看著自己的床頂。有種非常不眞實的感覺。

「……是我不對。」輕輕地，格提亞啓唇說道。

黑暗中，一抹身影坐在窗邊。那是莫維。

當初知道他能夠透過胸前的魔法陣使用莫維的魔力時，他跟莫維講好，不會擅自拿取亂用的，完全是他的錯。他受到影響，沒辦法控制。

莫維雙手靠放在椅子兩邊的扶手。愛德華．戴維斯的逝去，沒有帶給他什麼負面情感。一直都是這樣。

很少有人能夠強烈地牽動他，他也不會和誰建立起足以干擾到自己的羈絆。

他就是感受不到那些稱之爲感情的東西。即使如此，他完全無所謂。

只是，當有人竟然逐漸讓他意識到，他不得不在乎的時候，他就變得比什麼都來得敏感。

「所以你冷靜下來了？」莫維問。

莫維是眞的沒想到，格提亞居然被除他以外的人動搖至此。那張面對他時，總是相當淡然的臉容，卻爲了別人意氣用事。

在艾恩，愛德華不就是一名新進騎士，雖然會和格提亞交談，可是什麼時候變得關係如此深刻。

他感覺自己不喜歡見到這個狀況。格提亞應該在意他一人就好。

莫維眼底閃過深沉的陰晦。

格提亞從床上撐坐起身。

「這是愛德華握在掌心裡的，我想是留給我們的線索。」他張開手，裡面躺著一顆灰藍色的石頭。是他從愛德華掌內取得的。

石頭之中，有如同液體一般的物質在流動。

就像是，皇太子宮溫室頂端的那顆光球。

這裡面是保存下來的某種魔力。

莫維睇著格提亞手裡的藍石。略微昏暗的室內，那顆石頭詭異地散發著光芒。

「——哈！」相當突兀地，他笑了。「哈哈哈！」並且暢快地笑出聲音。

從他的這個反應，格提亞知道了。

莫維已經看出皇帝想要做什麼。因爲在上一次，莫維也去了神殿，沒多久，就殺了皇帝。

格提亞垂著眼眸，凝視著自己手心。

他最後一次和愛德華說話，是什麼時候？好像是那天坐馬車回來，自己讓他和夏佐與賴昂內爾乾等了。之後自己的注意力都在伊芙夫人與龍鳳胎上，沒有特別注意愛德華在做什麼，愛德華是何時離開公爵府的？會去神殿，難道是由於想幫忙？

一定是那樣。因爲愛德華是個好孩子。

爲什麼就必須得死？

格提亞忽然感覺到自己下巴被用手捏住，同時施力強制他抬起臉來。

原來沒哭。莫維在他黑得發亮的雙眸裡見到自己的映影，似乎感覺舒坦了一些。

「我記得，一個人的死亡，沒有辦法用魔法逆轉。」這是格提亞在課堂上曾經說過的話。

格提亞看著他，將此刻的心情嚥下去，喉頭因此滾了一滾。

「是。唯一的辦法，是將所有的時間倒回。」他一字一句地道。

莫維笑了，說：

「而能做到這件事情的，只有你。」

格提亞沒有迴避他的視線。

「……現在，已經做不到了。」他回答。

「對了，你是『曾經』做得到。」莫維還是那樣笑著。

四周安靜得出奇。

格提亞彷彿能聽見自己心臟跳動的聲音。他覺得，莫維不會再找他確認什麼了。

「你的魔力不會失控的。」於是，他說出過去沒能察覺到，這次終於想清楚的事實。「你曾經被人封印過，我認爲，那個人是我。」雖然他不大有印象了，他也不曉得莫維有沒有這個記憶。

可是，要能夠封住莫維，那也唯有他能做到了。只要仔細思考就能知道。

「嗯？」莫維微歪著頭。臉上不是感到有趣的表情。「你要說你終於想起我了？」他甚至有點咬牙切齒的。

這個回應，莫維故意透露其實由始至終他都是記得格提亞的，是格提亞忘掉他。明知那是因爲阿南刻的影響。

不過格提亞沒有注意到莫維的語氣，僅是敘述他認爲更重要的一點：

「雖然以結果來看最後並未成功，可是我曾經在你身上使用魔法，當時所留下的封印就像個閥門，儘管沒有阻止全部，卻製造了節點。」這是在艾恩學習魔法的那三年，在兩人反覆實驗的過程，他所觀察發現的結論。他已經完全確定。「不論你的魔力如何奔騰，我留下的節點都會控制在不會失控的邊緣。」他說。

即使每位接觸過莫維的魔法師都講過，莫維的魔力會在體內膨脹爆炸，可是上一次直到最後也沒有發生；而現在也是如此。

他終於領悟了。這就是一件不會發生的事情。

就算時間提前，事件結果不同，可是，有些狀況無論怎麼改變，也不會成為事實出現。莫維的魔力就是。不管時間再倒回幾次，失控的未來是不存在的。

因為他封印過莫維。

失控與否，莫維根本不在意。他本來就覺得活著也很無聊，只是在殺掉皇帝之前，他也不能隨便死了。

「那麼，我該要感謝你了。」他微微地揚著嘴角說道。

其實，不怎麼意外。這是唯一說得通的合理推論，甚至還可以解釋為什麼格提亞能夠使用他的魔力，除去熟悉魔力軌跡和那個魔法陣，格提亞曾經暴力入侵過他的身體，所以比起排斥，更優先接受。

他相信格提亞也明白，這些事情都不需要再說明而已。他們兩個都是熟知現今一切魔法相關知識的人。

「我不需要你的感謝。」格提亞抬起眼睛，認真凝視著他。清晰且緩慢地說道：「但是，我有一個要求，當找到兇手的時候，交給我來處理。」

沒錯，這是談判。

他沒辦法預測莫維遭遇對方時會怎麼做，所以他要提出自己所求。

所以前面的對話有目的。

沒有大吵大鬧，沒有傷心落淚，更沒有憤怒沖昏理智。就僅是平靜的，沉冷的，提出條件說明自己要親自對付兇手。

莫維不覺愉快地笑了。格提亞堅韌的眼神，他不只看過一次，雖然這回是爲了別人，不過，他就允許好了。

因爲死人是不能再做什麼的。

不論是誰。或者，也包括他自己。

由於二皇子喪命在紹斯艾瑞亞，史都華德身爲領主，理當負起責任調查。跟著二皇子來到紹斯艾瑞亞的護衛騎士，也出現了。這些人亦隸屬皇家騎士團，擁有充分的立場加入。

史都華德和當時伊斯特的安納普相同，公爵府與騎士團雙方一起查案。

最後一如預料那般，皇家騎士團認爲是愛德華對二皇子痛下殺手，之後又畏罪自殺。就像在伊斯特。幾乎一致的情景，又重演一遍。

不過這次，愛德華失去了寶貴的生命。

「我認爲不是，兩位被害者的傷口是相同的，他們顯然遭受同一種尖銳利具的攻擊，可是現場卻找不到凶器。」紹斯艾瑞亞公爵，也就是史都華德說道。再者，兩人手臂都沒有防禦傷口，表示是在毫無防備時被突襲的。

「公爵大人，如果你是覺得凶手住在你府裡，所以你想要撇清關係，我能夠理解。」皇家騎士團中，看來像是領頭的男子說道。

他的語氣有些輕浮。史都華德和愛德華沒有特別的私交，完全是以擺在眼前的證據來做分析。

「注意你的禮貌。」史都華德啓唇，自有一股威嚴，要對方擺正自己的態度。即便他是皇家騎士團，那也大不過他公爵的地位。「以愛德華的傷口看來，他應該流失大量的血液，現場不是如此，地板甚至相當乾淨，所以他們兩位是在別的地方遇害。若是你們的推測，失血過多的愛德華怎麼可能以那樣的傷勢拖著科托斯殿下的屍體移動到被發現之處。」他侃侃而談。

這完全是無懈可擊的立論。

面對著不怒自威的史都華德，皇家騎士團一時啞口。

「那或許是愛德華公子他……用了什麼方法在故弄玄虛。」最後僅能勉強辯駁。

可是任誰聽來，這種沒有任何證據足夠支撐的推論，都相當站不住腳。

會議室裡忽然變得安靜。

打破這沉重空氣的，是格提亞。

他上前一步，將一枚透明寶石胸針放在桌面上。

「我格提亞．烏西爾，以帝國大魔法師的身分與榮耀起誓，愛德華．戴維斯絕對不是殺害二皇子科托斯殿下的眞凶。」

如此重量級的保證，讓皇室騎士團不及反應。領頭男子察覺到視線，發現連皇太子都盯著他看。

那唇邊的笑意，教人頭皮發麻。

莫維慢條斯理地走到格提亞身旁，對著整個皇家騎士團道：

「我站在旁邊聽很久了，身維護衛騎士的你們，難道沒有先反省失職嗎？」此言一出，整個皇家騎士團簡直汗流浹背。

「那、那是殿下跑出去喝酒……又自行從酒館離開……」領頭男子氣勢一下子消失了。

莫維一笑。

「如果我的護衛騎士這般無能，我自己就會先殺了省得礙眼。眞是還好我不需要別人的保護。」比他還弱的東西說要保護他，簡直天大笑話。「我會將屍體用魔法保存起來，讓皇室親自過來檢查。」最後，他道。

領頭的男子看著面前的三人，不論哪一個都是帝國舉足輕重的角色。而且他們確實有失職的責任，目前的狀況，似乎也只能這樣了。

「我知道了。」皇家騎士行禮之後離開會議室。

「殿下不打算將二皇子的遺體送回皇宮？」事已至此，史都華德知曉目前情況絕對不可能善了，那麼他該要衡量的，是他們沃克家會被牽連多少。

「不。我不會回皇宮了。」莫維坐了下來，道：「我要看皇帝那邊會有什麼反應。首先，皇后大概會先到這裡。」

他就像個謀略家說著。

格提亞注視著他。

在上一次，當時自己不大瞭解科托斯的死亡消息，單純聽到了而已。

不過，有傳聞，皇后瘋了似的指稱莫維是凶手。

皇后拉托娜，在莫維稱帝後，是什麼結局？格提亞完全不知道。

但是作爲一個母親，她一定心碎了。

接下來，數天過去了。皇后的馬車以最快的速度抵達紹斯艾瑞亞。

「不！不可能！我兒子怎麼可能會死掉！他可是未來要成爲皇帝的人哪！」拉托娜跪倒在棺木前面，淚流滿面。

至於米莉安面色凝重，在一旁攙扶著她。

科托斯的屍身在確認死亡後就移進棺內，暫放公爵府裡，莫維用魔法將整個棺木保存了起來。因此科托斯看起來就像是睡著了一樣。

「皇后殿下……」公爵夫人赫蒂想要幫忙，不過皇后的情緒太過激動了。

拉托娜雙手的指尖緊攀著棺緣，抬起臉來對著莫維大吼道：

「一定是你！就是你殺了他！因爲他會威脅到你對吧！你這個惡毒無恥的魔鬼！」

就算拉托娜心裡不喜歡莫維，可是在公開的場合，她從來也沒有對這位皇太子口出惡言，更別提如此難聽無法入耳的用詞。

即便態度上做不到喜愛，她還是保持最基本的禮儀。所以，此話一出，在場眾人都鴉雀無聲。這是屬於皇室的紛爭，他們沒有立場也沒有資格插手。

莫維聞言，非但沒有生氣，反而哈的一聲笑了出來。他微昂著線條好看的下頷，用那瞧不起一切的表情，道：

「先不說科托斯威不威脅得到我，我若是要殺一個人，那可比你們想像中容易太多了。」語畢，他一揮手，室內花瓶裡的每朵花，以肉眼可見的極快速度凋謝，最後成爲一縷塵灰，連曾經存在過的痕跡都消失了。

除了格提亞，在場所有人皆被震懾住。

他們都知道莫維擁有魔力，但也清楚他是不能隨意使用的，因爲那會給他招致災害。事實上從莫維出生至今，根本沒什麼人見過他施展魔法。

像是米莉安，最大程度不過就是看他劃破皇宮的牆壁罷了。

流放到邊境的這幾年，無論是首都還是哪裡基本都沒有莫維的消息，這也是爲何拉托娜這麼堅信兒子能夠登上帝位，因爲莫維看起來就是出局了。在莫維狀似沉寂的這些日子，到底發生什麼事，對於魔法的掌控似乎和過去完全不同。

米莉安心知肚明。這和那種在牆壁弄出痕跡的粗糙力量不同，這是更爲細緻的，更令人畏懼的。

若是他想，誰都可能變成那些灰燼。

拉托娜目瞪口呆。隨即，她大聲哭喊道：

「我就知道！果然是你！你這個魔鬼！」說著，她爬起身，作勢上前要對莫維動手。

不過被米莉安先一步攔住了。

「母后，母后……母親。」然而拉托娜明顯不聽不理會，米莉安擋抱著她，最後嚴厲地喚道：「媽媽！」

唯有嬰幼兒的時候，孩子有這樣叫過她。這讓拉托娜一下子停住動作。

她淚眼婆娑，神情凌亂且狼狽。

米莉安道：

「冷靜一點。妳知道他說得沒錯。」

貴族出身的拉托娜，為能當上皇后，除基本的美姿禮儀，包括學識涵養她是一個也沒有輕忽，她看不清態勢是因為她溺愛兒子，不是她愚昧蠢笨。

她想要找一個明確的殺人犯怪罪，也是她現在僅能做的。

就如同莫維所示範的，他要殺掉科托斯何其容易，根本不會選擇留下痕跡的方式，讓科托斯就此從世上消失根本不用面前他們的質疑。

莫維是凶手的話，確實可以做得完美無缺。

「我……我……嗚哇哇哇啊！」拉托娜雙手掩面，失聲痛哭。

米莉安緊抿著嘴唇，示意自己的侍女照顧母親，同時站到莫維的身前，和他面對面對峙。

「母后的失態，我在此表達歉意。」那些咒罵的詞句，委實不妥當，如果莫維要追究，她沒有餘裕應付。即便如此，她雙眼直視莫維，道：「所以我希望殿下你，也不要再刺激母后，請你保持你的禮儀，否則，我也不會善罷甘休。」

莫維瞥視她，自始至終都帶著笑道：

「妳倒是比科托斯有勇氣多了。」

米莉安現在無法去計較他的態度。科托斯喪命，她不要求他表達哀傷與遺憾，但是如此看著笑話的表情，那眞是深深地刺痛她們。

儘管科托斯在她心裡的評價沒有多優秀，嚴格說起來，也不能算是一個好的兄長。但是，依舊是與她從小一起長大的哥哥。

米莉安閉了閉眼，眞的沒有多餘心力和他交手。

「我帶母后先去休息了。麻煩您了，公爵夫人。」她不想和莫維糾纏，轉首對赫蒂致意說道。

赫蒂點點頭，跟自己的丈夫史都華德交換一個眼神，喚來侍女長吩咐安排。米莉安攙扶著自己母親，頭也不回地離開了。

格提亞注視著他們的背影。這是屬於皇室家庭的紛擾，他們都不能介入。

他只是想不起，莫維以前對待親人的樣子。

因爲莫維，看起來就像是沒有家人一樣。出身在魔塔的他，身邊還有阿南刻疼愛他；人上人的皇太子莫維，卻彷彿是異常孤獨的存在。

皇帝克洛諾斯，對他們魔塔來說，是一個壞人；他在莫維身邊的日子，也多少知道了皇帝更不能稱爲是一位好父親。

科托斯這邊就這樣暫時擱置，直到皇宮有更進一步的動作。

跟著，該是把愛德華送回伊斯特的日子。

伊斯特那邊接到消息後，已經派出最快速度的隊伍來接愛德華回家，不過就算趕路，伊斯特到達紹斯艾瑞亞的距離，還是比首都過來得慢。

所以皇后一行人先到了。爲避免節外生枝，愛德華的遺體必須留下作證，直到皇后沒有其它疑問。

基本上，一切的檢查都由公爵府專人完成了，也記錄在案，遺體沒有留著的必要性。

現在送走愛德華，可以讓他在中間的地點盡快和家人相見。

沒錯，前來迎接的隊伍，引領的是查思泰騎士。

封住棺木之前，在公爵府大廳，格提亞爲愛德華舉辦隆重的儀式。

他身上是唯有皇帝召見才會穿上的正式服裝，襟前別著大魔法師傳下的珍貴胸針，站立在棺旁，他神色肅穆。

「勇敢的孩子，你的靈魂將會安息。」他伸出食指，輕輕點在愛德華的額頭。「你是大魔法師庇護之人，我以魔塔，以艾爾弗，以我的名字立誓，一定會追尋眞相並將其公諸於世。」

格提亞緩慢地說完這段話，愛德華額頭遂出現一道光芒，那個瞬間，既溫暖又聖潔。

他借用了莫維的魔力。當他收回手時，愛德華面色紅潤，就像是熟睡那般寧靜安詳。

儀式完成，負責護送棺木的夏佐與賴昂內爾，紅著眼眶對眾人行禮，公爵府這方，則是由歐里亞斯帶領，因爲他說，他覺得自己有義務和責任將愛德華送回家。隨後，一行人沒有耽擱即刻出發。

目送他們離去到從視野裡消失，格提亞回過頭，看見莫維正注視著自己。

那個模樣，像是他離開皇宮，莫維最後的身影。

「我想和你談一談。」格提亞道。

然後看見，莫維那滿不在乎的微笑。

格提亞心臟怦怦跳著。他非常清楚，從現在開始，自己的每一個決定，都可能影響到莫維最後的選擇。

公爵府會議室內。

桌面一張敞開的帝國地圖，上面標記著幾個紅圈，其中就有紹斯艾瑞亞。

「這些圈起來的地方，是神殿。」

格提亞道。聖神教的第一座神殿是皇宮所在的首都，地方有小規模的祭拜殿堂，不過那是信徒自行籌備搭建的，一直以來都是這個模式。不過，他和莫維離開學院以後的數年，中央皇宮在帝國各大城市都建了極具規模的新神殿。

如今數量已達到五座。

皇帝的計畫就是從那個時候開始的。

「你不只說過一次聖神教有問題，然後？」莫維沒有特別的反應。

格提亞知道他在繞圈子，耐心地道：

「我們魔法師，在使用移動魔法的時候，僅可以前往氣韻相同的地點。」土地都會有屬於自己的氣韻，魔法師雖然能夠瞬間移動，但是，其實沒有那麼神奇一次飛越遙遠距離，而是僅限於到達散發同樣氣韻之處。在一定的範圍以內，氣韻不會有太大變化，當初皇宮被貴族攻破，莫維生死未卜，他聞訊趕回首都時，就是一段接著一段這樣趕路。「這五個地方，剛好都是帝國氣韻最強的地區。換言之，就是最容易施展與放大魔法效果的地方。」他道。

在學院時，他教過學生這個。土地自然擁有的那一道氣，是可以和魔力融合的能量；善德王國也有類似的理論，甚至會將其拿來作爲祭壇。

這些地方的城市，也會發展得較好。因爲土地原本就是特別受到眷顧。

看來，格提亞已經差不多知道了。莫維不再故意讓他解釋。

「皇帝想要用魔法做些什麼，聖神教正在幫助他。」簡單來說就是這樣了。

「聖神教所謂的祈禱的力量，我想，還是來自於魔法。」格提亞從懷裡拿出一塊寶石，裡面流淌著像是液體般的東西。「用這個，濃縮魔力的魔石。」他說道。

這石頭裡鮮活的液狀物體，明顯就是壓縮過的魔力。他相信莫維也非常清楚，因爲在風鳴谷時，莫維曾經製造出相同的石頭。

善德王國的太子蘇西洛曾說過，魔獸是他們國家研究出來的成果，帝國裡有人以不正當的手段竊取這個技術，在帝國各處造成災害。愛德華付出生命所得來的這塊石頭，將一切都解答了。

不論風鳴谷或是其它地方，那些魔獸，應該都是聖神教用這些魔石所造成的。這是在做一種實驗。

如何用魔力，改變生物的樣貌以及內在。甚至是靈魂。

那些巢穴，也都是氣韻所在之處。聖神教一邊做著這個實驗，留下遭到破壞的區域稱爲汙染點，汙名化魔法；一邊弄得大亂令莫維被皇宮派去處理，最理想的狀況，是導致莫維魔力失控進而自毀。

不過最終沒有成功。可是聖神教也獲取足夠的實驗結果。

於是他們開始在氣韻更強烈的地區建立神殿。

目的是以神殿當作掩護，施展更大型的魔法。那個魔法，需要一定的空間，來創造出相對規模的魔法陣。

並且，需要足夠強大的魔力。所以才會有這些儲存魔力的石頭。

這些石頭裡的可以是任何人的魔力，甚至是艾爾弗留下的那些幸運符。薛西弗斯一定在各處收集，才會留下數百年魔力的痕跡；其餘的魔力是哪裡來的，格提亞想到的只有，在他還在魔塔的時候，有一段日子，艾爾弗一族逐漸出走消失，那裡面還包含他的父親……

「仔細聽好了。」莫維出聲，同時抓住他的手腕。因為他不言不語不動，像是失神了。「這不是你魔塔的事，而是我和克洛諾斯的事。」他道。

克洛諾斯和他之間，總有一個人要死的。他不許任何人插手。

就算是格提亞也不行。

格提亞打起精神。他相信自己接下來講的，莫維也已經知道了。

因為整個帝國，沒有比他們兩個更瞭解魔法的了。

「不是的。但是皇帝他要做的是……」

尚未講完，走廊上就一陣吵鬧與騷動。不一會兒，他們所在的會議室大門被粗魯地推開來。

「我的孩子……我的兒子！弗雷他不見了！」

只見伊芙夫人神情驚恐，整個人慌亂地如此說道。

她人生裡的第一個孩子，死了。

明明還記得幼時可愛的模樣，長大以後也盼著他能繼承父親的位置，怎麼就突然間地死了呢？

拉托娜．雷蒙格頓，深夜獨自在紹斯艾瑞亞公爵府的長廊上搖搖晃晃地行走。

她嘴裡喃唸著兒子科托斯的名字，失魂落魄地踏出一步又一步。

公爵夫人赫蒂在白天的時候讓侍女好好照顧拉托娜，晚上本來已經就寢了，拉托娜自己推開房門，又走了出來，還瘋癲嚴厲地斥退那些跟著她的下人。

米莉安聽到聲音，有出來一會兒。不過看自己母親這個樣子，又搖搖頭嘆口氣，說著讓她去吧。公爵府邸的安全是不用擔心的，米莉安也不想讓無辜侍女變成母親的出氣桶。

於是拉托娜就這樣緩慢地步著，長廊的一側是整片落地窗，月光下，將她的白色睡袍照耀得彷彿鬼魂在飄盪。

她走了好遠的一段距離，來到了別館。

皇帝的情婦，伊芙夫人在這裡。

在來紹斯艾瑞亞之前，她就知道了。伊芙夫人所生下的雙胞胎，皇帝的血脈，也一樣暫住在公爵府裡。

其實，她不討厭伊芙夫人，皇帝有情婦，這是難免的事情。伊芙夫人和那對雙胞胎，從來沒有出現在她面前過，也未曾有爭寵和爭權的態度，就像個隱形人那般，所以她不恨對方，要對那個人有恨，首先要有相對等的地位，她甚至都瞧不起伊芙夫人。

可是現在，為什麼自己的兒子死了，伊芙夫人的小孩卻活著呢？

拉托娜不覺摸著自己的腕節，那裡戴有一只寶石手鐲。那寶石顏色在月光下忽明忽暗，像是液體在裡面流動。白天的時候由於袖子遮住的關係，才沒有在人前露出來。

「啊……啊啊。」拉托娜覺得頭疼至極，她靠牆蹲下身體，彷彿這樣就能舒服一些。

「您怎麼了？」

稚嫩的童聲在身旁響起。

拉托娜抬起臉，看見一個小男孩站在自己面前。她呆住了。

「啊。你……」

弗雷．雷蒙格頓。是這個名字吧，紹斯艾瑞亞公爵的孩子都超過這個年齡了，所以在她眼前的小男孩，多半就是雙胞胎之一。

「您身體不好嗎？」弗雷微歪著頭問道。媽媽和姊姊都睡著了，他是出來上廁所的，回房的廊間看到這位披頭散髮的夫人，嚇了他一大跳。

結果是人啊，不是鬼。弗雷原本有些怕生的，不過在公爵府上住的這一陣子，他的警覺心大大降低了。本來這個年紀的小孩就是很容易受環境影響。

拉托娜見他一點防備也沒有，不禁嚥了嚥口水。

她非常緩慢地，朝小男孩伸出那隻戴著寶石鐲子的手。

「麻煩你，扶我起來。」

只要她碰到這個小男孩，接著，就會發生神奇的事。這是她來紹斯艾瑞亞前，神殿的那位告訴她的。

弗雷毫無排斥，友善地上前一步，牽住拉托娜的手。

「好的，夫人。」

在他說話的同時，拉托娜的手鐲同時發出亮光，她僅來得及看見弗雷驚嚇的表情，再一眨眼，弗雷整個人不見了。

就當著她的面，憑空消失。

連神殿那位給她的鐲子，也不復存在。拉托娜滿頭大汗，錯愕地收回自己的手，指尖甚至殘留孩子柔嫩的膚觸，她緊緊環抱住自己膀臂，全身無法停止顫抖。

「母后。」

不知經過多久，米莉安來找她了。

米莉安讓自己母親一個人靜靜，看著時間差不多了便來找她。她沒想到，母親走那麼遠，甚至都來到別館了。

這裡有皇帝的情婦和孩子，不宜久留。米莉安彎身扶起拉托娜，道：

「回去休息吧。」

「……啊？喔、喔！」拉托娜一副驚魂未定的模樣。

米莉安沒有看漏。母親背上的睡衣整片都汗濕了，眼神也是充滿懼色飄忽不定，可米莉安決定先忽略這些，現在不是詢問的好時機。

這是由於米莉安覺得公爵府內不會有太大的危險，所以她才未當即追究。但是到了隔天，伊芙夫人帶來的騷動，讓她體會到自己大錯特錯。

當聽見聲音趕到廊上時，她首先發現自己母親拉托娜早就在那了。拉托娜站在公爵夫人赫蒂和侍女的背後，惶惶不安地掀動著嘴唇，似乎無聲地在碎唸什麼。

不是她，不是她的錯。她不知道會是這樣子的。

她怎麼會曉得那個手鐲是有力量的，還因此讓孩子不知去向？她、她自己的兒子死了，別人的兒子怎麼了，又和她有什麼關係？

對啊。同樣都是皇帝的孩子，她其實一直都知道，陛下並不喜歡科托斯，她也非常清楚，科托斯不算是個人才，但那些都不重要！她就是希望科托斯能夠成爲皇帝。

現在，她的夢想破滅了，她失去了珍貴的兒子。那麼這個情婦的小孩，也沒有好過的道理不是嗎？那對雙胞胎甚至都不曾進過皇宮，根本就毫無價值，跟她的兒子天差地遠。

拉托娜全身戰慄，流著冷汗。

她看著伊芙夫人哭倒在地，請求那個大魔法師格提亞救救她的孩子。

那張爲人母的崩潰臉龐，涕淚縱橫，完全喪失一個貴婦人的優雅。

「母后。」米莉安的聲音在她身後響起。

拉托娜整個人爲之一震！

「什……什麼？」她都不敢看向米莉安。

她的女兒，自小既敏銳又聰慧，現在則令她感到恐懼。

「昨天妳在別館，看到那個孩子了嗎？」米莉安由她母親的樣子，察覺到了不對勁。從昨晚在別館，就一直存在的不對勁。

雖然她不認爲母親有那個多餘心力和心思去對小孩動手，儘管母親盲目溺愛兄長，也仗著皇后的身分擺出高傲態度，卻不是一個眞正意義上的壞人，那又爲什麼表現得如此奇怪？

「不……我……」拉托娜眼神閃躲，想要否認，顯得如此蒼白無力。

「媽媽！」又一次的，米莉安這般喚她。

她是，皇后，母后，在那之前，更是一位母親。拉托娜非常緩慢地轉動原本低著的臉，望向幾乎要哭到昏厥的伊芙夫人，好像看見自己，在聽聞科托斯死訊的那時候。

她覺得天塌了，世界崩壞了，瘋了似的不願意相信。直到抵達紹斯艾瑞亞親眼見過科托斯的遺體時，她還是希望這是一場惡夢。

她痛苦得像是也跟著死了一樣。

此時此刻，她卻讓另外一個母親，遭受相同的境遇。

「啊。」有什麼東西滑過臉頰，拉托娜伸手一摸，原來是自己的眼淚。

米莉安見她回過神了，嚴肅道：

「母后，妳有什麼知道的，就盡快——」

「我……我會的。米莉安。」拉托娜抹掉自己臉上的淚水，深深呼吸幾口氣，重新擺正儀態，就像個皇后，以那般尊貴的氣質，穿過走廊眾人，來到伊芙夫人旁邊。「孩子，也就是弗雷，昨天半夜的時候，因、因爲法力消失了。」她道。

「什麼？」包括公爵和公爵夫人，眾人皆是一臉驚訝。

他們不約而同地望向莫維與格提亞。雖然並非全部都是帶著懷疑的意義，不過他們是在場唯二擁有非凡力量的人。

史都華德見狀，感覺不妥，招手讓閒雜人等退下。

只一會兒，除莫維與格提亞，就僅剩公爵夫妻，皇后和米莉安，以及伊芙夫人與女兒弗蕾雅。

拉托娜抿了下嘴唇，抖著聲坦承道：

「是透過我帶來的鐲子發生的。」

伊芙夫人聞言，立刻從地上站起身，著急地逼問：

「什麼？怎麼回事？什麼鐲子？」

拉托娜看著她，還有她裙子旁邊的小女孩。也就是雙胞胎裡的姊姊。

小女孩一雙眼睛瞪得大大的，責備似地瞪住她。

要在她們面前講出實話，拉托娜感到前所未有的害怕。是自己，害得那個小男孩失蹤的，可是，也就是由於如此，她不能不說。

「在我從皇宮出發至此之前，神殿的教皇給了我一只手鐲，讓我如果遇見雙胞胎的話，去接觸弗雷，證明他是皇帝的血脈。」她以爲是陛下的意思，因爲陛下就那樣看著沒說話，她什麼都會做的，只要陛下能善待科托斯，那時候她還抱著一絲希望，覺得科托斯其實是活著的。

拉托娜顯得非常難受，道：「我、我不知道會這樣。」

讓她這麼做的理由，還有孩子去哪裡了，她全都不曉得。皇帝陛下，她的丈夫，是在她聽聞失去兒子的消息後，還布下這個任務，讓她成爲眾矢之的。

米莉安此時站了出來，厲色道：

「公爵閣下，你說我哥哥科托斯是在哪裡被發現的？」她知道母親對莫維存有芥蒂，所以如果是公爵的回答，母親會比較能夠接受。

史都華德看向自己的妻子赫蒂，赫蒂對他輕點了下頭。

「是神殿。」他們沃克家，在皇太子殿下到來的那一刻，就已沒辦法置身事外，現在看來是必須在狂風的中心站穩腳步了。

「那些都不重要！」伊芙夫人忽然間情緒崩潰，哭喊道：「弗雷他到底在哪裡？去了哪？妳……」她看向皇后，踉蹌著朝她走去。

拉托娜不禁後退一步。

下一秒，伊芙夫人因爲太過激動整個人暈厥過去。

「媽媽！」弗蕾雅喊著，趕緊拉住她。

赫蒂很快地上前攙扶，同時回頭對自己丈夫史都華德道：

「我先帶夫人去休息。」

「去吧。」史都華德應道。

赫蒂和弗蕾雅一起扶著伊芙夫人離開了，臨走前還聽得到伊芙夫人喃唸著兒子的名字。原本就混亂的狀況未因伊芙夫人的退場變得前景清明。

米莉安用力地閉了下眼，她深深吸口氣，再張開雙眸時，她對莫維道：

「我知道事情緊急，所以也沒有時間耽擱，我會告訴你我知道的，而你也是。」然後，她轉頭看向史都華德與格提亞。「公爵閣下，大魔法師閣下，這是我們皇室的事情，所以麻煩你們迴避。」她想找個地方，就僅有她，母后，和莫維，全都敞開來說一次。

史都華德行禮，沒有猶豫地走開了。

米莉安扶著拉托娜，越過莫維，走進他們身後的會議室。她看了眼尚未離去的格提亞，可是，格提亞被莫維抓住了手臂。

「不。」莫維啓唇。「他會和我一起。」這麼說道，他反手便關上門。

現在只剩他們四個人。

雖然臉上一副親切的表情，態度完全是不容反駁的。就算米莉安不想讓外人參與家族對話，看這態勢她不答應莫維不會和她談。

在皇宮時總是如一匹孤狼的人，居然也有同伴了。米莉安心裡訝異，但是沒有表現出來。

「米莉安……我想離開這裡……」拉托娜坐在沙發椅上，感到忐忑不安。她對莫維，對魔法師，長期都是抱持著反感的心情。

而且，她還想去找科托斯，想多看看他……

「母后。」米莉安蹲下身體，拉住她的手，神色嚴肅，極其認眞地道：「我想找出是誰殺了哥哥，所以，請幫助我。」

「就是我們面前這個人！不是嗎！」拉托娜恨恨地說道，儘管事實擺在眼前，依然還是無法接受。

米莉安沒有說她不對，僅道：「好，那如果是他，我也絕對不會放過。所以，我們一起找出凶手。」她不能再更眞誠地說。

拉托娜整個人怔住，旋即抬手摀住嘴哽咽了。

米莉安起身，挺直著背脊站立，雙手交疊放在身前擺好姿態。她毫無畏懼。

在伊斯特的時候，格提亞曾經和她短暫地接觸，那時他就覺得，這位皇女殿下表現出來的氣勢，令人折服。她事後對於孩子們的處理也做得很好。

重要的是她對莫維，沒有偏見。

「皇女殿下，凶手是另有其人。」格提亞道。就算皇后不會相信。

莫維根本不在乎。他落坐在單人座位上支著額，睇視格提亞不希望他被誤會幫他澄清的模樣。

「我倒是無所謂。」他會允許她們消耗他的時間，僅是因爲她提到會說出自己所知道的。「所以，妳想告訴我什麼？」他問。

米莉安沒讓他那麼容易。

「你先回答我，陛下和神殿，到底想做什麼？」她道。

她問的這個問題，顯見她確實對兩者有所懷疑，很可能是在皇宮裡察覺到什麼，畢竟她一直待在那裡，每天都還規矩地去請安。

「嗯……」不過，莫維卻是冷笑，道：「我可沒有答應告訴妳。」

米莉安就知道會這樣。

「那就不成立了。」她道。也是個硬脾氣。

莫維微依舊保持優雅的笑意，彎著雙眼，單邊的梨渦。米莉安從以前就特別討厭他這個表情，讓人非常不舒服。

只見莫維移動原本支額的手，同時，打了個響指。

隨著摩擦指尖發出的那聲脆響，米莉安感覺到腳底震盪了一下，有什麼東西不同了。儘管仍然在這間會議室，都是一樣的景物，但有哪裡不對勁。

刷地一下，米莉安整個背脊都是冷汗。那種難以言喻的感受，是身體本能發出的危險訊號，她看向母親拉托娜，拉托娜的情況更糟，眼神充滿驚恐。

莫維直視著她的臉，享受那種僅能接受擺布的模樣。

「我已經隔離了這裡。」他這麼說，好看的臉笑著道：「妳如果不說，那就別想出去。」

聞言，米莉安與拉托娜簡直大吃一驚！她們幾乎不曾見過莫維使用魔法，尤其是拉托娜，她一直認為魔法師就是該被自然淘汰掉的存在，本身也不喜歡那個族群。

莫維此舉是再次證明，倘若他想，他可以多麼乾淨俐落地殺人。

絕對不會那麼愚蠢，留下任何給拉托娜在他面前吵鬧的把柄。

米莉安當然瞭解他的意思，她不明白的，是莫維究竟如何將自己的魔法掌控到這種程度？莫非是大魔法師的關係嗎？她再次看向格提亞。

那個瘦弱的，看上去絲毫不特別的男性，竟是帝國如此重要的關鍵。她忽然可以理解為什麼長久以來都有期待魔法師勢弱的派系，因為他們太過危險了。

格提亞認為皇女相當明事理，莫維不需要對她們如此。

「沒事的。」他不曉得莫維要怎麼做，還完全沒有和莫維討論過，應該說先前本來正想談及，但是被伊芙夫人打斷了。

所以他看向莫維，莫維雖不滿意他多餘的安撫，不過未說什麼。

「米、米莉安……」拉托娜臉色蒼白，伸手抓住她的手。

米莉安咬著嘴唇，唯一選擇是低頭認輸。和莫維交手，一直都是不輕鬆的，她非常清楚。可是，她絕不是想贏過這個異母哥哥，而是需要更多資訊與線索，找出害死她兄長的眞正凶手。

如果她所說的也有幫助，那她不會隱瞞。米莉安開口，將在皇宮時目睹的詭異事情說出來：

「陛下他自從臥病在床後，聖神教的祭司都是寸步不離隨侍在側。」她推斷母親至少三到五年沒有和陛下同房過了，所以將全部心力寄託在哥哥身上，現在遭受的打擊更大。至於她自己，對這個父親僅有帶著疏離的感情，因爲父親不重視科托斯，也不正視她，即使她早晨都過去請安，每一天。「有一兩次，我看見他的臉皮掉下來了。」她深深吸口氣，說道。

「什麼？」拉托娜聞言，震駭又驚愕。她已經很久沒有和皇帝丈夫獨處了，每次接觸的時間也變得短暫，原以爲是得過一場大病需要養生，才使得她獨守空閨，儘管有時感到丈夫怪異，她也沒說過什麼。

確實，病癒後他經常會有壓按面部的動作。但是，臉皮掉下來？

格提亞沉吟一會兒。

「他的病應該沒有好過，是由別人施加予他的魔力在支撐他的身體，但那是有極限的，所以肉體會開始崩壞，從最表層的皮膚開始。」他道。

「魔力？」米莉安是個普通人，根本無法理解。

「是的，聖神教也在使用魔力。」

原來，神殿所謂的祈禱的力量，根本不是因爲神。米莉安一下子就想通了。

「那為什麼要抓走那個孩子?」她首先想到的就是消失不見的弗雷，不管莫維怎麼想，那畢竟是他們的弟弟。

莫維伸出手，吸引格提亞的視線，沒讓她能再和格提亞對話。

「這不關妳的事。」他對米莉安道，眼神冷淡，說：「而且，妳也沒有能力介入。」

或許是莫維始終傲慢的態度刺激到拉托娜，皇后抬起頭憤恨地怒道：

「這跟科托斯有什麼關係?你們說的，根本不是在找尋凶手!我看就是你!所以你現在就在此為自己洗脫嫌疑!」她情緒起起伏伏，精神狀況顯然不大穩定。「那個小男孩，根本不會怎樣!他是陛下的孩子!陛下怎麼會傷害自己的兒子，一定是你出於嫉妒，是你殺了科托斯!你們剛才說了，那讓弗雷消失的也是魔力啊!」她的話裡全是偏見與臆想。

她瘋了似的指責莫維是凶手。格提亞正在目睹，曾經有過一次的記憶。

「母后。」米莉安皇女輕拍她的背脊，希望她能冷靜。

然而莫維，維持著那優雅的笑意，稍微傾身，彷彿還不夠刺痛拉托娜，對著她道：

「妳說，是誰，讓科托斯來紹斯艾瑞亞的?」

不過是一個簡單的問題，卻足以道明一切。原本討厭離開首都的二皇子，為什麼突然來到紹斯艾瑞亞這麼遙遠的地方?

絕對不是他自己主動的。

因為他不是那麼勤勞，且會委屈自己舟車勞頓的人。他是誰都要尊敬的，高貴的皇子。能夠讓他這麼做的，唯有皇帝陛下，或者，一心想要他表現的母后。

拉托娜瞠著雙目，動也不動了。

她確實是對自己的兒子開口了，不過那是、那是陛下他，說科托斯也應該做些什麼來履行皇子的義務，她就以爲這是要改立科托斯爲皇太子的訊號，甚至到紹斯艾瑞亞，也是皇帝陛下的暗示。

那裡有座新神殿就要蓋好了，能有人看著竣工更爲妥當。明明是這樣告訴她的。

皇帝陛下，在此之前，從來沒有派遣任務給科托斯過。

他總是對科托斯不耐煩，覺得科托斯沒有用處。可是……可是……她以爲假以時日，他還是會用父親的眼光疼愛地看待自己兒子。

「啊……啊啊。」拉托娜雙手摀住自己的臉，泣不成聲。

米莉安陪在一旁，面色陰暗。

看起來皇后殿下不再執著莫維是凶手了。和上次不同的地方在於，這次有了米莉安皇女。

格提亞注視著她們，意識到現在這個時間點，米莉安皇女應該已經嫁給伊斯特公爵的弟弟薩提爾，在薩提爾遭到處決後依然留在伊斯特，不會出現在紹斯艾瑞亞。

樂園之家，他和米莉安皇女在伊斯特的那場相遇，爲此時此刻奠下基礎。

他做的事情，那些累積起來的，都是有意義的。

就算他不曉得莫維選擇終結的原因，是不是也能夠改變未來？

「你最近，總是陷入自己的思緒。」莫維的聲音令格提亞醒過神來，格提亞不禁抬起臉，就和他逼近的紫眸四目相對。「你在想什麼？」莫維問。

皇后與米莉安，在他發愣的這一會兒，已經被莫維用魔法趕出這個空間了，所以現在只剩他們兩個人。格提亞有點訝異，但是不意外。

莫維現在的程度，想做什麼都可以做到的。

「我在想之後要怎麼辦。」格提亞道。他沒有說謊，自始至終都是想著自己要做什麼才對。

莫維垂眸睇著他，雖然並非懷疑他的回答，但也不是很滿意。

「那麼，要不要聽我在想什麼？」他微歪著頭，道：「我在想，你一開始就知道凶手是誰。」所以，才會說由他來處理。

格提亞安靜幾秒，隨後道：

「我認識他。就是薛西弗斯。」魔力，魔石，對魔法的瞭解，能夠做到這一切，他能想到的，也僅有這個名字。「所以，我認爲他應該會前往魔塔。」因爲那裡，就是這片寬闊土地氣韻最特別，最強大，最無可取代之處。

早在木屋裡，他就從薛西弗斯的穿著，看出他和聖神教有關。那是比祭司更高地位的服裝，薛西弗斯本人亦沒有隱藏的念頭，反倒就像在炫耀那個身分一般，光明正大地站在他面前。

二皇子和愛德華的傷口，也不是普通武器造成的。最重要的是，薛西弗斯在他們身上，留下和木屋那時一樣的氣息。

彷彿在對他宣告。狂妄又自大。

「原來如此。」他已經聽過這個名字了。莫維揚起唇瓣，笑容有點瘋狂，道：「那麼，克洛諾斯，就是想除掉那個叫薛西弗斯的傢伙，才會讓他處理科托斯。」這樣一來，事後就能夠將薛西弗斯架上斷頭臺。

他們不是合作的關係。不，或許曾經是。

但就如同克洛諾斯對待每一個使他感到威脅的對象那般，最後克洛諾斯都會覺得那像個髒汙，必須得想辦法抹去。

包括伊斯特騎士團，又或者巴力，他這個皇太子，和格提亞。

伊芙夫人轉醒過來當下，第一件問的事情，就是弗雷到底去哪裡了。

於是，公爵的妻子赫蒂，告訴她和弗蕾雅，她們最好待在府裡等候消息。因爲這是她們唯一能做的。

這個時候，莫維與格提亞已經準備出發了。

月亮高掛在夜空，公爵府邸前連接庭園的一塊空地，兩人都是身著輕裝，甚至也不需要馬，看起來就像是去隔壁街的模樣。史都華德因此道：

「現在就走?」到底是去哪裡，都沒打個招呼告知一下，還是管家發現跑來通報他的。

莫維當然沒有回答的意思，所以是格提亞道：

「嗯。謝謝公爵閣下這段日子的照顧。」他戴上披風的帽子，將臉遮住一大半。「請轉告伊芙夫人不用擔心，我們會將弗雷平安帶回來。」他說。

隱隱約約的，史都華德看見格提亞原本純黑的雙眸，似乎開始轉變顏色。

莫維昂起乾淨的下頷，又一次地將自己的魔力提供給格提亞使用。

因爲格提亞比他更熟悉這個魔法。

就看地板上出現一道光線，線與線迅速地連接起來建構出圖樣，轉瞬間便成爲一個魔法陣。

饒是出身在公爵世家的史都華德，縱使見過許多世面，也聽聞祖輩與父親提及，卻是第一次親眼見到。

美麗，炫目，深刻到無法忘記。

這就是魔法。

僅眨眼間，咻地一下，兩人當著他的面消失。眼前留下殘星點點，剛才的光芒如同做夢一般熄滅，只留史都華德獨自一人站在原地。

這個移動魔法，格提亞以前使用時不需要建構魔法陣，他強大的魔力完全足以應付。但現在他是借用了莫維的力量，儘管莫維的魔力與他比肩，那畢竟也不是他自己的。

刺眼的亮光，在閉著的眼睛裡，留下鮮紅色的視覺暫留。再次張開雙眸，他和莫維已經來到紹斯艾瑞亞領地的邊緣。不曉得爲何，他借用莫維的魔力，雖然還是會累，可對比之前在風鳴谷或佛瑞森使用其它力量，身體的影響沒有那麼強烈。也許是他在莫維的魔力軌跡裡，曾經封印留下的那個閥門，陰錯陽差所產生的調節。

「……原來如此。」相同的土地，會有類似的氣韻。魔法所能移動的距離就是以此爲準。莫維雖然在艾恩幾乎學了全部，還沒什麼機會試過這個。魔法陣的原理他清楚，不過定位可能會有偏離，所以讓格提亞先示範一次。

格提亞見狀，啓唇道：

「離開紹斯艾瑞亞，會慢慢進入到另一塊不同氣韻的土地，你可以感受一下。」在地區交疊之處，可能會有些混亂，不過只要再往前就好了。所以現在，他們得先越過領地的邊界，必須要盡快地回去魔塔。

月光之下，格提亞的眼眸還殘留著些許彩色。不知何故，他有種不大好的感覺。

既然格提亞可以自由取用他的魔力，那他想見識格提亞能做到什麼地步，又會不會影響到他。因此他每一次都是懷著倘若格提亞變得危險，他就要除掉格提亞的想法，來允許格提亞使用魔力。

「就像那對雙胞胎一樣。」莫維忽道。

「咦？」格提亞正往前走，聽見他的話遂回過頭，問：「什麼？」

莫維邁開腳步，從他身旁越過。

「雙胞胎能夠共同使用魔法的前提，是由於他們連繫在一起。」穿過城門後，他又走了一段路然後停下，說：「那我和你，也有連繫？」

格提亞跟在他後面，聞言不禁停住。

「……嗯。」他已經恢復墨黑的雙眼，在月色中，彷彿帶有點點星子而發光。「我們是有連繫的。」他道。

就是他留在莫維體內，那個被衝破的封印。他既簡單又純粹地想著。

可是莫維卻不同。

這個魔力輸出的模式，若本人拒絕，理論上絕對不可能達成。格提亞胸前的魔法陣，就是允許的標誌。究竟爲什麼能夠容忍格提亞深入至此，是何理由，他一無所知。

所以，他才會覺得那麼不舒服。莫維瞇起眼眸。

「你的身體，我明明已經摸索透澈了。」可是那毫無意義，他對格提亞的瞭解，似乎遠遠不及刻下魔法陣的人。

聽到他這麼說，格提亞好半晌沒有反應過來。

「身體？」愣住片刻，他總算憶起最初在風鳴谷，自己昏迷時莫維將他脫光那次。所以胸前的魔法陣才曝光了，以莫維的性子，的確會徹底檢查全身各處是否還藏著什麼。

因爲這已經是過去很久的事情了，比起羞恥，更多的是困惑。格提亞不明白他爲何要忽然提起。

「你總是讓我不悅。」莫維垂著眼眸，由上往下地睇視他。

格提亞對他，早就沒有用處了，但是，此時此刻仍然絲毫無損地在他面前呼吸，儘管處理格提亞的念頭從未消失。他很清楚自己一再地容許格提亞，卻說不明白自己爲何如此。

「什……」格提亞不理解。

正欲開口詢問，莫維抬起手，輕輕地向旁一揮，強烈的光芒瞬間閃現，下意識閉上眼睛，待雙目能夠視物，他們已經位在另一處異地。

看起來是個郊外的小村莊，兩個人就站在不起眼的巷弄裡。

莫維馬上就學會了。移動魔法。

要感知地區的氣韻，除學習之外，需要一定程度的本能，莫維總是如此迅速地將他所教導的一切吸收。格提亞不感到意外，只是因他沒有通知一聲就突如其來的行爲有點來不及反應。

「得找個休息地方。」莫維這般說道，走上街道。

他們的對話不了了之，因爲他不想談了。格提亞心裡知曉，看著他的背影跟上。

這是個位於紹斯艾瑞亞北方的小城鎮，也有位很小的領主。莫維大半夜推開對方的門，大方地闖入。他們因此在領主宅邸小憩一宿。

日出，兩人繼續往北。

時而用魔法，時而步行一段。

這讓格提亞回憶起，他在離開皇宮往北境魔塔途中，聽聞到貴族造反的消息，那時中央皇宮已遭到破壞，皇帝身邊沒有一名親信。

因此，他回頭，回去找莫維。

然而魔法的大火焚燒七天七夜之後，他見到的，僅有被放在皇宮前，莫維的頭顱。

那個時候，大概是生平第一次，他感受到心痛。

格提亞猛地胸腔一震，手心出了汗意。

醒過神，道路上，莫維在他前方凝視著他。

「你的眼神像是看見了鬼魂。」

莫維這麼說道，然後莫名其妙地笑了。

鬼魂？不是的。格提亞能夠清晰地聽到自己放輕的呼吸聲，偶爾，他會有種在做夢的感覺。

受不了打擊的自己，陷入自己所編織的，長長的夢境。

格提亞不覺緩慢地伸出手。

莫維就見格提亞帶著猶豫的指尖，觸碰他的袖子。

然後，格提亞表情細微地變得和緩下來，認眞地道：

「你不是鬼魂。」像對他說，也像對自己說。

莫維忍不住陰沉地笑了。

他當然不是。因爲，格提亞是透過他注視著別人。

「不要再那樣看我。」否則，會讓他想挖掉那雙眼睛。

「我……」格提亞收回手，實在不明白他是何意思，只是可以感覺到他生氣了。「……我沒有單獨和你趕路過。」所以不曉得該如何相處。

他生硬地轉移話題。這是不善於社交的他所能做的極限了。

莫維面無表情。

「以前從來沒有？」

這種問法不知爲何聽來有點微妙，不過格提亞誠實道：

「沒有。」他們多是騎馬，當時的莫維，已經掌握一切，總是一副不疾不徐的從容模樣。

現在可能是事件都提早了幾年，所以發展也不同。

然而，格提亞有一種，已經接近最後的直覺。

「……哼。」莫維睇著他，稍一抬手，光芒綻放，兩人又瞬間移動至下一個預定的地點。

格提亞望著他的背影。即使他們遠征過許多次，身邊總是有著其他人，他不曾像這樣和莫維朝夕獨處，也不知道莫維到底是在表達什麼。

這個莫維，和記憶裡的那個莫維明明是一樣的，卻也有他感到陌生的地方。這是自格提亞倒轉時間後，第一次產生了這種困難說明，不知道名字的心情。

因爲他從來沒有把以前與現在視爲不同的人。

至於在他面前的莫維，也已經幾乎成長爲他離開時的模樣了。

眼下，他這些複雜的想法，沒有餘裕去思考。

格提亞凝視著前方。

此處已差不多是首都外圍。不到兩天的時間，他們就從最南部的領地抵達這裡，就算最快的單人騎馬，也得花上至少四日才行。

不過，這種移動魔法，一天最多僅能使用三次。即使魔力再怎麼強大，肉體的承受程度也有極限。因此，他們在城鎮裡買了馬。平緩的路線時就騎馬，比較困難的道路就使用魔法。

於是，他們越過了首都，穿過了中央皇宮以北的領土。

若以皇宮爲中心，到南邊較爲容易，往北路途不僅更長，地形因素也相對難行。

最終，他們花費整整九天，終於踏上佛瑞森的土地。

當他們來到伯爵府邸前的時候，諾耳任不是特別驚訝。因爲在昨日傍晚，皇家騎士團已經通過此地，雖然他們並未停留，可是經歷過第一批突如其來的訪客，見到同樣毫無預兆就出現的莫維與格提亞，諾耳任已能保持七成的平靜。

「騎士團是什麼時候離開佛瑞森的？有多少人？」莫維在伯爵府裡稍微梳洗整備過後，要求諾耳任對他報告。

諾耳任雖不瞭解詳情，不過他對皇太子莫維是有一份信任的。畢竟他曾經拯救過這片土地。

諾耳任據實道：

「昨天，大概是傍晚，約二三十人。似乎不只有騎士團，因為還有馬車。」由於他們僅是路過，完全沒有停下，所以這些訊息是來自領地邊防的守衛。

「往北。」莫維說道。這是確定句。

所以原來皇太子是知道的，那就是正在追著他們？諾耳任這般想著，見到一旁的格提亞始終沉默。

儘管表情平靜，卻隱約不像以前，無論發生什麼都那般安定。

諾耳任忽然想到什麼，不知是否有關，但他還是道：

「在皇家騎士團後沒多久，聖神教的人也經過佛瑞森了。」一樣都是沒有停留直接向北。

莫維睇一眼格提亞，隨後對諾耳任道：

「給我兩匹跑得最快的馬。」

「是，殿下。」諾耳任不敢有耽擱，立刻吩咐下去。

莫維對格提亞道：

「我懷疑克洛諾斯就在馬車裡。」言下之意，便是如此緊急並非為了格提亞，而是為了他自己。

格提亞安靜片刻，有點自言自語，道：

「師傅會沒事的。」

不管發生什麼，她曾經是大魔法師，有那樣的實力。

雖然不是想要安慰，不過莫維道：

「沒人能夠贏得了我。」

就是純粹的傲慢，和安撫無關。即使格提亞有點不在狀態內，只有他一人，誰也不可能比他更厲害。

他不需要別人救。就算是格提亞。

格提亞沒有察覺他在想什麼。在要離開伯爵府前，安娜來了。

「格提亞閣下！」她抱著一紙袋的麵包，遠遠地跑過來。

聽說伯爵府來了貴客，她馬上就關掉店鋪出發，到門口求伯爵大人讓她進來，伯爵大人知道她家的卡多至今還受到恩人的恩惠，所以破例通融，總算使她得以見上一面。

「啊。」格提亞相當意外，這才稍微回過神。「妳好。」他問候道。

「見過帝國尊貴的皇太子殿下。」安娜先是對莫維拉開裙襬行禮，接著繼續向格提亞道：「這個，帶在路上吃吧！」她將抱著的牛皮紙袋遞出。

她聽說他們不會久留，看著也是即將要離開的樣子，所以不打算耽誤這些貴人們。事情過後，她一直很想表達自己的謝意，平常透過書信講過的話又太重複了，所以樸實的她，能想到的，就是用她最擅長的來道謝。

安娜洋溢的笑臉，是那麼熱情真摯。格提亞看著她。

「謝謝。」他沒有拒絕，收下了。

安娜笑得更加開心了，退開一步，不耽誤他們上馬。

在兩人離去時，大大地揮手，喊道：

「閣下！下次有機會再見吧！」

格提亞在馬背上回過頭，心裡滿是感觸。原本，他根本不認識安娜和卡多，佛瑞森這個地方，也會消失。

愛德華死了，他感到迷惘不已。

現在卻又像是在提醒他，他還是可以改變的，他沒有放棄的理由。

今日移動魔法的次數只剩一次，他們距離魔塔的路程，已不到一天了。

冷風從臉旁颳過，格提亞直視著前方。

騎馬趕路半日，途中讓馬兒休息，將牠們綁在了樹下，接著便是使用魔法，越過最後一段往山區的崎嶇道路。

一陣強光炫目。

格提亞站在莫維身後，當他睜開眼睛，看清楚面前的景象時，他愣住了。

「……怎麼回事？」

巴力．沃克。

前帝國第一劍士，前紹斯艾瑞亞公爵。如此的豐功偉業，讓他成爲皇帝的眼中釘，肉中刺。

不，其實他心裡非常清楚，皇帝更恨他的原因。

恨到就算他卸下公爵的頭銜，也必要將他從世上除掉。所以，他遠離家鄉領地，希望不要牽連家族，皇帝臥於病榻時，眼線也始終跟著他伺機行動，直到他進入皇太子宮，皇帝再也無法忍受，終於派出暗殺部隊。

那個夜晚，他解決了那些人。

並且將自己的蹤跡徹底隱匿。就是從那時開始，皇帝也像是沉寂下來，所有暗地裡的動作全都停止。

巴力輾轉在帝國各處，蟄伏了數年。

這個期間，他打探各種消息。

包括伊斯特公爵之弟的醜聞，以及皇太子被貶至邊疆，還有在這段時間內，迅速興建的，一座又一座的神殿。然後，他感覺皇帝開始要做些什麼了。那個持續許久的平靜，就是爲此在做準備。

他曾是前皇后美狄亞的護衛騎士。

所以他相當清楚，也能夠敏銳地察覺。在讓美狄亞皇后生產前，皇帝身爲丈夫，就是無聲地安排好一切。

那些，利用魔法師去製造出來的人爲遺傳。

巴力十分瞭解，皇帝最後的目標一定會是魔塔，唯有在此處立威，才能宣揚與彰顯他皇帝的不可一世。

因爲克洛諾斯就是那樣的人。

所以當他發現皇家騎士團開始往北方移動的時候，他趕在前頭，率先抵達魔塔。魔塔的侍從彼得，似乎早就知曉他的到來，因此上前迎接他。

「阿南刻大人請您入塔。」

依舊一身長袍的彼得對他這麼說道，將他領至高塔入口。

由於他沒有魔力，所以一階一階地爬上樓梯。

當他進入塔頂的白色房間，見到阿南刻時，他就像個故人那般道：

「別來無恙啊。」

阿南刻熟悉地望著他。

「你也還活著。」

巴力哈哈一笑。

「是啊。這把年紀仍死不了，沒想到我還是挺有實力的。」跟著他眼神變得犀利，道：「妳呢，那麼意氣風發的妳，現在就只能囚禁在這裡了。」

阿南刻表情淡漠。

「我知道你不滿意我。」從很久以前開始。

巴力搖搖頭。

「不，我承認妳的強大，畢竟我見識過。」他上前一步，道：「當時我不能理解的是，既然妳比誰都強，又爲什麼要聽陛下的，對美狄亞皇后做那些事。」

「美狄亞皇后的死，我確實有責任。」阿南刻坦然面對。她身爲大魔法師的時候，替皇帝陛下做過很多事，包括在有孕的美狄亞皇后身上做實驗，以及封印皇太子莫維。「這些都是我的罪，我會承擔。」所以她才在這裡。

美狄亞皇后當時的痛苦，身為護衛騎士的巴力比誰都更能夠體會。所以他不懂，大魔法師聽命折磨皇后的理由，甚至間接導致她自殺。

在往後長久的日子裡，隨著人生更進一步的歷練，他漸漸地明白了。

這跟每個人心裡看重的事物有關。

對於阿南刻而言，最重要的是魔塔這裡的人們，倘若她沒有做好，那麼皇帝就會剷除魔塔，她絕不能讓此事發生。

她沒有去預測美狄亞會做出什麼選擇，只是成為雷蒙格頓帝國忠誠的同伴，就像是歷史一直以來的那樣。唯有如此，他們這些魔塔之人，他們艾爾弗一族，才能被當成帝國的一員。

儘管他們擁有不凡的駭人力量，卻從沒有想過背叛，那是由於歷史書寫傳承給他們的記憶，亦以某種形式束縛著他們。

再者，若他們真的想要與皇帝為敵，就得要有與帝國軍隊開戰的準備，以現在魔塔殘弱的現狀，那並不容易。就算擁有的魔力足夠強大使用魔法，要親自用雙手葬送數千數萬的眾多生命，也絕非最好的選項。

只要犧牲一小部分，就能得到想要的結果。阿南刻僅是做出她所能做到的最妥當決定。

魔法師逐漸消失凋零了。也就是看出這些弱點，克洛諾斯是歷屆以來對魔塔施壓最為過分的皇帝。

巴力將自己代入阿南刻的位置，不認為自己能有更好的做法。

「要說有罪，我也同樣。」他也沒有阻止皇帝，為了紹斯艾瑞亞，為了沃克家，就那樣眼睜睜看著。甚至，他在皇后死後，繼續留在皇太子身邊，雖然內心掙扎，依舊什麼都沒做。

「妳將美狄亞皇后的真相告訴皇太子，就想到這一天了嗎？」他問。

阿南刻沒有回答，僅是靜靜地注視著巴力。

皇太子莫維，幼時被關鎖在皇宮深處過著非人的生活，每一次和她接觸，他就從她口中聽到生母美狄亞從懷孕到自殺身亡的一切細節。

這個行爲，必將對未來造成影響。

如此的因果，是她阿南刻親手種下的。

當時在皇宮的巴力，深深明白這點。他卻袖手旁觀阿南刻製造出來的仇恨連鎖，這是他對皇帝的不認同，對美狄亞的抱歉，以及對自己無能的憤怒。他承認，當時他甚至希望皇太子莫維有朝一日，能夠幫美狄亞皇后平反她的委屈。

皇帝之所以要徹底除掉他，一定就是發現了他的異心。

他太窩囊了。算什麼帝國第一劍士。

不過幸好，他還有機會能彌補。

即使阿南刻並未給出答案，巴力已經從她的眼神明白了。他道：

「皇帝要來了。」

阿南刻臉上沒有任何意外的表情，如同巴力所說，她已知遲早會有這麼一天。

「我會讓魔塔的其他人馬上撤離。」

語畢，她喚來彼得，將命令傳遞下去。

無論是否擁有魔力，所有的魔塔人，都得即刻離開魔塔，撤往佛瑞森邊境的一座小鎮。

這是阿南刻從很久以前就計畫的一條路和一個藏身地點。雖然不是最好，不過足以爭取到時間，讓大家有機會思考下一步。

是要從此隱身在帝國之內，或者前往周邊國家。

阿南刻一直都在為魔塔的人們打算，就算犧牲自己餘生自囚在這個白色的房間。

目送大家離開後，彼得道：

「阿南刻大人，所有人都已經出發前往目的地。」

「好。你也去吧，彼得。」阿南刻道。

「不。」彼得搖頭，表情沉靜地說：「我會服侍阿南刻大人直到最後。」

阿南刻預料他會如此。彼得和格提亞一樣，都是她帶在身邊的孩子，她眞心希望彼得離開去過自己的生活，可是她知道自己是無法說服彼得的。

「對不起了，彼得。」若她沒有被關在這裡，若她不是如此衰弱，她有足夠的能力將他送走。

彼得笑了笑，向阿南刻行禮。

「請別這麼說，這是我的願望。」

一旁靠牆佇立的巴力，待他們交談到一個段落，啓唇道：

「好了。所以戰力就是我們三個。」他卸下自己背上的大劍，鏘的一聲抵在地板上。「來討論戰略吧。」在敵人蜂擁而至之前。他道。

凌晨，魔塔起風了。橘得稍微發紅的日出，看起來有種難以形容的詭異。

當皇家騎士團一行人徹夜趕路抵達魔塔時，就見塔前一名白髮蒼蒼的老人，雙手將一柄大劍立於黃土地，挺直著背脊，凜然地站立著。

騎士團長揚起手，讓後面的成員都停下。

「讓開！」一開口是威嚇。

老人不動不語，僅是看著他們。

騎士團長和他四目相對，忽然想起什麼，脫口道：

「你是……」

身爲一名騎士，沒有人不知道劍術世家沃克。

巴力．沃克，更是訓練出他們這種菁英的第一劍士。

就聽巴力朗聲道：

「想要通過這裡，就打倒我！」

「什麼？」不單是騎士團長，後面停著的騎士也是面面相覷。

騎士團後面的馬車，終於進來到範圍了。

「就是現在！」巴力用那渾厚的嗓音仰天發出吶喊。

在聲音結束的瞬間，一片彷彿薄膜的東西從天而降，迅速將在高塔附近的所有人類和物體全部包圍起來，形成一個巨大的透明圓罩。

「這是什麼東西？」有人錯愕地這麼問道，就連騎士們騎的馬兒都略顯不安起來。

「安靜！」騎士團長穩住軍心。

他下了馬，其餘的騎士也相同，每個人手都按在腰間劍柄上。

後面，馬車的門開了，從裡頭走下來一個穿著長袍的黃眸男子。

「哎呀，我倒是沒想到師傅這個年紀了，還有這種力氣。」他露出笑容，望向高塔的頂端。「我們暫時是出不去了。不過要解決也很簡單，殺了使用這個魔法的人就好。」他說。

「有那麼容易嗎？」巴力聞言，哈哈一笑。「她的實力我可是相當清楚的。」畢竟年輕時領教見識過。

「那也老了。是個老糊塗了。」黃眸男子，也就是薛西弗斯，猙獰地笑著。「再怎麼厲害，終究要老的。就像是你，也是一樣的。」

巴力沒有被他激怒，始終保持著自己的從容。他雙手握劍，將那柄比一般長劍還要大上三倍的巨劍劃個圓弧從地上提起，沉聲道：

「那就來試看看。」

爲首的騎士團長，在他擺出態勢也唰的一聲抽出自己的長劍。同時毫不猶豫地搶攻上去。

鏘！巴力用劍身擋下，金屬撞擊甚至出現一點火星。

他注視著騎士團長。皇家騎士團，是皇帝身邊最忠誠的存在，當初暗殺他的，也是出自這支隊伍。他們的訓練只有絕對地聽從命令，永遠不會問爲什麼。

身爲騎士團長，應該知道過去派來的那些人都遭到他的殺害，然而他們不會對同伴感到遺憾，因爲那僅是聽從命令的結果。巴力在騎士團長的雙眼裡，能看見比什麼都還要冷酷的情緒。

也好。他也不會爲了折斷這些年輕生命道歉。

他們就來一場賭上性命的戰鬥！

背後有破空之聲，巴力甩開團長的劍，回身一劈！從背後攻向他的騎士閃躲，巴力的劍繼續打橫掃向他，以迅雷不及掩耳的速度將他砍傷。

「哇啊！」那人一個濺血，踉蹌後退倒地。

那柄沉重的大劍，看著明明極具重量，居然能揮舞得如此巧妙。

這就是帝國第一劍士。騎士團長沒有給巴力任何喘息時間，提劍向前刺出，巴力一個反手，用大劍的十字護手卡住劍的刺擊。

這樣劍會脫手！騎士團長反應迅速，立即抽回自己的劍身。

與此同時，其他的騎士也都群起攻之。

「哈哈哈！」巴力的眼睛瞪得銅鈴大，用以一擋百的氣勢，喝道：「來吧！」

一時間，騎士們蜂擁而上。

薛西弗斯慢條斯理地繞過那個擋住入口的野蠻戰場，來到塔的側面。

他稍微一晃手指，憑空出現數個高低排列的魔法陣，如同空氣構成的梯子那般，他抬起腿，踩著魔法陣一階一階地走到高處。那裡有個窗口。在魔法師數量逐漸減少，魔塔迎來對魔法有所嚮往卻毫無魔力之人後，天上塔開了一扇窗。

因爲那些平凡的東西，必須用自己的雙腳走樓梯。阿南刻爲善待他們，開了窗戶給那些東西在爬梯時透氣。

眞是笑死他了。薛西弗斯輕盈地由窗戶進入塔內。這裡已經是差不多一半的高度。

而彼得，就在此處等著他。

他用身體擋住薛西弗斯往上的去路，道：

「你回來了。」
薛西弗斯想過，不會那麼輕易，一定有些阻礙。可是，這個對手也讓自己太掉價了點。
「你要對我說歡迎嗎？」他問彼得。
彼得看著他，說：
「不。你明知自己不是個受到歡迎的人。」
薛西弗斯笑了。他昂首哈哈地笑出聲音。
旋即他收起笑容，狠瞪住彼得。
「爲什麼？我那麼有才能，爲什麼你們就是不尊敬我呢？」他提高了音量。
彼得道：
「你知道原因的。你的野心太大了。」
「我沒有錯。」薛西弗斯緩慢地抬起手，朝向彼得。「我們魔法師，艾爾弗一族，是比誰都還要接近神明，擁有神之能的非凡存在！」他說。
語畢，一道氣刃從他指尖射出。砰地一個聲響！
回音響徹塔內。
彼得身前浮現出一個魔法陣，硬生生地擋下了。
「你想上去，除非讓我倒下。」他對薛西弗斯道。
他非常清楚，以他的實力，絕對贏不了薛西弗斯。可是，只要能削弱薛西弗斯一點也好。
他會用盡全力。
那堅毅的眼神，令薛西弗斯嘲諷似地笑了。

「你還眞是忠犬啊，彼得。」

而他，從很久以前就非常討厭這點。

關於魔塔的一切。

他全部都厭惡至極。

格提亞和莫維來到魔塔，所看見的，是一個巨大的半圓形薄膜，將整個天上塔以及周圍全部籠罩住。

他立刻就知道這是師傅阿南刻的魔法，可是卻不曉得她爲什麼要這麼做。

最糟糕的是，以現在的他來說，他是進不去的。

莫維睇著他略顯不安的側臉，旋即伸出手，貼在那個薄膜上。

「呵。」隨著他一聲冷笑，那薄膜像是個泡泡般瞬間瓦解，散開來掉落的碎片，無聲無息地消失在空氣之中。

「謝謝。」格提亞醒過神道謝。跟著頭也不回地朝高塔的方向奔去。

遠遠地見到數十名皇家騎士倒在地上，他不禁訝異，加快速度趕緊上前，結果發現有一個穿著不同的老者。

仔細一看，那是巴力．沃克。

「閣下。」格提亞來到他身旁，伸手探他鼻息。

巴力滿臉是血，總算張開眼睛。

「沒事……我沒事。」他粗喘了口氣，對格提亞道：「快上去吧……我只能做到這了。」因爲他不會魔法，這是他的極限了。

儘管掛念巴力的傷勢，不過他還能講話，格提亞無法多想，阿南刻對他來說更爲重要。

「我知道了。」他完全沒有遲疑，離開巴力進入高塔。

巴力靠著塔牆，費力地呼吸著。坐著的地面，正蜿蜒地流出一條血河，他的背被刺穿，傷到肺了。

不光是肺，還有好幾個地方有深淺不一的傷口，多半都是在背後，深及內臟。畢竟，他可是以一敵多。離開皇太子宮那晚，了不起就五個人，大概就是因爲那次，所以這回派了更多的人。

他眞的是老了啊。

巴力望著前方，皇太子莫維正停在擁有皇室紋章的馬車旁邊。

然後，他看到莫維打開了馬車門。

裡面坐的，是克洛諾斯嗎？

如果是的話，那就好了。

美狄亞的兒子，會爲她討回公道的，不是他這個窩囊的護衛。巴力的氣息愈來愈微弱，最後，慢慢地閉上了眼睛。

而莫維，在見到坐在馬車裡的人以後，感覺自己有點失望。

那是皇帝沒錯，就是克洛諾斯。

可不是他認識的那個。如今的克洛諾斯，比臥病在床時，更加地枯槁孱弱，不僅面容消瘦，身體如乾枝，露出的皮膚滿是樹幹紋路般的皺紋，就是個離死不遠的凋萎老人，猶如風中之燭，隨時都會停止心跳。

莫維微微一笑。

「我還以爲，聖神教能讓你看起來更意氣風發點，就像之前那樣。」

長期臥病在床，短時間內驚人康復，以及身邊出現的祭司。莫維原本就懷疑聖神教，只是沒想到所謂的祈禱的力量，終究還是魔力。

看來他們擁有魔力之人眞的是得天獨厚受神眷顧，結果聖神教想盡辦法，就是爲了製造出一個贗品將魔塔取而代之。

皇帝克洛諾斯，現在就連自由行動都做不到了。原因是，他的肉體已經到了無法再負荷的程度。

「你……你……」克洛諾斯吃力地開口，對此時的他而言，完整簡單的一句話都十分困難。

他早就應該死了。這是薛西弗斯告訴他的。

在他長期生病的那段時間，帝國最好的醫生，用上好的藥物，不能再更細緻的照顧與診療，讓他能夠躺在床上呼吸。他是權傾天下的帝國皇帝，命定歲數已至時，卻和賤民一樣，像株即將枯死的植物動彈不得。

這個時候，薛西弗斯彷彿是神派來給他的使者，來幫他了。

薛西弗斯是遊走各地的流浪人，是地下魔法師，是魔塔的背叛者。

從他繼承帝位，他就想方設法在降低魔塔的影響力量，從此被推上高峰的就是聖神教，建立起新的信仰，自然能夠捨去舊的。他也有意地讓傳聞謠言四散，不過改變並非容易的事情。

儘管他沒有耐心，也唯有等待。掌握民之所向，才能名正言順地除掉魔法師，他必須讓聖神教以正邪對立剷除魔塔的結果留下盛名。然而，聖神教的問題，在於沒有像神那般的非人力量，光是祈禱的話，當然不及魔法師讓人印象深刻。

可魔法師有個致命傷，就是他們的數量一直在減少。自他稱帝，在位的這二十餘載，魔塔有記錄的魔法師人數幾乎已到達個位數。

就在這個時候，他竟然病倒了。臥床的數年間，他不甘心到了極點。

他好恨。明明就要成功了，自己卻看不見那個未來。

薛西弗斯就是此時出現在他面前的。

就算知道此人出身魔塔，但是對方和自己一樣，都對魔法師懷著恨意，所以他答應薛西弗斯的條件。也就是讓薛西弗斯接管聖神教。

他們可以一起除掉魔塔。徹底的。

薛西弗斯身懷魔力，包裝成祈禱的神奇能量，很快就登上教皇的位置。在薛西弗斯的帶領之下，聖神教愈發地強大了，薛西弗斯亦用魔法，讓他的病症不要那麼嚴重，可是那有其極限與限制。他曾經重新體驗自己彷彿壯年時那般健康，下一秒則驚恐地感到自己緊繃的臉皮正在掉落。

「我的能力只能到這種程度了。」薛西弗斯笑著對他承認，然後又瞇起眼睜向他提出另一種可能：「不過呢，我還有別的方法，陛下想要試試嗎？」

他痛恨魔法師，可是他沒有別的選擇。倘若他不答應，那麼就只有等死。

那是一個，普通的人類，絕對無法辦到，也不可能出現這種想法的，驚人的魔法。

從那時開始，薛西弗斯就一直在進行嘗試，以求不會失敗。

「反正陛下您，也做過類似的事情。」

薛西弗斯知道他曾經讓魔法師進行實驗的事情。是阿南刻告訴他的，或是他從哪裡聽說的，那都不重要。

因爲他要重生了。

莫維沒有在馬車裡看到弗雷，於是他對克洛諾斯道：

「我怎麼？你沒辦法拿我去當新的身體，所以找上另一個備用。你想用那個幼稚的姿態，坐在皇位上？」語畢，他笑了一笑。

他一直都感覺到皇帝想要做些什麼。而且是跟延續生命有關的。

在弗雷成爲目標以後，他立刻明白了。

克洛諾斯想要一個嶄新的，年輕的，不受年老與病痛所苦的軀殼。

這個想法，他與格提亞確認過了。

大範圍的魔法陣，需要魔石彌補不足的巨大消耗能量，符合這兩項條件的魔法沒有幾個，加上弗雷，以及對克洛諾斯的瞭解，這是他和格提亞得出的結論。

將靈魂放進另一具身體。

克洛諾斯對於皇室的血緣與魔力有所堅持，他能夠接受的容器只有三個人。可是無法控制他，科托斯則是個廢物。

所以，弗雷是最適合的。

這就是爲什麼，雙胞胎被藏得如此地深。因爲他們具有魔力。

也由於如此，他這個皇太子，已不再是皇帝最需要考量處理的對象，只要置換靈魂的魔法成功，克洛諾斯就能夠繼續當皇帝，這才是當務之急。必須趕在這衰老的生命終結以前。

就差一步完成，卻被識破策畫許久的祕密，克洛諾斯沒有太多情緒波動。

或者說，他無法做出什麼反應。

就連呼吸這種維持活著的本能行爲，他都已經覺得快要無法進行。

「你……等著。」

他幾乎是費勁力氣，才能說出這三個字。

莫維居然又再次佇立在他的面前。

即使他對莫維設下這麼多障礙與困難，莫維仍然一一擺脫掉了不幸自毀的命運，因此他才捨棄了那種方式，他無法撼動莫維分毫，那他就自己成爲不朽的存在。克洛諾斯堅信，自己一定會重生在新的身體裡。

他會永遠地活下去。

噗的一聲。莫維的長劍，刺穿了他的喉嚨。

克洛諾斯圓睜雙目，不敢置信。

「你知道爲什麼自己失敗嗎？因爲，你把格提亞送到我的身邊，讓我變成了一個無所不能的怪物。」莫維揚起唇瓣，笑了。俊美無儔的臉容沒有絲毫憐憫，他一收手，將劍抽了回來。

克洛諾斯覺得莫維不會相信任何人，因此才敢將格提亞放在莫維的面前，魔塔也還掌握在他的手裡，難道，他有什麼地方搞錯了？

被他視如畜生調教的這個人類形狀的東西，居然能和他人產生連繫嗎？

莫維本來是他最完美的作品。

「嗚！」紅色鮮血從他的頸間噴出，彷彿奔騰的湧泉，怎麼也無法止住。他顫抖著雙手，想要按住傷口，結果根本無效，他沒有足夠力量，血水依舊從他指間狂洩出來。

他深刻地感到自己馬上就要死去了。

莫維看著他慘白的臉色，比剛才更像一具屍體。

太失望了。

「無聊。」這絕不是他所想像的最後終局。他和克洛諾斯之間，居然是這麼簡單就結束了。

克洛諾斯這個軀體，已經毫無恢復的機會。殺死如此朽邁的克洛諾斯，實在太無趣了。

雖然以前也曾希望克洛諾斯能夠好好活著，自己不想讓他輕易死掉，可是現在這個樣子，根本沒有辦法做到。

所以他只能一劍殺了，不再浪費時間。

畢竟，格提亞已經進入塔中了。

就在此時，嘴角都是鮮血的克洛諾斯忽然笑得露出牙齒。

即使他沒辦法說話，他也明確地讓莫維知曉，這個身體並不重要。

因爲，他很快就會擁有全新的生命。

莫維冷睇著那邪惡的笑容。克洛諾斯的五官忽然綻放出黑色的煙霧，跟著非常不自然地又由體內吸收回去，幾秒之間，克洛諾斯已經完全沒了氣息。

莫維可以感覺到剛才那股能量，指向的是高塔頂端。

他必須上去。

「——皇太子殿下！」

身後傳來令人意外的呼喊聲，莫維看過去，竟是以查思泰爲首的，數名伊斯特騎士團一行人。

他們每個人都身穿伊斯特騎士服裝，在劍柄上繫有黑色緞帶，明顯是接到愛德華後並未返回伊斯特，從中途直接快馬追趕過來。隊伍的最尾端，還有歐里亞斯。

查思泰和夏佐與賴昂內爾、歐里亞斯按照計畫在半途會合了，愛德華的死令他無比心痛，當他聽聞皇太子與大魔法師將會追緝凶手，他讓兩名部下陪同夏佐及賴昂內爾把愛德華送回家，自己則決定跟過來。

他要親眼目睹那個凶手是誰。他相信愛德華會理解他的。

其餘騎士也自願跟隨，將可能目的地告知的，則是歐里亞斯。他說他們出發前，從父親那裡聽到皇太子應該會去北邊，多半就是魔塔，於是他們日以繼夜馬不停蹄往北方前進。在經過首都時，又有消息皇帝帶著聖神教重要人士前往佛瑞森，他更直覺相信方向沒錯。

總算抵達佛瑞森，佛瑞森伯爵諾耳任親口告訴他們，皇太子和大魔法師二人去往魔塔。

因此他們過來了。

之所以能追上，是由於歐里亞斯等人當時提早離開紹斯艾瑞亞，在中途就轉北，每個人還都是單騎快馬。即使莫維與格提亞使用魔法，也差不多時間到達。

莫維淡漠地看著他們。

伊斯特騎士團，不是臣服於他的組織，而是站在他的對立面。莫維手持長劍，劍尖指向黃土地，由劍身緩慢流下的血水，在尖端處形成一個赤紅色的窪，讓人觸目驚心。

查思泰從馬背跳下，往莫維的方向走近。

莫維身旁是皇室馬車，門邊也都是血跡。裡面，則是已經明顯死去的皇帝陛下。

查思泰停住腳步，瞪著雙眼。

莫維從不掩飾自己與皇帝間的矛盾，甚至也表現出皇帝無法奈他何的樣子，所以他們心知肚明，這對父子之間的戰爭，終究會有爆發的一天。

卻沒想到，會在這個時候，以這種形式。

從伊斯特離開時，團長丹給予他全部決定的權力，伊斯特騎士團所有人將會一同承擔。

所以，他不能選擇錯誤。

因爲查思泰沒有動作，後頭的人面面相覷，他們不曉得查思泰已經看到什麼。心思謹慎的歐里亞斯覺得不對勁，就在這個時候，不知從哪裡冒出來的魔獸，朝向他們發動襲擊！

「小心！」歐里亞斯大喊。

這是跟隨薛西弗斯的教徒設下的阻礙。莫維揚手，直接砍掉離他最近的魔獸頭顱。

查思泰知道自己必須立刻做出決定。他唰的一聲抽出長劍，背對著眾人低吼：

「全體整隊聽命！拔出你們的劍！」

由於魔獸的出現，所有人早已處於迎戰狀態，在最短時間反應過來。

「是！」

他們訓練有素，立刻投入應對。登時，整個村莊變成了獵殺魔獸的戰場。

查思泰則是抬起單手橫過胸前，低頭對莫維行禮，道：

「我們擁有砍殺魔獸的經歷，伊斯特騎士團將會在此排除一切障礙。」

查思泰頰邊滑過一道冷汗。他其實無法確定自己對還是不對，但是，若他不這麼做，皇太子會在此殺了他們所有人，他可以從皇太子冰冷的眼神裡看到這個事實。

伊斯特曾經受過恩惠，如今，他也僅有這個選項。

他只能相信。

歐里亞斯這時才遠遠發現塔的周圍似乎有多位皇家騎士倒地。佛瑞森確實有皇家騎士集結，可是爲什麼會出現在這裡？皇太子殿下旁邊的馬車，查思泰副團長是看到什麼了？歐里亞斯不是伊斯特騎士團一員，因爲魔獸一波波的攻擊更無法細思，他唯一能做的就是盡力對付眼前的猛獸。

皇家騎士，伊斯特騎士，聖神教以及魔塔，還有皇室的馬車。

就像是一切的要素都集中在此處。

即便各領地的騎士團之間，侍奉的領主不同，也鮮少存在合作關係，可是，那幾個倒在地上的，是來自中央皇宮，直屬皇帝的，皇家騎士。

大浪要來了。歐里亞斯有種洶湧的波濤，即將向他們所有人襲來的預感。

莫維微垂著眼眸，以高姿態往下睇著努力爲他戰鬥的眾人。

格提亞先前曾經對他說過，這些人服從的並非是他，確實如此。如今，他們卻在此聽從他的命令。

那是因為有什麼改變了他們的立場。

他甩手一揮長劍，將上面殘留的血漬甩淨，收入鞘中。

無論如何，這些人都是不能阻止他的。

誰都不能。

他瞇起雙眸注視高塔，微彈手指，瞬間來到頂端的白色房間。

然而，出現在前方的場景，讓他站定在原地。

「……該死。」

吐出一聲低語。美麗的紫色眼睛，變得無比陰冷。

當格提亞來到塔頂時，首先見到的，就是佇立在白色房間中央的薛西弗斯。

阿南刻倒臥在一旁。

「師傅！」

格提亞毫無猶豫，立刻上前。

不過，只邁出幾步，便被無形的一道牆給阻撓住了。

「咦？」薛西弗斯非常疑惑。「上次我就這麼覺得了，你好像變了。變得非常地弱小了。」

他圓睜著眼，有點不可思議。

原本還以爲是自己的錯覺。畢竟，這可是格提亞啊！

無敵的艾爾弗直系血統，魔塔最強大，世上最獨一無二的存在。

格提亞輕輕吸口氣，目光放在阿南刻的身上。

「你對師傅做了什麼？」他質問薛西弗斯。

薛西弗斯往後一瞧，不是很在意的樣子，道：

「沒什麼。我想借用天上樹的力量，她不讓開，我就把她放倒了。」他轉回視線，重新凝視格提亞。「現在的她，好弱啊。爲什麼我以前會跟隨她呢？明明她毫無能力。」他說。

格提亞握緊拳頭，讓自己冷靜。

「你根本不知道師傅爲了大家，付出了什麼。」若不是因爲要保護魔塔的人們，師傅可以過上更自由的人生，也不用違背自己意願與良心，去做愧對自己的事情。

這些都造成了莫大的痛苦，師傅只能獨自吞忍。

薛西弗斯聽他這麼說，嘲諷地笑了一下，露出非常不認同的表情。

「所以啊，爲什麼要付出？那是她自己選的。」他張開雙手，彷彿自己是這個地方的主人，朗聲道：「我們明明，是最接近神明的存在。」

他像是沉浸在自己的世界，格提亞一直在試圖使用自己殘存的魔力，突破面前的阻擋。不過沒有任何作用，已經全身大汗。

就聽薛西弗斯繼續說：

「我不懂，爲什麼我們要這麼委屈地活著？若我們想，馬上就可以顚覆帝國，甚至整個世界。可是從古到今，不論再強的魔法師，都安分守己地遵守著別人加諸在我們身上的規矩，你不覺得非常荒唐嗎？」

格提亞睇著他。

「不，我不覺得。我從來沒有那種想法。」

薛西弗斯一頓，跟著長嘆口氣。

「是呀，艾爾弗直系血脈，最強的魔法師，天生淡薄，不爭不搶沒有野心。弱小的其他人也遵守傳承和帝國當好朋友，不過，還是出了一個這樣的我。」他昂起頭，略微猖狂地笑出了聲音。

自艾爾弗一族出現以來，即使是帝國書寫的歷史與善德王國有很大出入，卻都同樣地記錄他們不與世界，不與普通人爲敵。

可是，總是有那例外。

很久以前，他很小的時候，薛西弗斯就是魔塔裡最出格的存在。

薛西弗斯的魔力，在魔塔算是數一數二，學習魔法的能力也相當優秀，還有他那特別爭強好勝的脾氣。

薛西弗斯總是會找人比拚，看來像是孩子們的嬉鬧，薛西弗斯卻是認眞的。當打敗所有人以後，薛西弗斯找上了他。

儘管那時他才五歲，不過薛西弗斯從開始就不曾手下留情。

雖然如此，他沒有輸過。

阿南刻告訴他，不能讓薛西弗斯志得意滿，必須讓薛西弗斯認清自己絕非可以爲所欲爲的存在。阿南刻不是沒有教導薛西弗斯，相反的，她從薛西弗斯幼時就發現其特殊性格，不過阿南刻當時覺得，孩子都有自己的天性。

就像艾爾弗直系血脈的他比平常人來得淡薄，薛西弗斯的偏執與強烈爭奪也僅爲其中的一種。她花很多時間在薛西弗斯身上，然而人天生的個性沒有這麼容易改變，隨著年紀的成長，薛西弗斯成爲魔塔裡的惡霸。

直到他的出生。就是因爲如此，所以他聽從阿南刻，每一次都認眞應付薛西弗斯，薛西弗斯從沒贏過年幼的他。

不過，即便明白自己的極限，薛西弗斯也未曾收斂。

只是懂了，去外面的話，就可以比誰都強。

於是薛西弗斯離開了魔塔。

阿南刻沒有能夠留住他，一直都是她心裡的遺憾。

格提亞不知道自己能和薛西弗斯說什麼，因爲他根本不能體會薛西弗斯的想法。

「那都不是你這樣對魔塔的理由。」他認眞道。

「我怎麼了？我是想把我們艾爾弗一族與魔塔發揚光大啊！」薛西弗斯慷慨激昂地道：「阿南刻不做，那我來做。我寄生舊有教派，創建全新的教義，一樣是使用魔法，多少人虔誠信仰，處心積慮想要擺脫掉魔塔的皇帝，現在，連珍貴的性命都在我手裡。」語畢，他張開掌心，憑空出現一團圓形的旋轉光霧。

不可置信，格提亞竟在那裡面感受到了人的生命。

「那是……」

「眞是差一點。要是先死絕了，可就拿不過來了。」薛西弗斯感覺到皇帝性命垂危的一瞬間，將尙存一息的靈魂取走了。不過，這也不能維持很久，所以要盡快。

原本，這個計畫沒有這麼早的，是一直無法順利打擊皇太子的克洛諾斯變得急躁，濫用魔石恢復肉體，反而加速衰老，縮短了好幾年。不過，新的身體這個年齡，倒是對他有利的。

他抬起另一隻手，長長的衣袖後面竟出現了失蹤的弗雷！

弗雷兩眼空洞，宛如一個布娃娃那般，站著不動不語。

「薛西弗斯！」格提亞終於喊道。他必須阻止，可是要怎麼做？他甚至都無法靠近薛西弗斯。

他試過了，一直在試。在這白色的房間裡，他離莫維太遠，無法取用莫維的魔力。阿南刻以前和他說過，這裡，這個空間，這棵樹木，會照著艾爾弗一族的魔力規則在運轉，或許亦會造成影響。

那麼，薛西弗斯是否也知道？

薛西弗斯上前，將手心貼上天上樹，隨即輸入自己的魔力。

「啊啊，我感覺到了，就是這股力量。我在許多地方嘗試過了，都沒有像這樣，無窮無盡的，取之不竭，和我融爲一體的感覺，因此總是失敗。」他瞠著黃色的眼眸，喜悅道：「所以我知道了，只有在這裡，才能成功。」

天上樹的枝幹逐漸地打開來，彷彿變成一個巨型的手掌。

就在那個樹幹的中心，猶如太陽一般，綻放金黃色的光芒，將整個房間照得溫暖和煦。

薛西弗斯咧開嘴唇露出一笑，腳下頓時出現一個同心圓，圓形裡出現各式各樣複雜的圖案與文字。

魔法陣構成的速度，來自於本人的魔力，尤其這麼複雜的陣型，以他的魔力來說，沒有辦法快速架構，力道也不夠。所以，他才製造出那些輔助的用品。很久以前，在始終贏不了格提亞的時候，他就想到一定能夠用額外的技術，彌補先天的巨大差異。

他知道皇帝想在事成之後除掉他，但是這個年幼的軀殼，經歷置換靈魂要成長到穩定，需要他的存在。這一段時間，足夠讓他將聖神教壯大到壓制皇帝。

到時候不管是帝國，皇室，甚至人民的崇拜與景仰，所有的一切，都將會是他的。

薛西弗斯滿腦子都是未來的狂妄遠景，就在他伸手進懷裡，準備掏出什麼的時候，臥伏在地上的阿南刻忽然半撐起身體，朝他伸出了手，道：

「停下。」她用盡自己最後的力氣，突襲了薛西弗斯。

正在展開魔法陣的薛西弗斯，根本沒有預料到這個猝然而來的攻擊，肩膀於是被一道強硬的氣柱打中，他一個踉蹌，藏在長袍裡的皮袋掉了出來，裡面裝著的彩色球體也落在尚未完成的魔法陣裡。

那些彩球滾著滾著，一瞬間就被地面的圖形與文字給吸收了。魔法陣散發的能量頓時變得更爲強烈。

「妳這個……」薛西弗斯惡狠狠地撇頭瞪著阿南刻。

「孩子，跟我走吧。」阿南刻上前用力地纏住他的手臂，下一秒，兩人都瞬間移動到塔的外面。

不行！這樣師傅會死的。

因爲她，不能走出這個房間！這個時候，由於薛西弗斯的離開，透明的障壁消失，格提亞終於能夠行動，立刻奔上前。

然而他什麼都做不了。

「死老太婆！快點放開我！」塔外，薛西弗斯粗魯地吼叫著。

阿南刻吐出一口鮮血，僅是將他抱在懷裡。

「抱歉了，孩子。」全是她的錯。她沒有把他帶好，沒有更去瞭解他，身爲照顧他長大的人，無論如何都是她的責任。她回首望向那個束縛住她許多年的高塔，如釋重負地道：「我已經活夠了，最後能出來透口氣，眞是太好了。」

「滾開！」薛西弗斯使用魔法浮在半空中，用力地想要推開阿南刻，滿手都是阿南刻從七孔流出的血水。他往塔內看，魔法陣已經要完成了。「可惡！可——惡！」他氣急敗壞，仰天長叫著。

終於，阿南刻失去意識，鬆開了雙手，同時直接往下墜落。

薛西弗斯擺脫掉阿南刻後立刻靠近塔頂，想要重新回到白色房間。

就在這一瞬間，魔法陣完成了。

無比強烈的氣旋由房間中心猛烈地向外爆發，連還飄浮在塔外的薛西弗斯都能感覺到這個可觀的能量。

但是，他沒辦法進去魔法陣裡了。

這個魔法，一旦啓動以後，會形成一個不論是誰都無法進入的領域。

因爲在靈魂置換新身體的時候，絕對不能有任何干擾。薛西弗斯只能眼睜睜地瞪著魔法陣裡的格提亞。

當莫維來到塔頂的時候，見到的就是這個情景。

魔法陣已張開屏障，裡面是格提亞以及弗雷。

莫維手臂寒毛直豎，本能地感覺到這個術陣的強大力量。他一掌拍上堅固的光壁，手心立刻遭受灼傷。

但是他彷彿毫無所覺，怒喊道：

「格提亞！」

始終望著窗外的格提亞，身體輕輕地一震。

他轉過頭，望向莫維。

莫維因此停住動作。那張總是淡靜的臉，比平常都來得清冷和沒有表情。

目睹阿南刻墜落，格提亞能聽到自己心跳的聲音。

世界好安靜，一絲一毫囂雜都沒有。原來，人的情緒，超過能夠承受的那個界線，相反的會很平靜。

在師傅決定移動到外面的時候，他就曉得師傅會犧牲自己，因爲她僅能待在這個白色的囚牢。

爲什麼，他總是如此無能爲力。

不論以前，還是現在。

另一邊，薛西弗斯站在房間邊緣，惡狠狠地咬牙，思考著自己該怎麼辦。此時克洛諾斯的靈魂已經融入陣中，只要標定那個小孩，魔法陣自會轉換身體。

就差一步，簡直豈有此理！

不，肯定還有別的方法！他猙獰著臉孔，下一刻，卻被一陣極其劇烈的暴風吹到牆邊，並且在他尚未反應過來之前，旁邊的牆面因爲遭受更大的風壓致使崩裂，塔頂在眨眼間被整個掀開！

無數碎石噴在身上，狂風裡數條金索如粗大的多頭騰蛇亂竄破壞，還挾帶著炙熱高溫的火焰，薛西弗斯用魔法擋住，看不見的大量銳利風刃卻又朝他的方向削來，力量之強，將他的防盾幾乎整個切開。

這是何等駭人的威力！

他大吃一驚！狂風暴雨般的凶猛攻擊毫不留情朝他進襲，他甚至都沒能看清楚是什麼方向什麼人！

他連喘息的機會都沒有，疲於應付使他陷入前所未有的困境。格提亞和阿南刻勝過他，可是從未如此對他，也就是說，他不曾面對過這種等級的攻勢。

這種幾乎鋪天蓋地足以取人性命的。

即使如此，他一直認爲自己是很強的。薛西弗斯咬牙準備反擊的瞬間，胸前登時被劃出一道口子，深及內臟鮮血狂噴。

疼痛使他更加錯愕，他趕緊在全身設下保護卻已經遲了，又是一波又一波根本抵擋不了的無數飛刃，他再也維持不了高度，最後緩慢地掉落地面，幾乎就在阿南刻的旁邊，也同樣全身是血。

他的心臟受傷了，他應該要用魔法復原的，可是他做不到。

將傷口恢復是跟時間有關的魔法，因此需要高階的魔力，而且傷勢愈重，所耗費的魔力就愈多。但，他的魔力幾乎都用在魔法陣上了。就連此時此刻，他也一直在消耗能量。

「可……可惡！」胸口湧出的鮮血，逐漸在他躺著的地面流散。他閉上眼睛之前，看見的，是從小帶著自己長大的那張慈祥臉孔。

白色房間內。

莫維在將所有破壞屏障的魔法全部施展了一遍。

他沒有留力。

可是，即使屋頂牆壁都碎成灰屑，連塔都要被他連根拔起，卻絲毫無法傷害眼前的魔法陣領域。

「沒有用的。」格提亞說道，希望他停手。

這種隨時不需要他的態度，令他抓狂。

「閉嘴！」莫維一喝。這次是疾風夾帶著火焰，如同龍捲風般的驚人攻擊。所及之處全被燃燒殆盡，烈焰彷彿一條巨型火龍直衝上天，數不清的落塵飄下，依舊僅有房間中心是完好的。

「沒有時間了。」格提亞道。這個魔法陣已經啓動，因爲是置換身體，現在缺少標定的動作所以無法結束，可這也只是短暫的延遲而已，他感覺到魔法陣逐漸在運轉了。

一旦開始，就不能停止。儘管缺少步驟，那最後也會強制完成。

只是可能不會是想要的結果。

「我讓你閉嘴！」莫維幾乎是怒紅了眼。

他總是因爲不受控的魔力，壓抑著使用魔法。就算他已經從格提亞那裡習得一切，這依舊是他有生以來，最毫無保留使用魔法的一次。

「聽我說。」格提亞要他停下，仔仔細細地將自己講的話聽進去。「不論發生什麼，你的三十歲生日，那天，你等我。」他凝視著莫維，一字一句地，緩慢地，對他說道。

「什麼？」莫維雖然聽到了，卻不能理解。眼見魔法陣逐漸被光芒給包覆起來，形成一個巨大的光球，他憤恨地喊道：「格提亞．烏西爾！」

隨著話尾的落下，那強光幾乎要刺傷眼珠，莫維本能地閉上眼睛。

已經看不見任何人了。處在中心的格提亞，知道此時所處的這個空間，存在於眞實與虛幻之間。

這種熟悉的感受，和他倒轉時光那次一模一樣。

而這兩種魔法，都是艾爾弗本人留下的。

曾經，艾爾弗想要長生不老，就算他們已經比普通人類長壽，但是，生命終究會有盡頭。他不想要看著族人離開世界，因此，他試著將時光倒回，又或者把靈魂延續下去，可是最終，他沒有使用，選擇順從命運。

留下的兩個魔法也就此成爲禁術。然而和自己已經成功逆轉時間不同，薛西弗斯發動的這個魔法陣，至今不曾有人眞的執行過。格提亞無法肯定地說會如何，只不過，若是本人的軀體遭到奪取，無處可去的靈魂，似乎也是唯有死亡一途。

他跪下身，看著躺倒在面前的弗雷，以及感應到微弱的克洛諾斯靈魂。知道自己必須在極短的時間內決定要怎麼做。

魔法陣即將開始置換，雖然克洛諾斯的靈魂已經準備完成，可是沒有標定對象。那麼，被選上的身體可能會是他的，也可能就是弗雷的。

無論如何他不能讓那發生。

這個魔法需要極大能量，所以薛西弗斯甚至利用天上樹，收集艾爾弗遺留在世間的物品，以及人為製造的魔力球才能夠啓動。他是明白這種類型的魔法的，因為他曾經施展過。

一樣龐大的魔法陣，一樣需要幾乎無窮的魔力。

那個時候，他為了逆轉經歷過的時間，用掉自己所有的魔力。那麼，是不是也可以反過來？

若是把魔法陣裡的能量全部回收的話，這個魔法就會停止。

格提亞頰邊滑落一道汗意。

他立刻將手心貼在魔法陣的文字上，低聲道：

「以我之名，將這股力量為我所有。」

這是從來沒有人做過的事情。魔力軌跡是固定的，過多的能量會讓自己失控膨脹導致毀滅，所以想要透過類似的輸送變強是絕無可能。

但是，他身上現在空有軌跡，以及那點僅存的微弱魔力。

也就是說，他有幾乎無限的空間可以容納。

這僅是理論，他卻沒有任何思考猶豫的餘地，只能這麼做。

而且，唯有一次機會。

「為我格提亞．烏西爾所有。」

格提亞無比認眞地吟出自己的名字。

最先幾秒，沒有明顯的反應，隱約感覺整個能量變得混亂，之後，一股如同巨流的力量，瞬間竄向他的掌心，猛地流進他的體內。

與此同時，魔法陣的光芒也彷彿不再那麼灼人。

成功了！

格提亞知道，奏效了。

可以阻止這個魔法，不會完成的。

「呃。」格提亞不禁呻吟一聲，冷汗直落。不屬於自己的能量湧進身體裡，因爲和魔力軌跡不合，因此非常地難受。

使用莫維魔力的時候不會這樣。那是由於莫維在他胸口，刻下了屬於莫維本人的烙印。

三十歲。莫維是在二十九歲的最後一天，焚燒了皇宮，然後被氣憤的貴族砍下他屍體的頭顱。

所以自己才會對莫維那麼說。

格提亞不曉得自己即將面臨如何結果，那個匆忙的瞬間，他唯一想到的，是希望莫維能夠活到越過那一日。

這樣一來，度過那個關卡，那些事情應該就不會發生了。

至於他是否眞的能夠與莫維見面，那不重要。

他沒有再來一次的機會了。

格提亞貼在地面的雙手，劇烈地顫抖起來。同時，他唇邊流出一道鮮血。

這些魔力，既混雜又凌亂，他感覺自己的魔力軌跡逐漸承受不住。

可是，一旦他開始吸收，直到完全結束，他都不能任意停下。否則，很快地會全部回流到魔法陣裡。

赤紅的血珠，滴落在地面，鮮豔飽和的顏色，顯得有些懾人。

格提亞咬緊牙關，忍受大量魔力灌輸進體內的衝擊。他沉重地喘息著，不曉得這股能量還有多少，究竟何時能夠終結。

就在這個時候，一股異常溫暖的能量，在他的身體內部，竟然如同河流般徐緩地流經胸口與四肢，宛如在撫慰他。

既熟悉，又陌生。像是曾經出現過在他記憶裡的人。

這個瞬間，格提亞不覺眼眶微熱。

魔法陣裡的魔力，有那些不知從何而來的魔力球。或許，都是某個曾經在魔塔生活的人，他們多半是被拐騙，沒想過信賴的族人會如此對待，在什麼都不知道的時候變成一個工具。

甚至可能包括他的父親。

偉大的天上樹，我們尊敬的艾爾弗，這些是你的子民，請讓他們，請讓他們，回歸到和大家一樣的地方。

格提亞在心裡默禱，因為天上樹，是他們艾爾弗一族永遠的依歸。

他們既在此而生，死去也會埋葬在此。

像是呼應格提亞內心的話語，魔法陣失去能量逐逐漸轉暗的金光，被一片白色給慢慢地吞沒和取代，眼前所見的，僅有一片潔白。

格提亞體內的混亂，也變得緩和。
簡直，就像是被天上樹包裹住的感覺。
耳邊傳來人們嘻笑的聲音，彷彿兒童在周圍哈哈笑著奔跑。
可是什麼都沒有。沒有別人，沒有魔法陣，就連弗雷也不見了。
格提亞抬起頭，注視著某處。那裡好像有什麼，可是怎麼也沒辦法看清楚。
他聽到，有人在讓他休息。
就這樣閉上雙眼，然後睡一覺。
如此，就會結束。
他已經做得很好了，接下來就交給「他們」。
這是格提亞失去意識之前，最後的記憶。

當光芒消失，一切結束以後，白色房間安靜得猶如黑夜。
在莫維的面前，天上樹的樹枝像是裹了一個蛹。
粗細不一的枝幹，彷彿環抱似的，合成橢圓形的樣子，猶如結出一顆果實。裡面蜷縮著格提亞，格提亞懷裡則是弗雷。

兩人都輕緩地呼吸著，看上去似在沉睡。

這讓莫維短暫地感覺到一種稱爲安心的情緒。陌生，可是他能夠分辨。

只不過，這時候他並不曉得，眞的僅是短暫的。

莫維毫不拖泥帶水，處置一切。

首先，是留在佛瑞森的皇家騎士團。莫維宣告皇帝已經離世，他以正統繼承的身分即刻登基。

皇家騎士團被弄個措手不及。原本是在待命，怎知迎來的是改朝換代。

克洛諾斯的身上其實有一份文件，寫明將會傳位給弗雷。不過克洛諾斯沒成功替換靈魂是不會公告這紙文書的，皇帝的猜疑成爲最後漏洞。莫維在離開魔塔前就當場直接燒毀了。

克洛諾斯沒有失敗後的備用計畫，因爲他只能想到成功的結局。

莫維的身分是皇太子，於法於理於情都無懈可擊，皇家騎士團無法不服，再者，不知伊斯特騎士團爲何在此，似乎明顯地站在莫維那方。

大勢已去。齒輪要開始轉動了，不僅是皇家騎士團，在場的佛瑞森領主諾耳任，以及已經選擇站隊的查思泰，很明顯地感覺到即將迎來的巨大變動。

和伊斯特相同，受過恩惠的佛瑞森毫無懸念地服從了。

歐里亞斯最先在魔塔旁邊發現巴力的屍體，作爲交換，莫維不會公開巴力在魔塔和皇家騎士團的戰鬥，給沃克家留下叛徒罪名，以這件事取得紹斯艾瑞亞的支持。

這樣一來，北方東方以及南方的大貴族，都已經認同他。

至此，即位已是事實。

回到首都，莫維讓米莉安擬兩份宣告，一是稱帝，一是說明造成帝國混亂的元凶，就是聖神教的教皇。

二皇子科托斯命案，以及伊斯特發生的富賓恩死亡案，皆為同一人作為，那人也當場遭到處死。與此同時，即日起，帝國將不再有聖神教的存在。

對於聖神教的懲治，米莉安自始至終都持強烈反對態度。最離譜的是，原本莫維是想要殺了就好。

儘管薛西弗斯確實犯下死罪，嚴辦從犯她不會有意見，殺光所有教徒那怎麼行！他們根本不知道這些，僅是單純地信仰宗教，米莉安堅決不能同意，然而莫維擺明不想處理這個宗教。

「我不要再看見這些人。」莫維就是笑著告訴米莉安。

米莉安知道自己只能絞盡腦汁，因此提議解散聖神教。可是這又哪有那麼容易，聖神教的信仰已在帝國生根，若是突然整個拔除那會帶來相當劇烈的反撲，也許會發動革命也不一定。

看著莫維一副敢就全部殺掉的表情，米莉安只能書寫循序漸進的詳細計畫。首先由於聖神教犯錯，所以要開始贖罪，就從神殿收容弱勢開始。

樂園之家的小孩都是她善後的，那個時候，她就想這麼做了。她有能力，想讓更多無家可歸的可憐小孩，甚至沒有依靠的婦女、窮人以及老人，能夠有三餐溫飽遮風避雨的住處。神殿就十分完美。

聖神教的每一座神殿，都在領地最繁華之處，亦蓋得非常恢弘，足以容納相當多的人數，皇宮撥款，信徒捐獻，教徒負責照顧他們。

無論帝國治理得多好，總是會有弱勢的族群，神殿將作為一個收容場所，不再以傳教為主，偏激的教義亦會逐步在人們的心裡漸漸淡去，僅記得這裡是一個關懷人民的地方。就算要花上不少時間。

米莉安再三保證自己會做到，這才從莫維手下保住教徒的性命。

這也是米莉安，對於莫維找到殺害兄長真正的凶手，所表達的最低限度謝意。以及，保護她自己和母后的方式。

她必須有用。這樣才能在莫維的皇宮裡活下去。

莫維原本是對聖神教相當看不順眼的，不過，他是真不想花時間處置。

因爲，格提亞沒有醒來。

舊皇太子宮。

莫維穿過長長的廊道，步上階梯，二樓，三樓，來到盡頭處，隔壁的那個房間。

他打開門，走了進去。

這是一間臥房。就是格提亞當初闖進他府邸裡，要求的那間。

裡面的擺設幾乎都未變動過，只除了那張木床。

莫維來到床沿，格提亞就躺在床上，非常地安詳，像是睡著了。

弗雷，在第二天就醒了。

當時甚至還在佛瑞森，男孩宛如好好睡飽了一覺，伸個懶腰眨眨眼，在白天醒了。第一句話是他肚子餓。

弗雷就在佛瑞森接受照顧，直到伊芙夫人和弗蕾雅兩人趕來團聚。這之間，超過十日，格提亞仍然深眠。

格提亞不是第一回這樣了，他總有一天會醒的。莫維沒有覺得自己需要在乎。

只是，當格提亞三個月都沒醒時，莫維派人去已經封閉且無人居住的魔塔，將白色房間裡的天上樹砍下一塊，並且運到首都，製成一張床。

他讓格提亞睡在這上面。儘管不知有沒有效用。

他不在乎魔塔，也不在乎天上樹。會保留那個地區，不過是想看格提亞醒來對他妥協順從要求他保存家鄉。

然而，一天又一天過去了。

格提亞依舊沉睡。

這次，眞的像是永遠不會醒來。他的耐性已經告罄。

莫維坐在床旁的一把椅子上，雙肘擱在扶手，僅是沉默地，安靜地，注視著格提亞的側顏。

他本來想搞得天下大亂。

手刃克洛諾斯，登上帝位，接下來讓所有人落入地獄。

這是他從懂事以來，就決定要進行的。可是爲什麼，他現在一點也提不起勁，感到如此地虛無和極度地不滿。

好像這些對他來說，其實也沒什麼重要的。

或許，是因爲，有一個人，並不在他的掌握之中。

「格提亞．烏西爾。」

莫維喃唸著格提亞的名字，靜到一根針掉落都能察覺的房間裡，唯有微弱的呼吸聲，沒有他想要的回應。

自始至終，格提亞都不在他的掌控裡。

從最初在學院，到一路跟著他行動，最後在魔塔的頂端。格提亞·烏西爾，這個人，沒有一秒是他能控制住的。

莫維緊握著座椅的扶手，眼神陰沉。

他會讓格提亞醒來面對他的，不管用什麼方法。

絕對不會容許，未經過他的同意，就如此隨便地擅自結束。

沒有人可以這樣對他。

莫維站起身，離開房間前，在門邊一揚手，重新將保護的魔法加固。

砰的一聲關上門。

除他以外，無人可以靠近這裡。

莫維·貝利爾·雷蒙格頓登基的第一年，無論多忙，他每晚都會來到這間臥房停留。

第二年，善德王國的新國王拜訪。善德王國的新任國王已經即位有一段日子了，和上一任國王不同，新任國王蘇西洛頻頻對帝國釋出善意，但是因爲始終無法得到帝國回應，遲遲無法進行外交活動。

終於在次年米莉安負責邀請，發出信函沒有多久，善德國王便出發來到皇宮了。在善德國王問起大魔法師的時候，莫維讓他進去格提亞的房間。

米莉安這才總算會意過來。莫維根本不是要他來展開外交的。

然而蘇西洛也不知道格提亞是怎麼回事，唯獨給出一項個人的建議，那就是順應自然，等他自己醒來。因為神力，或者說是魔力這種東西，依舊充滿未知，他們沒有完全瞭解透澈，一旦試著要強硬地做什麼，很可能會導致不好的結果。

莫維當面說他簡直沒用，連晚宴也沒出席。

負責接待的米莉安冷汗涔涔。

蘇西洛倒是笑笑的沒有介意，甚至告訴米莉安，那個人不在吃飯更開心。她懷疑他們原本就認識，但那不重要了，她眞的，無比誠心感激善德國王。

儘管如此莫維沒有趕走他，還是讓人家好好在首都觀光了下滿足地回去。

雖然民眾不會知道內幕，不過帝國開始與善德王國和平交流，在老百姓間獲得好評。

第三年，經過兩年的收集資料，莫維頒布新的稅法，是在基礎上依現狀更改幾個條文的新政策；也公告新的刑法，比以前更加嚴謹的細節，罪責亦更加嚴重，同時，大量削減貴族對平民的裁決權力。

米莉安作為他的副官，很訝異他的這些概念，這不是一個從小出生在皇室的皇族會有的想法，在大部分的貴族眼中，平民並非是與他們相同的存在。

不過在國事會議中她馬上懂了。

莫維就是看不爽那些能力如同垃圾一般的貴族。

他是眞的那麼說了。

你們是一堆垃圾。像這樣子，昂高著線條優美的下頷，用那鄙視的眼神，在議事堂裡，讓貴族們氣得臉紅脖子粗。

身為一名女性，米莉安即使在皇宮二十年，但是從來沒機會見識開會的場景，現在她不但親眼目睹，還身在其中。這就是為什麼她美其名是皇帝副官，其實簡直像個莫維的公務奴隸也甘之如飴，因為她想要參與國事，這是過去想都不敢想的事情。

她忙著用紙筆記錄所有發言，包括那句垃圾。眼看著貴族們七竅生煙，卻完全怒不敢言。因為莫維很強。這個國家裡，沒有人比他更強了。

他就那樣坐在主位，優雅地雙手交疊，抬起眼掃視了一周，整個會議殿堂就彷彿溫度降到冰點。原本站起來準備發脾氣的貴族大人們，戰慄地乖乖坐下了。

這就是雷蒙格頓帝國的現任皇帝。

即使在此前有所質疑不滿，這一刻，無人膽敢再造次。

米莉安算是明白了。為什麼莫維登基以後放任這群人兩年，為的就是給他們時間表現平常用慣的那些骯髒手段。新帝登基，他們一開始會謹慎，眼見皇帝沒有動作，貴族們便會認為像以前那般也不會有事逐漸故態復萌。她也早就看不慣很久了，貪汙，裙帶關係，將平民當作牲畜虐待。

還有很多很多。自小老師教育的，她所學到的，是貴族收取人民稅金，為人民所供養，就必須背負責任，管理好領土，並且付出相對的義務。

絕對不是這些顧著自己揮霍，紙醉金迷背後腐敗醜陋的樣子。

以前，父皇在位時，他不在意。只要他們聽話就好，其餘的都是次之。

因為父皇沿用過去的法律在治理國家，所以基礎是足夠的，畢竟雷蒙格頓是大帝國，有厚實的歷史作為支撐，可是很多細節處，卻也充滿過去不停累積的藏汙納垢。

莫維就花了三年，全部清除了。

貴族的爵位變得一點都不享受了，因爲若是不好好工作，迎接他們的即是來自皇帝毫不留情的懲罰。

這一年，有好幾位老貴族，將那些曾經重要的地位傳給家族的下一代了。

就這樣到了第四個年頭。

在處理政事途中，莫維經常不是在辦公室裡。米莉安知道他在哪裡，不過她不想打擾他。她只是看著舊皇太子宮的方向，等著這位誰說話也不聽的皇帝回到位子上。

有一天，一個叫做卡多的年輕人來到了皇宮。他看上去不到二十歲，穿著平民的衣服，莫維找他來負責管理皇宮圖書館的古書部分，接著，卡多開始沒日沒夜地將那些尚未解開神祕之處的古書進行翻譯，短時間內抄寫成冊。

米莉安覺得那裡面沒有莫維想要的東西。原因是，他在舊皇太子宮把那些給焚燒了。她不十分瞭解這個異母哥哥，可是成爲副官這些年，她能從中感到憤怒。

儘管他一直都是笑著的。

好像不在乎，或者說，他可能不覺得自己在乎。

又過了一陣子，莫維讓她把樂園之家的小孩召來。尤其是那幾個曾經和格提亞被關在同一個地下室房間裡的。

起初，她不懂什麼用意。不過她莫名相信莫維不會傷害他們，畢竟她所提出的，庇護所的預算支出，莫維從來也沒有過異議。但是那些孩子比較特別，要帶出來需要更細膩謹慎一點。

於是米莉安花了些時間拜訪，然後委婉地詢問，得到孩子們的首肯。他們現在都已經十來多歲了，接受良好的照顧，也順利地成長。

當她將孩子帶進皇宮時，她想到了原因。果然，莫維命令她把孩子帶到舊皇太子宮，並且都要進去問候房間裡的人。

即使那個人，仍舊在沉睡。

格提亞．烏西爾。前帝國大魔法師。至今依然未醒。

然而，就算他不吃不喝如此深眠數年，外觀卻完全沒有變化，就好像剛剛才睡著那樣。彷彿有什麼東西在幫助他維持生命，又或者時光在他身上停滯了。

米莉安不敢過問。她知道，她不能問。

誰都不能。

看著莫維的眼神，就明白孩子們沒有發揮莫維想要的作用，米莉安領著孩子們出去，她已經準備好一天的豐富招待，讓大家好好享受。在關門前，她微回首看了一眼，莫維獨留在房間之內。

接下來的日子，沒有什麼變化。

莫維不親民，渾身都是可怕的傳聞。不過他治理國家的手段，沒有任何瑕疵，甚至可以說帶領停滯不前的帝國去往更加理想的生活。

雖然莫維純粹厭煩那些廢物和垃圾，也反感窮人，反感骯髒的街道，反感那些拖後腿的事情，但就是那些反感，改善許多人的環境。

就這麼著，來到皇帝即將三十歲的日子。

「皇帝陛下在哪？」在走廊上，米莉安抓住一個人就問。

幾個侍女愣住，搖搖頭，道：

「殿下，我們沒見到皇帝陛下。」

米莉安閉了閉眼，道：

「去忙吧。」

侍女們行禮過後走了。

米莉安又東奔西跑地找好幾個地方，問好幾個人，答案都是不知道。那就只有一個可能了。

她看著窗戶外面，那遙遠的舊皇太子宮。

有時候，她覺得莫維其實並不是那麼想要當皇帝。即使莫維從父皇手中取得帝位。

儘管她無法確認父親克洛諾斯的詳細死因，可是她亦沒有資格探討這件事，因爲她太弱，而且，她隱隱明白哥哥是被父親間接害死的。

她爲了母親，每天在莫維身邊戰戰兢兢苟活，雖然莫維治理國家的手段不大傳統，卻是將國家帶往好處的。可她眞的沒有一刻認爲那是由於莫維在對皇帝的位置盡責。

他更像是在做給誰看。孤單地，獨自地，一個人在守著約定。

每當看著莫維望向窗外相同方向時，她都有這樣的感覺。

當然，那座宮殿，未經允許她絕不能去。再者，皇帝用魔法來回很快，她可是要搭馬車的凡人。

用力嘆一口氣，米莉安去服裝室，請那些到達的裁縫和布商寶石商，先行離開。看起來今日主角不會出現了。

翌日，米莉安終於抓著莫維人在辦公室的時機，道：

「現在就去服裝室吧！」

莫維審閱桌面的資料，頭也沒抬，道：

「我昨天已經表達很清楚了。難道妳就這麼愚笨？」

要是以前，米莉安會腦充血，不過歷經數年的磨練，她已經非常習慣了。這位任何人都害怕的皇帝，身邊唯有她一名副官，因爲誰也沒辦法忍受他與他共事。

雖然她也是有自己的理由得堅持下去，所以她努力學，努力做。母后在別宮安靜地生活，這是讓她們母女都能在皇宮生存的唯一辦法。

因此，她必須負責任。

「這次的生日舞會，貴族小姐們都會出席，身爲皇帝，你應該立一位皇后了。」傳宗接代。這是皇室的義務。

所以快點去訂製舞會的服裝，把自己弄得像花枝招展的孔雀來求偶。

就算她不認爲莫維會變成那樣。

莫維放下手裡的鵝毛筆，終於抬起眼睛看著她。

普通人沒有的紫色雙眸，總是具備一種懾人之感。當然莫維本身的氣質也有影響，還有那張太過漂亮的臉，一直都令人感到壓力很大，她覺得被他看上的小姐有夠倒楣可憐，好像不用訂做新的好看禮服也沒差了。

「這又是哪個大臣的建議？」莫維微微一笑問。

因爲太多廢物不敢在會議當面和他建言，會拐彎抹角，就像現在這樣。

「這次不是別人，是我！」米莉安硬著頭皮。無論如何她也要趁現在說清楚。「你必須爲帝國生下子嗣，這是你身爲皇帝的職責。」她道。

豈料，莫維想也沒想地道：

「我不會把我的血脈傳承下去。」他直接了當地告訴她。身體裡那詛咒一般的血，他不會留存一點在世上。

米莉安傻眼。她還是頭一回聽他這麼說！

「那怎麼行！那以後你要將帝國交給誰？」天哪！她眞沒想過會是這個樣子。

莫維過去始終對女性不假以辭色，她只以爲是由於他性格乖僻扭曲，成爲皇帝後也依然如此，可是她仍想著有一天他會娶妻生子，即使是缺少感情基礎，不過貴族婚姻不就是這麼回事。

結果，原來他是打定主意斷絕自己的後代！

莫維先是注視著她，接著揚起嘴角。

米莉安一下子背脊發冷。

「妳什麼時候有資格管我了？」莫維慢條斯理地，微彎著笑眼道：「那不然，我也把妳嫁去南邊的國家好了。」

米莉安愣住。南向鄰國與帝國戰爭雖沒東部多，但是由於南部領地有港口，時常因爲經商問題產生齟齬，長期處於一種又平衡又危險的狀態，每隔數年便需要重新談判，若是身爲皇帝妹妹的她與其聯姻，確實也是一個解決的方式。

然而，她明明曾經從這種不講道理的婚姻模式裡想盡辦法逃出來，現在卻用這種觀念想要束縛住他人。

什麼貴族婚姻不就是這麼回事！米莉安閉了下眼，嚴刻反省。自小灌輸的傳統規矩，影響她甚深，就算她進過會議室，參與國事，甚至輔助皇帝，也還是保有一部分那樣的死板觀念。

這麼說起來，其實莫維從未認爲她廢物沒用，或拿她當貴族小姐那般對待。那大概是眞的只有她能忍受吧。

米莉安道：

「是我太過僭越了。請接受我的道歉，偉大且尊貴無比的皇帝陛下。」她雙手拉著裙襬，相當認眞地行禮致意。

「我自有安排。沒有下一次了。」莫維道。

雖然不曉得他究竟打算怎麼做，可是，她不能跨過那條線。總之他說有安排，就當成是那樣吧。

「是。我先退下了。」米莉安恭敬地低頭。

待她離開後，莫維睇著桌面上，米莉安剛才留下的，皇帝生日宴會的邀請函樣式卡。

三十歲。

說讓他等的人，從沒離開過他。

就在他面前。卻也像是永遠不會再走向他。

莫維眼角一抽，那卡片便燃起火焰，瞬間焚燒得一乾二淨。

沒有意義。

窮極無聊的世界。

即使每一天都如此毫無價值，他的三十歲生日也依舊來臨了。

皇帝的誕辰日，當然要慶祝了。按照過往傳統，這可是舉國歡騰的。

就像建國日，豐收日，這種歡慶的節日那般，百姓們聚在一起，唱歌跳舞，飲酒作樂，歡歡喜喜的。

有時候名目不是重點，重要的是大家能夠一起開心享受。

爲此，米莉安決定盛大隆重地舉辦。

國泰民安，風調雨順，帝國處於一個非常穩定上升的階段，她沒有理由不那麼做。

唯一的障礙，就是壽星皇帝本人。莫維絕對不是一個會過生日的性格，以前還是皇太子的時候，看起來就沒興趣了，有幾回，先皇還在生日宴會對他冷嘲熱諷，她仍記得，成年的那次，甚至下令讓他遠征去了。

所以可想而知，生日舞會對莫維來說，並不是什麼值得參與的存在。

莫維成爲皇帝以後，每年這個日子，米莉安也都有安排，不過莫維卻是連露面都沒有。因爲他很可怕，無人想面對他，不在更好，大家自在高興地享受美食音樂，結果是皆大歡喜的。

不過今年是三十歲的大生日，還是辦得更具規模吧。

比起一開始的手忙腳亂，米莉安現在可說是駕輕就熟。

當天，宴會已經開始，米莉安在和皇宮侍從長確認接下來的所有細節，本來以爲不會現身的莫維，卻出現在中央皇宮了。

那正好是傍晚點燈的時候。

悠揚的舞曲還在進行，舞池裡的人都不禁停住動作。

因爲，帝國的皇帝，正在走下樓梯。

「拜見偉大又尊貴無比的皇帝陛下，恭賀您生辰。」

「拜見帝國偉大尊貴的皇帝陛下，您看起來依舊是劍眉星目，英姿煥發。」

「拜見最尊貴的，眾人仰慕如太陽的，高尚的皇帝陛下……」

反應過來後，貴族們紛紛行禮，有的趕緊讓隨從去將貢獻的禮物拿來，有的則除此之外，還讓自己的妹妹或女兒站得更前面，只為能夠讓皇帝看到一眼。

少女們打扮得無比精緻美麗，怯生生地仰望這個擁有許多傳聞的皇帝陛下。

他簡直俊美絕倫。輪廓和五官都像雕塑般毫無瑕疵，猶如出自最高明的藝術家之手，令人屏息心臟狂跳；若是被那雙漂亮似紫羅蘭的眼睛對視，也許會當場昏厥過去也不一定。

就算，大家都說他是個恐怖冷漠的人。但是他眞的太過英俊，太過迷人了。

而且他是皇帝。

先不論莫維怎麼突然過來了，米莉安瞅著現場貴族小姐們，每個人雙眸根本都離不開莫維。儘管她想盡辦法從莫維現有的服裝裡做範本，讓裁縫量出尺寸訂製一套最帥氣的衣服，可惜被莫維一把火燒了，現在的莫維本人也不過是身穿普通處理政事的正裝，那也非常足夠了。甚至頭髮瀟灑披散，領口任意地打開，帶著狂放不羈的氛圍更加迷人，她可以從千金們的眼神裡看出她們對性感的鎖骨感到萬分的滿意。

就在米莉安以為莫維的另有打算，就是聽進去她的話的時候，下一瞬間她又馬上知道自己是想太多。

因為莫維完全沒有理會任何人。無論是那些貴族，還是小姐。

他連視線都未絲毫移動過，就僅是徑直地穿過舞會場地，切開讓路的人群，然後來到皇宮最大的露臺。

中央皇宮非常寬闊，平常戒備森嚴，平民絕不能接近。

不過，唯獨這座露臺，可以遠眺首都中心。

也就是說，首都的人們，也能遙望此處。這是爲了讓皇帝享受民眾歡呼和景仰的設計。

因此，當莫維出現在露臺時。聚集的民眾忽然間安靜了。

雖然有一段距離，可是只有皇帝才能站在那裡。

這位繼任皇帝，已治理國家數年，他們一點都不熟悉他，不過，每個人的生活都是往好的方向發展。

小到基本的柴米油鹽，能夠方便取得的乾淨用水，只要肯努力就能改善自己生活的良好環境。就連貴族們也不敢將他們當作牲畜對待。

還有最重要亦最簡單的一點，不管傳聞中是什麼形象，面貌姣好的人，就容易得到偶像般的崇拜。

所以，有個人喊了：

「恭祝偉大尊貴無比的皇帝陛下誕辰日快樂！」

然後此起彼落地開始一波又一波的回聲。

「祝賀偉大尊貴的皇帝陛下！」

「今天是帝國尊貴無比的皇帝陛下的誕生日！」

「尊貴又高貴的皇帝陛下！」

整個首都廣場沸騰了。只爲皇帝一人。

然而，莫維僅是居高臨下地，睇著遠方閃耀的燈火。平民的歡呼，或者身後貴族的恭維，他什麼都沒聽到。

就彷彿這個空間裡唯有他獨自一人。

爲什麼如此無趣？

他一直想要親手殺掉克洛諾斯。

他做到了。

可是就好像他活著只爲這個目的，完成以後，他卻覺得一切都是那麼地沒有意義。

但是，即使現在看著他治理數年的領土與人民，他也毫無感覺。

最好笑的是，他以爲自己會有的。

當他坐上帝位以後，他也當一個眞正的皇帝。他本來應該全部毀掉，破壞踐踏，弄得一片狼籍，只是因爲，格提亞對他說過，希望他建構一個更好的國家。

所以他放過了這個和他相同姓氏的帝國，嘗試做給格提亞看。結果，國家強盛無法帶來成就感，民眾仰望也沒有給他任何滿足。

理由是從一開始，他就對帝國毫無感情。

從他懂事，就是懷著恨意，也僅有恨意。當他恨意的根源消失之後，什麼也不曾留下。

若是有什麼能讓他在意的，就只有格提亞·烏西爾了。

然而，格提亞並沒有醒來看他所做的這一切。

莫維轉過身。

背對著的廣大群眾集體呼喊：

「偉大的皇帝陛下！偉大的皇帝陛下！」

外頭歡聲雷動，皇宮裡的舞會卻是一片安靜。

因爲莫維根本不曾理睬他們任何一個人，連看一眼都沒有。所以，大家閉上了嘴不再開口，全部的人都小心翼翼，不去打破寧靜，連呼吸都不敢太大聲。

就這樣，莫維在眾目睽睽之下離開了。

現場空氣彷彿凝滯一般。

米莉安見狀，趕忙讓樂師繼續中斷的奏樂，隨著悠揚的歌曲重新緩慢響起，貴族們紛紛動起來，宴會才逐漸恢復氣氛。

沒人談論皇帝是怎麼回事，一切，就像是什麼都不曾發生那般。

眞的是沒出現的話，大家反而玩得比較開心。米莉安就是忽然想起善德王國的國王，曾經對她說過類似的話。

步出舞會場合的莫維，往舊皇太子宮的方向前進。

中央皇宮有禁制力，不能施展魔法。

不過，那只是對弱者而言。

莫維的身影一下子消失就在走廊。儘管以前他在宮內使用魔法會反彈回自己身上，可是那時候就已經沒辦法束縛住他了。

更遑論現在的他。

他瞬移到格提亞的臥房之內，就站在落地窗門旁邊。

隔著一段距離，他目不轉睛地注視著床上依然深睡的格提亞。今晚的月色很美，灑落在房間裡，將他紫色的眼眸映照得有些如夢似幻。

他就這樣佇立，沒有任何動作。

不知道經過多久，忽然間，遠處傳來鐘聲，窗外亦同時燃放起煙火。

午夜的十二點到了。

隱約能夠聽見歡欣鼓舞的喧嘩聲音，慶典更加熱烈了。

可是這個房間，仍舊沉默。

他為了格提亞，放過了這個國家。明明什麼都嘗試著去做了，面前的人卻依然不願張開雙眼。莫維終於緩慢地抬起手，微微垂落的長指，向著旁邊的窗簾。

「讓我等？」他歪著頭。窗簾的角落，突兀地燃起了火苗。

那細小的火光，逐漸地沿著布料爬升，愈來愈高，同時朝向四面八方擴散，窗簾很快地變成灼熱的火樹。

比窗外的煙火還奪目，焰光將整個房間照耀得無比明亮。

危險的火熾，使莫維的影子不斷搖曳，他的側臉也變得陰晴不定。看起來詭異又陰森。

只見他一笑，幽暗的眼神裡，是一種斷絕的情緒。

「說謊。」

他道。任由火舌在房間內迅速蔓延，他一點也不在乎，也沒有想要熄滅的意思。

他就是，想要毀滅掉一切。

既然活著沒什麼意思，那他要處決背判者。

一起走吧。

「哈哈！」他現在可以體會到，為什麼自己會被視為不祥的存在，為什麼別人總像看瘋子一樣的眼神看他。莫維昂首笑出聲音：「哈！」

因為，他生來就是如此瘋狂的人。

火勢擴散的速度很快，頃刻間，整個臥房裡一片火海。

他不去控制，是因為覺得沒有理由那麼做。

反正所有的事情都毫無意義，欺騙他對他說謊的格提亞，他也會一起帶走。

「咳。」

忽然間，在房內因高溫而產生各種破壞雜音時，出現一聲微弱的咳嗽。

莫維瞠住雙目。

凝視著面前的那張床，棉被緩慢地蠕動著。

然後，床上的人，輕慢地撐起身體。

昏睡數年的格提亞。

所有人都認為他永遠不會再清醒的格提亞。

如今卻以和幾年前完全沒有變化的外表，虛弱地半撐躺在床上。

火光在他墨黑的眼眸裡，像是星光一般在閃耀。

「快停下來。」

格提亞．烏西爾，在沉睡的第五年，終於，睜開了他的眼睛。

在將魔法陣的魔力完全吸收到體內後，格提亞感覺有很短暫的時間自己昏迷了過去。

然後，他醒來了。

只是他不能動，不能說話。

他明明感覺得到外界的動靜，可是沒有辦法做出反應。然後他發現，原來他是閉著雙眼的，腦海裡卻會呈現能看見的畫面。

在他還沒搞清楚怎麼回事的時候，他由於太過疲累而睡著了。

不曉得經過多久，當他再次意識復甦，他發現自己在一個房間裡。

他馬上認出來了。

這是以前，他在皇太子宮時住的寢室。

讓他感到訝異的是，莫維就在他的面前，而且正在粗魯地脫掉他的衣服。他一頭霧水，不過礙於無法動作，因此僅能讓莫維爲所欲爲。

莫維明顯地在檢查他的身體。從頭到腳。

格提亞感覺難爲情與不自在，不過很快的，那種情緒消失了。因爲他看到莫維臉上的表情，不但極其嚴肅與認眞，眼神裡摻雜著一絲無能爲力與莫可奈何。

他似乎不曾見過莫維如此。莫維在他身上摸索了許久，似乎沒有得到想要的結果，所以莫維笑了。

略微瘋狂的。在又過了好一陣子，他終於逐漸瞭解到，莫維會這個樣子，是由於他在莫維眼中，似乎處於沉眠的狀態。

他遲遲不醒，所以莫維才會如此。

在無法動彈的這段日子裡，格提亞體會不到時間的流逝。

他用自己所知所學，思考與分析自己的狀態。

歸納出來的結論，是灌入他體內的魔力不是屬於他的，所以他的身體產生排斥反應，進入了休眠。可是，這些魔力也沒有傷害他，反而供給他不吃不喝也足以活下去的能量。

因此他能做的，就是等這些能量消耗完。這麼一來，他應該就能夠恢復原本的樣子。

但是他面對的是前所未見的情況，僅用理論來解釋，其實也無法計算到底需要多久。

不過，他是活著的，可以活下去。他能確定這點。

排斥的作用，使他變得太累了。

所以他偶爾睡去，偶爾清醒。睡著的時候，他好像是在一片軟綿綿的雲朵之上，相當舒服愜意。

清醒則會感覺疲倦。他還發現，唯有莫維在他身旁時，他才有辦法「看」得到。

也許，這也是他胸口那個魔法陣的關係。

然後有一天，莫維讓人搬來一張木頭的床鋪，同時命所有人退下。他見到莫維接近他，不曉得莫維要做什麼。

能確定的，是莫維的表情有點生氣的樣子。

莫維將手伸到他的後頸下面，打橫將他抱起來。他微吃了一驚，不過實際上他無法做出任何反應。

莫維把他放在那張新的木床上。

他一躺上去就知道了。

這種不能再更熟悉的感覺。這是天上樹。

莫維是砍了天上樹？格提亞內心感到訝異，儘管他對這棵樹本身沒有特別的執著，因爲師傅告訴過大家，天上樹是不會凋零的。

無論物換星移，都永遠存在他們的心中，就像我們每個人一樣，即使不在了，也不會被遺忘，一定會於某人的記憶裡留下恆久的足跡。莫維將樹給砍了，或許是天上樹的命運。

那魔塔如今又變成什麼樣子？

莫維撐著床頭，居高臨下地看著他。

「……阿南刻已經下葬了，我也把魔塔封鎖起來，不准再讓人進入。至於逃離魔塔的那些人，我會私下追蹤，如果你想知道，就快點起來。」

莫維這麼說，帶著威脅意味的。

格提亞聞言，不那麼擔心魔塔了，他信任莫維。以前也是，若是莫維眞的想對魔塔做什麼，他早該會動手，這就證明了，莫維對魔塔的立場。

魔塔威脅不了莫維，儘管對在位者來說依然是隱憂，因此莫維曾經很明確地讓他知曉，對魔塔的寬待是他在莫維身旁許多年，莫維所給予他的一點施捨。

不過，聽到阿南刻的名字，格提亞還是感到難過。

師傅最後笑了，是由於感覺自己贖罪了？餘生都關在塔裡，或許對她來說，並不算是一種活著。

他如果更有能力，是不是就能救下所有的人。

師傅不在了，魔塔也回不去了。

他究竟做了什麼？格提亞因爲這種想法，反覆地煎熬。

只是，每當他一有什麼不好的情緒，體內的能量就彷彿安撫似地，讓他能夠平穩進入沉睡。

他躺著的床，也帶來了不同。

格提亞擁有意識的時候，變得相當輕盈，最貼切的形容，是靈魂融入空氣之中，宛如自然的一部分那樣。

天上樹最初的名字是生命之樹，是凝聚大自然所有元素的存在。

如今，他切身地體會了。

不過他依舊無法醒來。

格提亞不曉得時間的流逝，也不知道外界的變化，他唯一清楚的，就是只在這個房間裡的莫維。

大概是換了床開始，莫維幾乎每天都會在晚餐後過來，有時候甚至也讓人把餐點拿到這裡，在窗邊的桌子，批改著一疊又一疊的文件。

莫維順利當上皇帝了。格提亞知道。

從旁人對莫維的態度與稱呼，以及每天的忙碌，都證實這件事。可是為什麼，不去皇宮來這裡？

莫維待的時間很長，總是到半夜，偶爾也曾經凌晨才離開。

接著，白天也會來了。

時不時的，就會在這裡留著一小段時間，然後晚上又再過來。

格提亞其實不懂什麼理由，他只是知道，莫維在離開前，一定會看著他。穿著衣襟敞開的白色上衣，胸口的繫繩垂落微晃，還有那稍亂的髮，側坐在床沿，用俯視的角度，仔仔細細地將他從頭到腳都看過一遍。

那是格提亞很少見過的莫維，所以他不明白。

「……晚安。」

莫維還會低聲地對他這麼說。

可是因為他很累，沒有辦法思考，所以他僅能沉沉睡去。

除此之外，每隔一陣子，莫維會暴躁地扯開他的衣服，檢查他胸口的魔法陣，然後露出非常不滿意的表情。

就這樣反反覆覆，終於，莫維讓其他人進來了。

像是蘇西洛。原來蘇西洛當上國王了，那麼東部的邊界，應該可以保持長久的和平。格提亞也想知道伊斯特的消息，尤其是戴維斯家族。

然後是洛洛和茜茜，以及樂園之家的孩子。他們都長得好大了。

真是太好了。

感謝米莉安皇女。她現在的稱呼應該不是皇女了，各方面都像是協助莫維的臣子。

然而，莫維依然不高興。

這天夜裡，莫維發了很大的脾氣。

他幾乎不曾看過莫維如此明顯外放的怒意。莫維的憤怒總是非常冰冷的，不會像火焰那般噴發。

「你究竟要怎樣才醒來！」

莫維雙手撐在他的枕頭兩側，彷彿忍耐已達極限，對他這般低吼道。

那輪廓優美的臉龐，甚至因爲這股激憤的咬牙切齒出現觔筋。

格提亞直到此時，終於明白。

原來，莫維所做的這一切，是爲了使他從深深的沉眠中清醒過來。

他還以爲，莫維不會在意。

畢竟，有什麼理由這麼做？格提亞不知道。

他僅能躺在這個房間裡，日復一日。

究竟過去多少天數，他一點也不曉得。只是，莫維的面容與氣質逐漸地更加成熟了，臉部和身體的線條猶如刀刻那般俐落，看起來已經跟他記憶裡的那個莫維完全一致了。

格提亞總有種神奇的感覺。

就像另外一天的夜裡，莫維批改文件到深夜，忽然站起身來到床邊，直接就躺在他的旁邊。

這是以前那個莫維，從來沒有做過的事情。

月色皎潔，四周安安靜靜的。

莫維肘部撐住床鋪，支著側臉，沉默地看著他。

這到底是在做什麼？格提亞心裡僅有疑問。

莫維用另一隻手，挑開他的領口，胸前的魔法陣便露了出來。

「……到三十歲生日，還有兩年。」他的語氣清清冷冷的，在夜裡瀰漫著一種詭異之感。

「如果你到那時還不醒來，你猜我會怎麼做？」莫維問。

明知眼前的他無法回答。

語畢，莫維起身，頭也不回地走了。

格提亞意外又困惑。照莫維的話來看，原來他這個狀態已經好幾年了，他感受不到時間，所以這個事實帶給他震撼。

莫維最後的發言又是什麼意思？

他想不到，可是他知道自己得盡快醒來。

不然，大概會有不好的事情發生。

接下來的日子裡，格提亞在有意識時，經常看著莫維，然後思考。

不僅是現在的莫維，還有以前的那個。

雖然他在莫維身邊這麼久，可是，他從未認眞仔細地想過莫維這個人。

就是因爲如此，他始終不明白莫維最後的選擇。

格提亞不是特別會觀察和分析別人的性格，因爲艾爾弗直系血脈天性淡薄，所以對很多事情都習慣是旁觀的立場，平淡地過去。

使用魔法倒轉時間，一定是他自己，做過最出格的行動。

可是他沒有餘力去深思自己為什麼那麼做，他必須面對太多太多。可能，這段時間，就是要讓他好好地想清楚。

在他房間裡處理政事的莫維，總是低垂著紫眸閱讀紙面上的文字，神情專注嚴格。由此可見，他作為皇帝，是真的有在進行管理的。

只不過偶爾，他放下文件時，眼睛裡滿是無聊的情緒。

最初，格提亞僅認為那是由於太過疲憊，畢竟每天都在處理類似的事務，感到乏味也是正常的。

但是，慢慢地，他逐漸察覺到，那並不是因為重複所導致的厭倦。

而是打從心裡感覺無趣。

彷彿這世界上的一切，都絲毫不具意義那般。

甚至就連自己本身的存在也沒有什麼繼續下去的必要。

格提亞發現到此事的時候，有種不敢相信的感覺。他想著是自己錯了，一天夜裡，他見到莫維在窗邊用魔法點火，那火焰包裹住莫維的手，莫維翻弄著掌心，像在玩一樣。

莫維的瞳眸，藉著那火光，變得都不像紫色了。

唇邊泛起的一抹笑，令人不安。

眼神，更是極度危險瘋狂。簡直宛如想要立刻焚燒周遭的一切。

甚至讓格提亞懷疑，莫維是不是就用這個表情，在那個夜裡，將中央皇宮完全燒毀殆盡。

格提亞心臟狂跳。他好想讓莫維熄掉手裡的火，可是卻動彈不得，由於消耗太多能量，他一瞬間又失去意識。

當他轉醒過來時，已經是另一天的夜裡。

在看見莫維時，他慶幸莫維還活著，沒有做出和他記憶裡相同的事。

莫維爲什麼要那麼做？格提亞始終不懂。

就算已經重來一次。

更順利提早地坐上帝位，原來也沒有徹底改變莫維。那麼莫維到底想要什麼？

這個問題，困擾了格提亞好久，好久。

有一日，莫維在這裡，和米莉安殿下對話。她看起來著急，莫維卻是慢條斯理毫不在乎。

莫維總是那麼地不在乎。

從以前，到現在。

忽然間，格提亞終於明白了。

並不是莫維想要什麼，而是莫維什麼都不想要；並不是莫維那麼做的理由，而是莫維根本毫無理由。

莫維就是覺得無聊，無趣，沒有意義。也沒有繼續下去的必要。

出身皇室的莫維，比別人富有，高貴，這樣尊貴的存在，一定不會有人明白爲什麼想要結束。

或許莫維是生來如此。

就像他也天性淡薄那樣。

莫維的成長過程，在皇宮有過的遭遇，他不瞭解。儘管如此，他也曾幾次地想過，那可能帶給莫維什麼影響。

他必須盡快醒來才行。

畢竟他和莫維做好約定了。雖然原本他不在意的，那只是爲了讓莫維能夠跨越發生事件的那個關卡，可是，現在他有種感覺，他一定得守約才行。

於是，格提亞嘗試著消耗體內那些能量，然而這極不容易，由於這不是他原本擁有的，身體能夠容納已經是相當不可思議了，更何況他僅能躺著，很難找到更爲有效的辦法。

就這麼焦慮著，但是也不放棄。一天夜晚，他終於發現，在月光灑落進房內時，他若想著釋出那些不屬於他的魔力，那股力量，就會被天上樹所做的床鋪給吸收。

他們所有人的魔力，天上樹都可以包容，因爲，天上樹就是他們艾爾弗一族的發源之地。

從這晚開始，格提亞爲自己的清醒，付出全力。

直到莫維三十歲生日大典。

格提亞會知道，是早晨莫維來到房間，站在他的床頭，親口告訴他的。

「過了午夜，我就是三十歲了。總算等到這個日子。」莫維前傾身，將臉靠得好近，近到甚至氣息噴吹在他皮膚上。那低沉的嗓音，一字一句地道：「你曾經說過，答應我一件事。那麼，我要你明天之前醒過來，我不管你做不做得到，若你承諾我的兩個約定都沒有能夠履行，我會讓你知道，你不能這樣對我。」

語畢，他微微一笑。笑容令人寒顫。

然後他走了。

平常明明莫維不在身旁，自己就會昏迷的，唯獨今天，格提亞感到腦子異常清晰。

沒有太多時間了。他那未經思慮，甚至緊急倉促給出的承諾，必須要對莫維兌現。

格提亞看不見天色，但是能夠由聲音愈來愈密集判斷，外面似乎陸陸續續聚集人潮。現在是什麼時候，他無法再去想這些，當床鋪開始吸收他體內的能量時，他明白，已經天黑了。

必須快點，一定要盡快。可是他根本沒有任何把握，就連身體裡這些魔力還剩多少，他都無法判斷。

他只能盡全力去做，除此之外，再沒有其餘方法。

不知經過多久，當他能夠視物時，他看見莫維站在落地窗邊。身後的煙火，飛上夜空綻放美麗的顏色，蓋過月亮潔白的光輝，同時將莫維的臉龐映照得忽明忽暗的。

十二點的鐘聲還在繼續敲響著。

「讓我等？」莫維點燃了旁邊的窗簾，俊美的臉容無比陰冷，彷彿控訴般啓唇道：「說謊。」

講出口的約定，給予的承諾，一個也沒有做到。可是格提亞眞的不曉得，莫維竟會如此在乎。

只聽莫維道：

「我會把所有的一切燒毀，包括你和我。」

火舌往四面八方擴散，房間變得異常高溫，就連牆上的裝飾都被熔化掉了。即使過程根本不同，可是莫維竟然再一次做出相同的選擇。

格提亞不敢相信。

就算已經重新來過和變化了。

第一次，他離開莫維，什麼不知道；第二次，莫維由於他沒有遵守約定醒來，所以同樣放了火。

難道，他一直在尋找的關鍵，其實是在自己身上？

格提亞根本無法細思，因爲整個房間都已經陷入火海，他一定要阻止。

他不能失敗。

無論要付出多大的代價，他也要改變這個結局。他毅然決然地倒轉時間，就是爲了不讓此刻重演！

這個極爲強烈的深摯意念，轉動了胸前的魔法陣，一種非常奇異的感覺，瀰漫他的全身。

格提亞忽然一口氣提不上來，猛地咳嗽一聲。

「——咳。」隨即，他吸入濃烈的黑煙，切實地感到不舒服。是實際上的身體的感受。於是他毫不猶豫，艱難顫抖地半撐坐起來，看著莫維，道：「快停下來。」

整整五年。

格提亞以完全沒有變化的外貌，終於清醒過來。

「……這到底是怎麼一回事？」

昨晚，米莉安宴會進行到一半就被通知處理善後。於是她急忙隨著帶話的侍從乘坐馬車來到舊皇太子宮，見到格提亞的房間亂糟糟的，還有一股難聞的燒焦味。

然後，她的皇帝兄長站在床邊，打橫抱起昏迷的格提亞。

莫名其妙。

不過她沒有太多時間，因為舞會還沒結束。所以她只是按照偉大尊貴皇帝陛下的命令，找人整理這一團亂，然後打開旁邊的那間房，也就是莫維以前身為皇太子的寢室。

這裡一直都有定期打掃，所以她就看著莫維將人抱進去放在床上。什麼話也沒跟她說，當她是個傭人。

不能計較，否則沒完沒了。米莉安趕著回去晚宴，僅能先擱著。

翌日，一大早天色剛亮，她來到格提亞原本的臥房。在充足的陽光照耀下，米莉安終於看個清楚，這簡直就是被燒過了。

而且絕不是那種小小的意外，是幾乎要摧毀這裡的嚴重火災。雖然侍從們已經大致地打掃過，不過焦黑的牆面以及天花板，如果不徹底清理重新裝潢，是沒有可能修復的。

「到底在搞什麼？」喃唸著這句話，她來到隔壁寢室敲門。「皇帝陛下！米莉安有事稟告！」可能眞的有點生氣了，她失去原有的端莊。

毫無反應。於是她又敲門請示一遍，依然如此。

正當她覺得莫維是不是人在中央皇宮的時候，門從裡面被打開了。

只見莫維衣襟半敞，露出結實的胸膛，黑色頭髮微亂，幾綹髮絲垂在額前，觸碰著那長長的睫毛，看起來狂放不羈，與他平常那種天下操之他手且生人勿近的模樣完全不一樣。

米莉安當然也是第一次見識。

「怎麼了？」她直覺有什麼不對，說著便想往裡頭看。

豈料手按著門框的莫維對她斥喝一聲：

「滾開！」他以絕不容許的口吻，警告道：「不准再接近這裡。」

米莉安愣住。回過神來，她已經被拒之門外。

儘管，根本不瞭解發生什麼事，不過，她很明白皇帝的這個旨意是不允許她挑戰的。莫維有不容任何人跨過的線，現在就是。

米莉安轉過身，離開鎖上的兩扇門板，忠誠地去履行自己該做的任務。就是將那面目全非的房間恢復原狀。

另一邊，莫維的舊皇太子寢室裡，瀰漫著一股未知的詭奇氣氛。

室內門窗緊閉，連布簾都是拉上的，不透一絲風，整個空間所擁有的光線，來自於莫維設下的魔法陣。

格提亞躺在床上，那張床所在的地面，有個圓形的魔法陣正在運作。

目的是維持穩定。不管是格提亞，還是房間內部的異常氣流。

昨夜，格提亞短暫地醒來，很快地就又暈了過去。

然後格提亞，發起高燒。

不是普通的發燒，而是那種幾乎不可能出現在人類肉身的高溫。他帶著格提亞來到這間寢室，首先想要穩住格提亞的狀況，可是卻沒什麼變化，即便他用魔法將天上樹的床換到這裡，也依然不起效用。

以他對魔法的認識，格提亞的身上正在發生瀕臨失控的異變。

然而，和過去五年不同的，是那個刻有他名字的魔法陣，從昨天開始運轉了。

在格提亞昏迷不醒的這段日子，莫維試過各種方式想要將他喚醒。

其中當然也包含啓動這個魔法陣。

可無論怎麼做，魔法陣都沒有給予反應，就彷彿和格提亞一同沉睡了。

如今會開始轉動，那就是因爲格提亞醒了。

但是致使格提亞昏迷的那個原因，尚未完全消失，現在才會處於危險的狀態。帝國內，除了格提亞，就唯有他對魔法最爲瞭解。

這是他歸納所有可能，做出最符合理論的解釋。

莫維垂眸注視著格提亞胸前的魔法陣。過去，他曾經不僅一次研究過它，不論圖形還是文字，儘管有無法辨別的複雜奇特與不解之處，甚至不曉得爲何要有那些作用，整體卻不會使雙方構成危險。可是，唯獨刻入名字這個行爲，給魔法陣注入相當強烈的意念。

就像他花了一整個晚上，也沒能驅使這個魔法陣。

明明刻著他本人的名字。卻不是聽他的話。

莫維的表情陰冷至極。他腦子裡，全是過去所學的魔法知識，必須從中找出能夠讓這魔法陣爲他所用的方法。

他若是再不行動，格提亞恐怕會死於這種人體不能承受的高溫。

前晚，自己還想一把火燒掉這個人，現在，又想方設法要讓他延續生命。

魔法陣運轉的模樣，就像是不停地重複畫出相同路徑。

於是他忽然想起，格提亞曾經說過，很瞭解他的魔力軌跡，也在之後透過軌跡，借用過他的魔力。

那若是相反過來的話又如何？他雖然不瞭解格提亞的魔力軌跡，不過，刻下這個魔法陣的人一定非常清楚。

莫維將手掌心放在格提亞白皙的胸口上。

很快的，他感覺到格提亞身體裡那些混亂的氣流。雖然體積不多，卻是相當詭異，就像是裝錯了容器，感覺這不是格提亞本身的東西。

他也曾經有過這種經歷。像這樣，身體裡一塌糊塗，亂七八糟的情況。

莫維將自己的魔力，透過魔法陣輸送進去。這是他和格提亞在艾恩嘗試過的，雖然當時的目的並不是爲此，但對他們兩個來說都不是陌生的行爲。

那時候，確實魔法陣也轉動了。若是格提亞毫無意識，這個魔法陣不能運作，那就不能成功。

格提亞的魔力軌跡非常輕易地接受了他，那些多餘的能量，也被推擠到魔力軌跡上，順著被導引至某個地方，接著就忽然消失不見了。

莫維敏銳地察覺床鋪有所動靜，是被天上樹吸收了？

他凝神專注，沒有再去多想。將自己的魔力輸進格提亞體內，不是簡單的事情，稍有不慎，也許會帶來不可預測的破壞。

再者，這個魔法陣並不那麼聽他的話。

莫維咬著牙，眼神犀利，額前布滿一層汗意。

漸漸的，格提亞身上的溫度，總算如他所願地開始緩慢下降了，直到完全恢復正常為止，莫維都沒有收回手。

他就是，全神貫注地，將所有的心思集中在格提亞身上。

不知經過多久，待得格提亞整個人看起來完全恢復平靜以後，莫維終於停止。

這過程，又經歷了一個夜晚，幾乎已經天亮了。

格提亞面色紅潤，充滿生機，彷彿下一秒就會再睜開眼睛。

莫維伸手按住他的額頭，撫上他的臉頰。

這是一個無意識的舉止，莫維自己也不曉得為什麼這麼做。

他從來不會主動去觸碰誰，格提亞是第一個。然而先前那些是有目的性的，和現在這個有著根本的不同。

可是，他就是做了。不需要理由。

莫維垂著眼眸，寂靜沉默地凝視格提亞。

儘管外頭升起劃破黎明的陽光，在這個昏暗的房間裡，卻就像是世界僅有他們兩人。

角落的立鐘，滴答滴答地走著。

在整點的鐘聲響起之時，格提亞的眼皮細微地顫動著。

接著，那雙眼瞼，慢騰騰地抬起，徐緩地眨了幾眨，又再抬起。

黑色的瞳仁，總算對焦在莫維的臉上。

「……太好了。你還活著。」

聽到格提亞輕聲的低語，莫維內心湧出一種極爲荒謬的情緒。

就在前一天，他還正打算把格提亞一起帶離這個世界。格提亞總是異常關心他的生死，從最開始，到最後。

莫維不發一語站起身，一揮手，整個空間的魔法陣都消失了。

他不想講話，至少目前不想。

他感覺自己狀態非常混亂，他從未有過這樣的心情。當他準備轉身離開的時候，格提亞費力地抬起手輕拉住他的袖子。

「我……我應該沒事了。謝謝。」格提亞虛弱地說道。

在昏迷的那段日子裡，他彷彿處於混沌的空間，不清楚時光的流逝，唯一能夠知曉的，就是莫維想方設法地要讓他醒來。

現在的他，意識相當清明，可以確定，自己度過了這個難關。

這些，都是由於莫維的緣故。

他想自己需要和莫維道謝。

莫維睇著他拉住自己袖子的幾根無力手指，本來該像平常那樣露出不在意的冷笑，他卻是有話卻講不出來的混雜感。這讓他感到相當不愉快。

於是他抽回手，沉默地步出寢室。

格提亞很習慣他的喜怒無常，儘管暌違許久，並且還好像有那裡不一樣，不過他累了，光是這樣而已就有點喘，身體極需休息，所以他只能躺下。

莫維找來米莉安，命令她讓醫師廚師侍從全部都準備好。

因爲格提亞醒了。

米莉安對於這個事實非常，非常地震驚，格提亞已經沉睡五年了，簡直就是奇蹟。她飛也似地交代下去，要求做到最細緻完美。

前來檢查格提亞狀況的，是一位資深的皇室醫師。一直以來就是他在照顧格提亞。

皇室醫師，顧名思義，就是皇家專有的醫生，就算是貴族，即便是爵位最高的公爵，也沒有榮幸接受皇室醫師的診療。

所以，格提亞算是非常破例了。

這是由於莫維的命令，也是因爲米莉安不拘泥於這些固執的小節。

「這……」在經過一番不能脫光衣服的基礎診察之後，醫生用手帕擦了擦自己的汗。「這眞的太不可思議了，我從醫多年，從未見過此等神奇之事！格提亞大人的身體，居然毫無異樣。」大魔法師格提亞，五年前開始沉睡時，由他負責醫療。

那時皇帝陛下也不准許他脫掉格提亞大人的上衣，雖然感到莫名其妙，不過皇帝的命令他哪敢不從。事實上，格提亞大人的情形，有沒有隔著衣服根本不會造成任何改變，因爲不管怎麼檢查，就是睡著了，只是不明原因的無法清醒，身體狀況和一般人無異，若是涉及魔法，他這個醫師是半點也沒有用處的。

現在，五年後的今天，格提亞大人同樣不明原因地醒來了，而且這副沉睡五年的軀體，竟然和五年前相比毫無變化。

這根本不可能發生。這就是魔法嗎？皇室醫師可以說是大開眼界了。

原來這個世界上，眞的是會有這樣令人難以相信的事情。

「那眞是太好了。」米莉安感覺高興。她讀過的書籍裡，有提到倘若人們長期臥床，很有可能造成肢體與大腦退化，也許連自理都有困難。她是個經常見識魔法的人，所以很容易地便接受了。

她想，那天莫維，在寢室裡，大概做了什麼。

比起格提亞無事，她更訝異的，是她那個冷酷無情的皇帝哥哥，竟然會有在乎的人。在那日以前，要有人告訴她，莫維爲誰而付出，她是絕對不相信的。

米莉安往旁邊瞅一眼，莫維佇立在落地窗旁。

明明就是在意，卻又站那麼遠。

「你可以退下了。」莫維僅對醫生這麼道。

「是，陛下。」六十來歲的皇室醫師將擦汗的手帕收起來，拿著醫箱，邊走出去邊想著自己或許應該退休了。

「格提亞閣下，眞是太好了。」米莉安坐在床沿，是眞心地替他高興。

「謝謝。」格提亞露出一個淺淡的笑容。

儘管還是感到疲累，不過他清醒的時間愈來愈長了。應該短期內能夠恢復到正常的狀態。

米莉安是打從心裡認爲値得慶幸。她和格提亞緣分來自於伊斯特的樂園之家，那時儘管格提亞看來是個好人，她卻對魔法師這種族群一點也沒有好感，但是，經歷過這許多波濤大浪，她閱讀事件紀錄，兄長科托斯遭到殺害，教皇在背後主使，弗雷也被抓走，只憑他們這種普通人是難以與之抗衡的，莫維也不必然會站在他們同一邊幫助他們。

最後，卻是皇室爲求政權穩定所想剷除的魔塔，爲帝國承擔了責任。

在得知對於魔法師的評論，是從前幾任皇帝就開始有意爲之的事實，後代的她感到相當羞愧。她不應該隨波逐流，在沒有親自接觸與認識的時候，以偏見對待他人。

所以，她是眞的爲格提亞終於清醒而喜悅。

不過莫維就不是這樣了。

「妳也退下。」他冷淡地對米莉安說道。

「什麼？」她都沒能和格提亞說些什麼。這五年來，有好多好多事情想告訴他。都是他在沉睡前，做出的那一切，所留下的餘波。

莫維沒有再回應她，漠然用那雙紫眸瞧不起人似地看著她。

「……我知道了，陛下。」她有點加重最後兩個字的語氣，走之前仍是不忘對格提亞一笑。

待得她離開寢室，並且關上門以後，整個室內變得靜悄悄的。

格提亞靠坐著床頭，背後墊著兩個柔軟的大枕頭。他望向莫維，覺得他是有話要說才支開別人，可是莫維又不開口。

不過，格提亞沒覺得有什麼。他腦海裡浮現和莫維相處的回憶，還在接受已經過去五年的事實。

「……天氣眞好。」不知不覺，他說了這樣的一句話。

陽光灑落進來，如此明媚，過去的都已經過去，雖然他損失許多光陰，卻也重新經歷一次。

他依然會好好面對。

莫維一直睇著他。仔仔細細地觀察。

他幾乎可以確認，格提亞自始至終就僅有一個任務，就是讓他活下去。

而且，三十歲是一個關卡，由於這個關鍵點已經度過了，所以格提亞也彷彿完成任務那般，比先前的任何時候都還要放鬆。

但是，他不滿意。

「你就只想說這個？」莫維沉聲問道。

那顯然滿是諷刺意味。因爲過於尖銳，遲鈍如格提亞也能立即聽得出來。

「我沒有其它的好說了。」他也誠實答道。

現在的他，有種終於放下一切的感覺。

就如莫維所想的那般。

莫維因此瞇起眼眸。他離開落地窗，來到格提亞床邊，格提亞是靠坐著的，所以他伸出手，壓在那雕刻精緻的床頭木紋上，以一種脅迫的姿態，由上往下地睨視格提亞。

「你好像以爲我不會再做出那種事了，是嗎？」他微微一笑，露出單邊梨渦，紫色的眼眸閃爍著，道：「你不是很怕我死掉？那你就要一直看著我，不然我沒辦法保證我會怎麼做。」

說完這些話，他見到格提亞眼睛睜大，這才覺得舒適了。

於是他俊美的臉上帶著笑容，慢條斯理且優雅地離開床鋪，接著邁步走出寢室。

即使如此，這給予他的滿足感，也僅是短暫的而已。

中央皇宮之內。

由於莫維已經連續數日沒有進行國務會議，所以米莉安不得不來到辦公室提醒他勿忘國事。

「陛下，您還記得今天是幾月幾日嗎？」當然，她說得非常婉轉。

總覺得，在格提亞醒過來之後，莫維忽然對所有事情都沒有了興趣。不，比較正確的說法，應該是都不想再進行下去了。

米莉安身為他的副官，哪看不出來莫維對這個國家其實毫無感情。這五年來，他就好像試著想讓自己找到意義，雖然不曉得他到底什麼想法，至少現在他表現得就是一切都不怎麼樣。

儘管米莉安認為他能維持這麼久實屬難得，不過，帝國需要皇帝。

這是他的責任。

不管他想不想，要不要。

只聽莫維提起一件無關緊要的事情。

「我讓那個圖書館的管理者做的，都結束了嗎？」他眼睛看著窗外說道。

米莉安一頓。莫維講的是卡多。

格提亞沉睡期間，卡多被召進皇宮內，負責翻譯古文書籍，儘管那份文稿並未幫助格提亞清醒，但是卡多繼續留了下來。因為莫維要他重新撰寫關於魔塔以及魔法師，從最一開始的歷史。

這是個奇怪的命令。

中央皇宮本來就有關於這方面的書籍，不過莫維全都找出來，一把火給燒了。然後讓卡多重新編寫，不帶任何立場的。

卡多雖然年輕，卻是個非常了不起的學者。他精通古文，集中力異常驚人，在圖書館裡，專心一志地整理巨量文獻，不再從帝國開國時期開始，由始於發現魔塔，一筆一頁，逐漸地將此書接近完成。

這冊重新編寫的歷史，重點不是帝國，而是魔塔的艾爾弗一族。

「進行最後的確認就可以結束了。」米莉安道。這將會是皇宮裡最爲特別的一套歷史藏書。因爲它不是以帝國作爲主題。

「是嗎？」莫維轉過頭，眼睛直視著米莉安。這令米莉安心裡一跳，莫維很少雙目正視她，通常都是斜眼，冷瞥，或是連看都不看。就聽他道：「米莉安．雷蒙格頓。妳將會成爲帝國下一任皇帝，我會在近期寫下頒詔，妳就用那個登基吧。」輕描淡寫地，彷彿在談論天氣的好壞。

米莉安傻愣著不動，沒有意識到自己聽見的內容。

「……欸？」強迫自己回過神，她還是不敢置信。「你說……說什麼？」她連敬語都忘記用了。

這一定是在做夢。還是非常荒誕無稽的夢境。

「我不喜歡講第二次。總之，就是這樣。」莫維沒有特別想解釋，就是非常一般的態度。

米莉安難以接受。

「你……你是要去哪裡嗎？爲什麼……」

「這和妳無關。」莫維對她一貫傲慢地回答。

米莉安一下子被打斷，忽然間就忍不住情緒了。

「我當下一任皇帝？近期？」這是在胡說八道什麼！「這麼突然！你眞的不是在開玩笑嗎？這也一點也不好笑！帝國從來沒有女人當皇帝的，你只是想要我吧！」她臉都漲紅了。

「那又怎樣？」莫維紫色的雙眸相當平淡，道：「這五年，妳不是都已經學會了嗎？我討厭廢物。」換言之，不是廢物就可以。

他的態度，是眞的覺得毫無關係。從小生長背景就是以男性爲尊的米莉安，絕對沒有想過，第一個將性別排除在外只看重她能力的，竟然會是她眼前的這位異母哥哥。

「那些貴族怎麼辦！他們不可能接受的！」米莉安想的還是這些。她錯愕地從莫維的眼神看見，他是玩眞的。「你太草率了！」她評論道。

莫維當眞決定不做皇帝了，甚至她有沒有接下位置，他都無所謂。

就算帝國會因此陷入混亂。

莫維的雙手放在桌面上交疊。眞的草率，他就什麼不說直接消失。

他已經夠寬容了。

「那是妳要去擺平的事情。」他可不會幫她一點。莫維的目光不能再更嚴厲，道：「米莉安．雷蒙格頓，我只問妳想不想成爲皇帝。」若是她不願意，接下來的順序會是弗雷以及弗蕾雅，這兩個年紀太小，即便坐上也是虛位，那麼依舊是米莉安輔佐。

所以，米莉安直接成爲女皇還更簡單一點。莫維不帶任何個人偏見，公正地分析，若是米莉安在此拒絕，帝國將來會如何，他毫不在意，也與他無關。

「我……」米莉安被他直擊靈魂的問題，問得一時怔住。她想嗎？她眞的不確定，因爲她人生中，從來就沒有這個選項，即使她也同樣是皇帝的孩子。但是問她有沒有能力，可不可以做到，那麼她有答案。她深深呼吸，幾次閉了閉眼，她知道自己此時做出的決定，會完全改變自己的未來，所以她必須愼重。「……我可以。帝國內，沒有人比我更適合。」她道。

其實她的雙手都還在隱隱顫抖。

然後她才想到，會不會，這是對她的一個試探？在考驗她的忠誠度，結果她還愚蠢地表露出她的野心。

米莉安背脊頓時出了大片冷汗。最終，她聽到莫維這麼說：

「看來，這個皇室還能繼續苟延殘喘下去。」

忽然間，米莉安回憶起，當她建議莫維婚配產下繼承人時，莫維給她的回答。

她成爲女皇，那麼繁衍後代的責任就在她身上了。

莫維究竟是從什麼時候開始有這樣的想法的？他既然不想留下自己的血脈，那麼一定是在最初就已經決定好了。否則他不會五年來都不近女色。

不，他身邊從來沒有女伴，或許他就是單純地討厭罷了。

米莉安又感覺自己根本不瞭解這個人了。如果帝位說丟棄就丟棄，那他究竟爲什麼還堅持這麼久？

突兀地，有一個相當奇妙的念頭，閃進她的腦海裡。於是她道：

「圖書館……難道，你是爲了重新編寫歷史……」怎麼可能？就爲這種事情？

莫維沒有回答，僅道：

「那對雙胞胎，與妳一樣擁有繼承資格。他們生下的孩子，以後也都是威脅。」語畢，他略顯諷刺地笑著。「真是有趣呢。」露出單邊的梨渦，他說。

米莉安真是煩死他這種置身事外看好戲的態度。她道：

「我會成為一位賢明的帝國皇帝，你就放心的……所以，你要去哪裡？」她還是想知道。

莫維笑得彎起雙眸。

「與妳無關。」

最近，莫維不怎麼來舊皇太子宮了。

也許是政事非常忙碌。格提亞隱約由侍從的竊竊私語稍微感覺到，外頭好像發生什麼大事，唯獨這座偏遠的宮殿安安靜靜的。

舊皇太子宮依然是不變的人事物，像是管家沙克斯，廚師湯姆，以及幾位侍從，不覺令他掉入久遠的回憶裡，想起莫維焚燒中央皇宮時先解散了這裡的人。無論是以前或者現在，他們都是平安的。

幸好，他不想看到這些善良的人們遭受痛苦。

不管天下人當時如何評價莫維，格提亞始終認為莫維不是他們說的那樣。

雖然熟悉的環境相當舒適，但是，也不能一直待在這裡。他打算前往魔塔，另外也要拜訪伊斯特，總之，他有很多地方都該去一趟。

他的身體恢復得很快。不到一個月的時間，他就已經能下床走路，也不再疲倦，能像正常人那般活動了。醫師也診斷他完全是健康的。

所以他沒有硬要待在這裡的必要，他想知道五年前發生的那些，造成什麼影響，他必須用自己的眼睛，親自去看。

可就算他已經沒事了，若是莫維不來找他，他根本沒辦法告訴莫維自己的計畫。因為，他後來才知道，莫維不允許他離開舊皇太子宮。

這是沙克斯婉轉告知他的。

雖然不曉得理由，不過，明明莫維讓自己看著他，這不是一點辦法也沒有？

獨自一人在舊皇太子宮醒來，用餐，洗浴，然後又再次到了就寢時間。

這樣的日子，還要過多久，格提亞不清楚。

坐在床沿，他望著外頭的月色。像是今天如此的夜晚，已經重複了一次又一次。

他站起身，緩慢地往窗邊走去，然後推開了落地窗，來到露臺。

外面的空氣非常涼爽和清新。

格提亞不禁一聲輕嘆，閉上了眼睛。

夜晚的微風將他的淡褐色頭髮吹得稍稍亂了，因此遮住了視線，他下意識地抬起手正要撩開，卻忽然有人從後面抓住他的手腕，身體貼得他好近。

溫熱的氣息就在他背後，他一陣訝異，不禁回過頭。

映入眼簾的，是莫維那張無比俊美的臉孔。

「你在做什麼？」莫維啓唇，低沉的嗓音在夜裡異常清澈。

「啊。」格提亞第一時間想的是終於見到他了，要趕快和他說那些該說的話，所以他眼神帶著一點期待。

莫維沒有看漏這點，微歪著頭道：

「很想見到我？」

聞言，格提亞一愣。雖然是這樣沒有錯，但是從莫維口中講出來感覺卻有點奇怪。

「我有事情想告訴你。」他道。遲鈍地發現莫維沒有放開他。

「我知道。」莫維一副先知的表情。

「……你知道？」格提亞想了一下。那麼，莫維是猜到他要做什麼的。「那你……」他的話被打斷了。

「你想離開這裡。」莫維幫他說完。

再一次的。明明是正確的形容，聽起來就是有哪裡不對。

「我想親眼去看看這五年的變化。」格提亞認眞道。

「那就是要離開。」莫維睇著他。

爲什麼一副他是要永別的口氣。格提亞只能一直糾正道：

「會花上一段時間。」

莫維笑了。

「那在這段時間裡，我不能保證會發生什麼事。」

「什麼？」格提亞頓住。類似意義的話，莫維之前對他講過，因爲莫維要求自己必須一直注視著他。

莫維愉悅地道：

「你不是很怕我死去嗎？如果你敢獨自離開，我就把這裡全都燒掉。哈哈！」他笑著，牽住格提亞的手舉高，在月光下，那肆意妄爲的笑容，有種病態瘋狂的美麗。

「你……」格提亞被他帶著，像在露臺上慢舞，可是一點也笑不出來。

該怎麼辦才好？難道就僅有順從莫維的結論？那也不能終生被軟禁在這個地方。更令格提亞震驚的，是爲什麼直到此時此刻，莫維都沒有放棄毀滅的念頭？是自己哪裡還做得不夠或不對？

說到底，他根本未能理解莫維當時做出那個選擇的理由。

莫維停住了動作，格提亞因此佇立在他面前，僅有幾公分的距離。

他懾人的紫色瞳眸，唯映照著格提亞一人。

「快說，你想要待在我身邊。」他正色，收起了笑。

格提亞聽不懂。

「什麼？」

「只要你這麼說，我就會一直待在你看得到的地方。」莫維對他道。

「……這是什麼意思？」格提亞聽起來，像是莫維會跟著他一起遠行。據他所知，皇帝有非常多政事要處理，不是能說走就走的自由之身。

莫維揚起嘴角，輕鬆愜意地道：

「沒什麼意思。我想做什麼就做什麼，誰都不能阻止。」

儘管莫維是如此沒錯，皇帝這個身分，卻代表著不可以任性。

「你要做什麼？」格提亞有點不敢置信。因為莫維的態度，確實是要跟他一起走，甚至感覺現在已準備好啓程。他覺得莫維就像個孩子那般在胡鬧，道：「這樣太過……」

「草率？我已經處理好了。」如此一來，還有什麼理由不行。莫維早知格提亞會這麼反應，所以他寬容地浪費時間解決這個微不足道的問題。昂起如雕刻般的下頷，他說：「雖然我一點也不在乎。」皇位，權力。

或者這整個帝國。

對他來講，一點意義都沒有。這五年，他已經不能再更明白。

格提亞當然不會懂他心裡那些想法。

「你不在乎？可是……」

「走吧。」莫維拉著他的手，單腳跨上露臺的石頭圍欄。

格提亞昂首望住他。

「走去哪裡？」

莫維嘴角銜著笑意，帶著格提亞從三樓跳了下去。

格提亞沒有吃驚或訝異，也不會拒絕莫維。就見莫維腳踩著空氣，宛如下樓梯似的，一階一階安穩地來到地面。

不遠處的樹下，還有兩匹馬。

格提亞總算意識到，在這寧靜深夜，莫維身上仍穿著外出的輕便服裝。

莫維回過頭。他的表情認眞，聲音低沉，再次對格提亞道：

「說，你想要待在我身邊。」

格提亞先是看著他始終拉著自己不放的手。突然想到，以前，自己還對莫維講過，不適應被人碰觸。

那是倒轉時光的最初，也是走到此刻的最開端。

原來，已經過了這麼久了。

格提亞抬起眼，凝視著站在自己面前的莫維。

莫維一定知道他想離開此地，如果莫維想要，自己將會一輩子都被囚禁在皇宮。可是莫維沒有對他那麼做。

莫維是用另外一種形式，答應了他。

帝國，在他心裡，不會比魔塔重要。成爲帝國大魔法師，也不是他所願意的。

可是，那讓他與莫維相遇了。

「我想待在你的身邊。」格提亞眞摯地道。

而且他希望莫維，能夠好好地活著。他的期盼唯有如此。

聞言，莫維一笑。

和以前見過的笑容都不相同的，僅含有相當單純的滿意。

「我准許你。」他說。

他也許尊貴高人一等，可是於這一個瞬間，卻是被動的立場。莫維自己相當清楚，不過眼前的格提亞一無所知。

莫維甚至心情愉快得做出他從未做過之事。他雙手握住格提亞的腰部，稍微施力，將格提亞整個人抬起，輕巧地放在馬背上。

「等……謝謝。」格提亞連意外的心情都來不及擁有，就已經整個人坐好了。也許莫維是擔心他尚未恢復，他這般自我解釋。

然而，臉頰不受控制地發熱了，他不曉得理由。

還好是夜晚，誰也沒有發現。

格提亞這才想到，明明是要遠行，自己什麼都沒帶。不過，他本來就孑然一身。

莫維一踩馬蹬，俐落地翻身上馬。

向著皎潔的月亮，他啓唇道：

「你可要好好地看著我。」

格提亞聞言怔住了。月光下的莫維，身上散發著淡淡的光，夢幻得不像是眞的。

他注視著莫維。道：

「好。」

莫維得意地笑了。

兩人的影子，在地上被拉得好長好長。

對格提亞來說，接下來所即將經歷與面對的，都是未知的旅程。

不過，莫維活著，就在他的身邊。

這樣已經足夠。

麥克．布朗，並不以一個帝國裡最常見的名字以及姓氏組合為榮，他在貴族家裡當個小小侍從是和他本人一樣相當平凡的人生。

今天晚上，他輪值巡邏，雖然這一般都是騎士的工作，不過低階貴族府邸沒有家族騎士團那樣高貴的組織。即使如此，因為子爵大人非常慷慨善良，不僅給予下人尊重，每月的薪餉也足讓他們過起平民身分之上的好日子，所以他十分樂意擔任此任務。

麥克嘴裡輕輕哼著鄉村小曲，手提油燈，漫步在長長的走廊上。

大貴族家裡壁上通常徹夜點著燈，可他們的子爵大人，總是處處節省，然後將那些錢分給他們。

一樓和二樓巡完，來到沒什麼活人的三樓。聽說以前這個家庭挺大的，到處住滿了人，不過漸漸孩子生的少了，一代少過一代，第三層整個就空出來了。雖然陰森森的，但這可是每天生活的地方，麥克完全沒有害怕的感覺。

只是忽然間，一陣風將他的油燈給吹熄了。

「咦？」哪來的風？麥克記得三樓的窗戶應該都是關著的。

於是他順著風向看過去，結果見到一個相當高大的黑衣人站在自己側邊。他真的差一點就尖叫了。

能夠忍住，是由於在月光下，他見到那人的眼睛是紫色的。

這難以形容的驚訝，使得他暫時無法發出聲音。

「拜……拜見偉大又尊貴的皇帝陛下。」麥克立刻單膝跪下行禮。顫抖到不行的話語才說出口，他又發現自己弄錯了。

因爲在十數日前，帝國的皇帝已經變成女皇米莉安了。

雷蒙格頓帝國從未有過女皇登基，更何況還是前任皇帝活著的情況下，由妹妹繼承成爲女皇。聽子爵大人他們說，這不管在哪國歷史都稱得上是前所未見之事，這件事現在都還是他們平民百姓茶餘飯後的有趣話題。

不知道喊錯稱謂，會有什麼處罰。麥克冷汗直流。

「嗯。」頭頂上傳來的聲音有點冷淡，隨後道：「我會在這裡住上兩天，給我準備好房間。」

「是的，我知道了。」麥克慶幸沒有被檢討錯誤稱謂。此生從未與皇室應對過，他顯得相當不知所措，腦子裡都還搞不清楚前任皇帝，女皇的哥哥，得怎麼稱呼才好。

他站直身，這時終於瞧見原來還有另外一個人站在前皇帝陛下的後面，不過他不敢多看一眼，飛也似地離開當場，先跑去通知主人，也就是子爵大人。

此座府邸，爲奧爾頓．柯林，也就是康翠賽德子爵所有。康翠賽德爲首都前往北方最大領地佛瑞森必經之地，是一塊小小的領土。儘管袖珍，但是氣候適宜，又有河流經過，因此盛產花卉，具有「小花園」這樣的美稱。

當奧爾頓被喚醒時，他只是覺得下人極其稀有地在此時打擾他，然而接下來從麥克口中得知有難以置信的貴客大駕光臨後，他以爲自己耳朵不清楚了，或者還正在做夢。

等到他完全反應過來，他不顧身旁妻子半夢半醒的詢問，匆忙抓著一件還算能見人的外衣，立刻衝出房間。

然後，他在三樓見到了麥克口裡說的那位尊貴的人。

「拜見高貴的親王殿下。」奧爾頓這種小貴族，最多就是在建國日慶典前往首都時，遠遠地見過皇室。

當時他對這位皇太子的印象，僅有那張極爲俊美的臉。數年前，皇太子成爲皇帝，和過往的皇帝不同，幾乎都不出面，但是只要政事有在處理，國家有在運作，也漸漸地就接受和習慣了。原本以爲這一生都不會和自己有所交集的存在，如今卻在政局情況一片混沌的時候前來拜訪，他不能再更錯愕驚詫了。

前任皇帝，也就是莫維，用一副不怎麼耐煩的表情，道：

「我要一個房間，還要準備梳洗。」

奧爾頓一時以爲自家是開旅店的。雖不知是何原因到來，仍是立即吩咐管家以最快速度準備，到這時他也發現，原來親王不是獨自一人，他身邊還有位身材清瘦的男性。

那人有著非常普通的淡褐色頭髮，以及，一雙異常墨黑的眼瞳。帝國人眸瞳最常見的顏色是藍綠棕，還有深淺之分。天生帶有魔力的族群則是稀有顏色，就像親王的紫羅蘭色。

但其中，這樣的黑眸，奧爾頓有印象。

那是帝國的大魔法師。

雖然深棕色的眼睛有時也會被誤認爲黑色，不過見到以後就知道了，這種黑是完全不一樣的。自從莫維登帝，大魔法師這個稱號，再也沒有了，甚至連原本被稱爲大魔法師的那個人，也就此消失了。

沒想到，竟會在自家宅邸再次見到。奧爾頓衡量著自己該什麼時候問候，又該用何種稱呼。

畢竟，大魔法師的地位，甚至可以和公爵比肩。

「主人，房間已經安排好了。」就在此時，管家打理好一切，向奧爾頓請示。

「啊？我知道了。」奧爾頓回過神，跟著管家送兩人到房門前，禮貌地向莫維致意道：「高貴的親王殿下，這裡是爲您準備好的寢室。」

莫維甚至看他一眼都沒有。直接就越過他步入室內，至於，那位曾經被稱作大魔法師的男子，則是在經過他身旁時，輕聲說了句：

「謝謝。」

奧爾頓因此抬起臉，看到一張平凡無奇的臉孔。若不是那雙獨特的黑眸，根本不會給人任何印象。

傳聞，擁有魔力的族群使人畏懼，一個大魔法師，就足以毀滅帝國。

這麼瘦弱普通的人嗎？

待房門關上以後，奧爾頓才又想到，他們兩人在同一間房？

子爵府完全有其它空間的，是不是他身爲主人怠慢了？不過親王的確說了只要一間房。

直到回去自己的寢室，康翠賽德子爵還是糾結著。

翌日。

一大早用餐時間，平時總是他和妻子及三個孩子一起享用，考慮到昨晚的貴客，奧爾頓讓廚房多準備點好吃的，甚至一家五口都還盛裝列席。

不過，親王和前大魔法師沒有出現。

即便去請了，也僅得到不用管他們的回應。

於是奧爾頓只好自己先行用餐，多的餐點，就分給了下人。稍晚，麥克咚咚咚地跑去廚房，說親王要兩人份的餐食送到房內，奧爾頓覺得自己應該要去致意，不然太過失禮，結果卻被擋在門外，唯獨食物進去了。

接下來，都是相同的模式。那兩人絕不會出現打擾他們一家用餐，皆要求額外送進寢室，除此之外，就是沐浴和衣服，這種很小的事情。

既沒有讓子爵府擺排場好生侍候，也幾乎做到不去干擾府裡的人。就像是單純過來借個地方休息那樣。

奧爾頓僅有在第二晚時，在屋外長廊看見那位弱不禁風的前大魔法師披著過大的外套，慢慢地在花園裡散步，親王跟在他身邊，兩人有一會兒沒一會兒地交談。他當時沒敢多瞧，直接就收回視線走開了。

到了第三天，也就是親王說好住兩晚應該離開的日子。

很不巧，有位不速之客登門了。

「奧爾頓，這些可是你的領民？」

子爵府接待廳。說話的華服中年男子坐在沙發裡，挺個大肚腩，昂著肥厚的雙下巴一副傲慢的嘴臉。此人是尼爾伯爵，名為卡梅倫．阿格力。尼爾領地就在康翠賽德旁邊，土地互相接壤，也因此界線不是那麼清楚，雖然一直以來偶有紛爭，但都不是什麼大事。

卡梅倫是伯爵，而奧爾頓是子爵，所以一旦發生什麼，通常都是奧爾頓退一步，因為他是無法和階級比他更高的貴族對抗的。

奧爾頓看著被伯爵騎士團的騎士，扔在地上奄奄一息的平民三人。他們被當成囚犯雙手綁在身後，嘴巴也塞著布團無法言語，都明顯遭受劇烈的毆打，並且分別一隻眼睛重傷，一隻腳被打斷，甚至還有兩根手指被切掉的。

這三人確實是住在距離尼爾最近村莊的農民。

奧爾頓強忍怒意，問道：

「請問伯爵閣下，這是什麼意思？」

「沒什麼意思。我不是說了，你的領民近來有跑到我的領地偷竊之事，這些就是我抓到的。」

「嗚……」三人中的一人，抬起臉來，正費力地朝著奧爾頓搖頭。

伯爵騎士見狀，提起腿一腳使勁踹在他肚子上。那人登時彎著腰嘔吐了。

奧爾頓當即喊道：

「不要這樣！」

那騎士在卡梅倫的示意下後退了。不過卡梅倫道：

「你說，抓到這些小偷，你要怎麼賠償我啊？」

奧爾頓咬緊了牙關，不然，他就要忍不住了。

約莫三年前，皇帝頒布了新法。明確用數字規範領地的稅收，用於領主身上的比例。

那是一個，足以讓貴族享受錦衣玉食，但是要能再更揮霍，領主必須加把勁的合理範圍。在此之前，領地的稅收一律由領主全權處理，換言道，領主想怎麼用就怎麼用，就算全部都自己花掉也無法可管。

歷屆皇帝都沒有特別針對於此的法條，因爲司法基本相信貴族會自律。一直以來都是這樣，譬如前任皇帝克洛諾斯陛下，貴族乖乖聽話才是最要緊的，其餘的不那麼重要。

也因此，這個新的法律，在貴族間造成不小動盪。

這表示皇帝並不信任貴族。當時用皇帝詔令的原話，是皇帝「非常討厭把自己養得腦滿腸肥的無能貴族」，這也是足以讓貴族傻眼的理由之一。

但是，這是個無法反駁的法條。於理合宜，於情也合理。

而且當時的皇帝，強大得令人害怕。

沒有一個貴族能夠站出來反對。

頒布法令以後的這三年間，那時身爲皇帝副官的米莉安殿下，每年都會勤勞檢查貴族有沒有遵守此法。

且若有違法者，一律依法嚴厲處罰。

不管爵位高低，無一例外。

這時，貴族們才知道，皇帝是玩眞的。對於某些貴族，像是奧爾頓來說，他感覺自己正在見證帝國的改變，也許是更加美好進步的前景；可是當然也有貴族非常不滿，因爲他們揮金如土，享受慣榮華富貴。

無論如何，沒有任何貴族敢反抗當時的皇帝。

也因此，類似卡梅倫這樣，藉由騷擾其它小領地，尋求更多財源的做法，也是偶有發生。但是之前都不會太過嚴重，因爲皇帝的震懾力足夠嚇人。

然而，就在米莉安皇帝登基沒多久，卡梅倫的做法就變得如此囂張過分。

這已經跨越那條不應該的線了。奧爾頓深吸口氣，嚴正道：

「伯爵無故傷害我地領民，我會對閣下提出正式的告訴，請帝國判明眞相。請回吧！」他完全不相信伯爵的說法，因爲這不是第一次！康翠賽德遭到騷擾已經是常態了，這次眞的讓他忍無可忍。

「你敢對我這麼說話？」明明爵位那麼低。奧爾頓總是退讓，也因此卡梅倫一直把他當成怕事的懦弱小貴族，現在居然反抗了！「你以爲對我告發能怎樣？身爲貴族，本來就有權力對平民現行犯論處。你不知道已經改朝換代了嗎？那個帝位都還坐得不穩的女皇，會有空理會你這種小領地的子爵？」他講這段話的語氣，有種瞧不起所有人的感覺。包括女皇米莉安。帝國裡，確實存在輕視女性皇帝的貴族。奧爾頓因此道：

「閣下請注意你的言論！」而且卡梅倫說的是舊法。

在這個氣氛嚴肅的時候，奧爾頓的妻子，也就是子爵夫人莉莉．柯林，進到接待廳打斷他們的對話。

「見過伯爵閣下。」她先是拉開裙襬對卡梅倫行禮，而後便往奧爾頓的位置移動，看起來似乎想對他傳達什麼。

豈料，卡梅倫一雙眼睛在她身上滴溜溜地轉。

「據聞子爵夫人國色天香，真是便宜了子爵啊。」他非常輕浮地說道。

這不僅相當冒犯女性，也徹底惹怒了丈夫奧爾頓。

「你太過分了！」他站到妻子身前護衛，也不再以禮相待卡梅倫。卡梅倫看他妻子的眼神總是不清白，令人不舒服，可是即使如此，至少不曾露骨地言語輕薄過。

現在，完全不是一個貴族紳士應有的作爲，眞的是太無恥了！

「我說了，你敢這麼對我說話？」卡梅倫揮個手，身旁的騎士立刻將奧爾頓與妻子圍住。

奧爾頓怒道：

「就算我爵位不高，我也是貴族！」豈容騎士放肆！

卡梅倫笑了。

「那又怎樣？」他撇著嘴唇示意騎士。

正當騎士準備對子爵夫妻動粗之際，接待廳門口，忽然傳來一聲複讀：

「那又……怎樣？」

這邊卡梅倫還在興奮作亂渾然不覺，奧爾頓卻是正對著門口，同時看見那裡站著親王莫維殿下。

這一刻他明白了，妻子過來，應該就是想要告知他，親王已經準備離開府邸。

只見莫維一笑，並且從容地抬起手。

一條不可思議的金色繩索頓時從他手裡飛出，瞬間就纏上騎士的身體，將他們捆成一團，像個貨物般輕鬆地甩到旁邊。

「哇啊！」兩名騎士哀嚎。

砰的一大聲！甚至把牆壁都砸裂了一點。

卡梅倫簡直嚇傻了！

「怎麼回事！」他趕緊回頭，看見莫維的時候，他著實愣住了。

一時之間，他的腦子變得空白。

眼前的男人，確實是前皇帝現親王莫維殿下，可是爲什麼會出現在這裡？卡梅倫不可置信。

莫維笑彎著眼眸，啓唇道：

「不尊重帝國皇帝，輕薄貴族，以不正當手法索討金錢。」每說一句，他就往前一步，最後站在卡梅倫面前，慢條斯理地低聲詢問：「你以爲你是誰？」

卡梅倫感到毛骨悚然。他嚇得飛快從沙發椅上起身，雙膝下跪，喊道：

「殿下！是我、是我無意冒犯了！我願意改過！」

「嗯？」莫維由上往下地蔑視，笑道：「你剛說什麼？貴族有權力對現行犯論處？原來如此。」語畢，他將手按在劍柄上。

奧爾頓其實沒有看清楚莫維做了什麼動作，僅是感覺他上半身輕晃了下，然後，卡梅爾就發出淒厲的慘叫。

「啊——」卡梅爾摀著自己的左眼，指間滲出鮮血，兩根指頭掉在地上，一隻腳也呈現扭曲的角度。三個平民所受到的傷害全部重新體現在他身上，他痛得在旁邊打滾哀嚎。

莫維握著長劍，劍尖滴落的血珠被地毯給吸收。他一甩劍，那血痕頓時灑在牆壁上。

他將劍收入鞘中，道：

「身為皇室一員，我也有對貴族現行犯論處的權力。」他極其俊美的臉上，掛著再愉快不行的笑容。

奧爾頓整個人都驚愣住了。

第一，他鮮少接觸如此血腥的場面；第二，他親眼見識了前皇帝莫維的這一面。

五年前，在莫維登基時，有一批貴族並不滿意。

他們懷疑先皇克洛諾斯的死因，當時是由米莉安殿下親自對外宣布為病歿，不過卻非所有人都能接受，因為實在太過突然了。而且貴族大多都知曉克洛諾斯與皇太子之間的不和諧，莫維一旦登基，也許會影響到貴族們長久以來的利益結構，他們想要讓莫維聽話，於是，開始放出皇太子弒父奪位的耳語，準備逼莫維做一個會向貴族低頭或妥協的皇帝。

這種政治的制衡，本來就是相當常見的，幾名貴族聯合起來，勢力絕對是有的，然後他們邀請皇帝莫維閉門會議。

那天，沒有人知道發生什麼事情。

但是最後，所有與會的貴族用各種不同理由退位，至於繼承爵位的後代，再也不敢反抗。傳聞，具有強大魔力的莫維陛下，對他們進行可怕的壓制。

精神上的，身體上的，總之能夠讓那幾位傲慢的貴族無法再有意見了。歷史上，雷蒙格頓帝國的皇室一直都希望能夠出現擁有驚人魔力的皇帝，這樣，所有人就只能對皇室低頭下跪。

所以當莫維出生時，即使流言四起，仍被立為皇太子。地位也始終不曾動搖過。

儘管二皇子過世，坊間都傳說是因為皇太子，可是那也沒有證據。

在莫維成為皇帝治理國家的五年間，負責對外的始終都是米莉安殿下，現在，米莉安殿下成為皇帝，於是奧爾頓自然以為其實一直都是米莉安陛下在代兄長管理國家。

如今看來，即位後的恐怖政治，絕對不是出自當時的米莉安殿下。

沒有人能夠反抗皇帝莫維，因為他就是帝國最強的存在。

那種強大，甚至超出人類能夠理解的範圍。

誰都得在他的面前跪下稱臣。

「讓我看看他們的狀況。」

忽然有人說話，奧爾頓醒過神來。發現前大魔法師格提亞．烏西爾已經越過他，屈膝蹲在地上檢查三個農民的傷勢。

奧爾頓能做的僅有瞪著眼，和身後的妻子面面相覷。

格提亞仔細檢視三人，接著，忽然微抬起雙手，低聲道：

「以我之名，將這塊土地的力量，為土地的子民所用。」

奧爾頓和妻子莉莉，不懂他說這些是什麼意思。只是，當他話尾落下的同時，窗戶外面，那片就在府邸中央，大門前方的花園，赫然迸發出一道光芒，並且在眨眼之間收斂成一道光霧。

就像魔法一樣。夫妻倆已經不能再更吃驚了。

他們不禁望住外頭，圓形的花園隱隱被銀色的光輝給籠罩著。

奧爾頓差點看到癡了。警覺心使他轉回視線，將注意力重新拉進到接待廳裡的情況，雖然以他的角度看不見格提亞的表情，但是足夠由肢體動作察知眼前的這個人正在相當專注地做著某事。

那纖細的頸脖，滿布汗意。

「啊。」

聽見妻子一聲輕呼，奧爾頓發現花園的銀光熄滅了。待他再注視格提亞這方時，結果見到三個農民都輾轉清醒過來。

甚至，他們身上的傷勢都消失了。

腳能夠動了；眼睛，可以張開了；手指，還長回去了！

「這……這……」奧爾頓感覺自己就像個幼兒，連說話也不會說。

格提亞昂起臉，看上去有些疲累。他緩慢地朝奧爾頓問道：

「請問，家族的長輩或祖先，是否認識一位叫做艾爾弗的人？」

「咦？」那不是帝國最初的魔法師嗎？奧爾頓愣住。本來他出生的時候，帝國已經很少談論魔法師了，他會知道，是由於祖父老是愛說，很久很久很久的以前，爺爺的爺爺的爺爺的忘記第幾代爺爺，曾經在這個地方接待過艾爾弗大人。他從沒當眞，耳邊風聽過就算了，因爲魔法師這種人物，距離他非常遙遠。「可能……應該是有過？」他非常不確定地回答。

格提亞站起身，望著外頭的花園。

「子爵府的花園，是艾爾弗留下的魔法陣，擁有非常厲害的力量。」他說。

奧爾頓和妻子互看一眼。

「什麼？」確實，他們柯林家，即使重建或整修過宅邸，家族亦歷經起起落落，唯獨代代都嚴正囑咐要妥善照顧這個花園，此處絕不可隨意割讓給他人，還明文寫在族譜封面內側，更不能進行任何更動和改變，普通的澆水修剪就可以。誰要是亂動花園，就得家法伺候，其實這也不是什麼難事，他們僅是不解爲什麼這個流傳下來的鐵則如此重要。

原來是因爲這樣！

格提亞道：

「康翠賽德領地，應該無論種植什麼都收穫得很好，體積也會比市面常見的稍大一些。這正是魔法陣給予這塊土地的祝福。」

沒錯！就算是相同的品種，他們的花卉也總是相對於別人培育出來的還要來得大朵，而且隨便種也都會豔麗盛開。

奧爾頓道：

「我都不曉得……原來如此。」難怪，不論府邸的主人換成柯林家的誰，唯一保持不變的，永遠只有上一代交付的這座花園。

康翠賽德儘管面積小，卻也能治理得自給自足。

「是的。艾爾弗他……」格提亞話沒有說完，突然身體一晃整個人軟倒。

奧爾頓下意識地要去攙扶，結果雙手撲了個空，被一把給截走了。

就見高大英俊的莫維不知何時站在面前，同時一揚臂將人攬進胸懷，披在單肩上的披風飄揚，正好落下掩住那清瘦的身軀。

整個動作既從容又優雅。

從皇太子時期，到稱帝，而後頒布米莉安陛下即位的詔令離開皇宮。奧爾頓眞的沒有親王曾經和前大魔法師非常交好的印象。

於是他注視著他們，忘記自己該做什麼。

「寫信給皇帝，她會處理這些東西。」莫維意指地上的伯爵與騎士，將自己肩膀的一顆釦子拔下，扔給奧爾頓。「如實寫，說我交代的。」他道。

奧爾頓接住那枚金色的釦子，再抬起眼，莫維已經往外頭走了。

「親、親王殿下！」

他牽著妻子跟出去，不過莫維明明還帶著一個昏迷的人，腳步卻仍舊輕盈，一眨眼就走到屋外，俐落地躍上馬背。

然後，頭也不回地走了。

奧爾頓和身旁的妻子莉莉對望。她同樣是一臉訝異。

「呵。哈哈。」隨即她掩嘴笑了，就像康翠賽德的花朵般美麗。「我覺得，好像做了一場夢。」她說。

奧爾頓聞言有點傻愣。

「……確實。」一種難以說明的奇妙感覺遺留著，那麼不眞實。

「呀啊！」接待廳的方向傳來傭人的尖叫。

這倒是一下子把奧爾頓弄清醒了。

「啊……」雖然，花園的魔法如夢似幻，不過，宅邸留下的血跡，受傷的伯爵，也像是一場惡夢呢。他向妻子伸出肘彎，道：「走吧，夫人。我得先寫信給米莉安皇帝陛下才行。」

「是，親愛的。」妻子莉莉勾住他的手肘，兩人一同進屋。

馬蹄聲，喀噠喀噠地敲在石板路上。

莫維單手拉著韁繩，同時將自己的魔力，透過格提亞胸前的魔法陣傳遞過去。

幾乎喪失所有魔力的格提亞，過多地使用魔法，就會陷入昏睡。曾經沉眠長達五年過後，依然是如此。

莫維以前不怎麼感到自己在乎此事，現在，陷入昏迷的格提亞，則足以使他感到動搖。會不會這一次，又是五年才醒來，又或者，永遠不醒。他變得會如此想著。

而這，令他產生無法控制的暴躁與憤怒。

莫維緊握著韁繩，幾乎要捏碎了。

在他的人生中，從沒有過像是這樣的複雜情緒。

所有那些未知的，難以言喻的，不曉得名字的情感，全都是格提亞所帶給他的。

過去，他想要殺掉格提亞。但是在某一天，他卻發現，他做不到了。

爲什麼他會如此矛盾。他總是非常清楚自己要做什麼，格提亞出現以後，卻不再是那樣了。

他感覺自己的所作所爲都顯得陌生，他不認識這個自己。

或許，這其實是格提亞知道的另外一個他？

莫維的眼裡，透露著一股徹骨的嚴寒。

格提亞胸前的魔法陣無聲且緩慢地旋轉著。

一如每次。

他並沒有刻下的，那個自己的名字，也在圖陣裡，幽微地發光。

格提亞醒過來時，已是在另外一座貴族府邸。

以往遠征，若在城市裡，莫維很少住旅店，較多讓貴族接待。比起野外搭營帳，更討厭人都睡過的床。

現在仍然也是。

「這是哪裡？」格提亞從床上撐坐起身，想先確認目前所在位置。

莫維坐在沙發椅上，長腿交疊，側對格提亞，面無表情地支著額，注視壁爐的火光，沒有因爲他出聲就看向他。

格提亞先是安靜了一下，道：

「抱歉，我又昏倒了，到這裡的一路上麻煩你了。」他覺得，莫維大概是因爲這個不高興。

這趟旅途僅有他們兩個人，自己這種情況確實是累贅。之後得注意一點。

莫維聞言，半抬起眼，總算轉動視線睇著他。笑道：

「沒錯，很麻煩。」不知什麼觸動他敏感的神經，紫色的雙眸，隱隱燃著怒火。「既然你也知道會造成我的麻煩，那就不要再用魔法了。」他說。

他不准許。格提亞去耗費精神擔心他以外的人。

「我無法給你這個承諾。」格提亞卻是如此回答。他平心靜氣，認爲這是自己不大可能辦到的。在子爵家那個狀況，若是不用魔法，那些無辜的可憐人就得變成殘廢了，如果他還有能力，他想要幫助別人。

因爲他清楚地知道，當下不做導致錯過，會是多麼讓人懊悔之事。

莫維站起身，朝他走去。

格提亞昂著臉，正還想說些什麼，卻被莫維一把捏住下巴，同時整個人被壓回床鋪上。

「閉嘴！」莫維斥喝一聲，單膝跪上床，俯瞰著格提亞，冷聲道：「如果你沒辦法保證你能在準確的何時醒來，就得聽我的話。」

格提亞躺在床上，不禁訝異地看著他。莫維緊皺眉頭，捏著他下巴的手，緩慢地移動至他纖細的頸脖。

只要一用力，就可以折斷。

那五年裡，莫維無數次想這麼做過。因爲，不知何時能結束的等待，實在太過漫長，令人再也無法忍受。

可是，格提亞醒了。而他不能允許格提亞又一次重蹈覆轍。

格提亞不明白他要做什麼，只是很少被這般觸碰，不自覺地瑟縮了下。

睇見自己在那潔白的皮膚上留下紅痕，莫維因此眼角一抽，退開身的同時亦收回了手。

他離開床沿，朝門口走去。

格提亞於是重新坐起來，道：

「等一下。」對話沒有結束，還沒談完。他僅能望著莫維不再理會他，步出房間的背影。

五年後醒來，很多事情都改變了，好像唯有他留在過去，他還在適應。所以他沒有餘裕去思考，執著五年等待他睜開雙眼的人，是什麼樣的心情。

最初，他是莫維利用完必須除掉的對象。

曾幾何時，莫維變成那個幾乎每晚都守在他的身旁，留意著他的呼吸，不想要他繼續沉睡下去的人。

格提亞想再跟莫維談話，就算其實自己也不知道要講什麼。

但是，沒能如願。

接下來，莫維都不怎麼搭理他。格提亞算是明白了，因爲冷戰就是莫維一種表達不滿意的方式。

即使如此，他們也依然往魔塔的方向前進。由於莫維過夜時總是只要一個房間，莫維睡床，他睡沙發。這沒有什麼太大的問題，貴族府內的沙發總是相當寬敞，甚至睡兩個他都是足夠的；沐浴的話都在隔出來的浴室，方便也自在。

旅途的一開始，他雖然不明白莫維的用意，可能是覺得不必要給他同等的優待，他也不認爲這些需要計較，重點是他不想麻煩接待他們的貴族再準備另外一間房。

可是現在，若是兩人獨處，他想交談而莫維不理會的話，氣氛就會變得微妙。

格提亞坐在沙發裡，由於莫維不和他說話，於是自己道：

「晚安。」平常，他不大注意日常問候，也沒有這個習慣。不過就是在這種時候，總得有人開口。

格提亞躺進柔軟的沙發裡，蓋著毯子。

今天騎馬很累，所以他沒一會兒就睡著了。

靠坐床頭的莫維，手裡翻著書本，始終保持沉默。直到寂靜午夜，連一根針掉在地上都能聽到聲音，格提亞熟睡均勻的呼吸聲，在寢室內有節奏地重複。

莫維離開床鋪，來到沙發旁邊。他低下頭，凝視著格提亞。

很久以前，在遠征隊的時候，他也曾強迫格提亞和他共處一室。那時是爲監視，是爲觀察，甚至是想要爲難。

可是，現在的他，純粹是想要格提亞待在他能看得到的地方。

壁爐的火焰，將莫維的身影映在牆面，不穩定地搖曳著，即使北方已是氣溫偏低的秋天，室內卻很暖。也因此，沐浴後穿著單薄外衣，蓋一件薄毯就足夠。

暈黃色的光，照得格提亞面色紅潤。

莫維緩慢地低下頭，聽著他吐出氣息的細微聲響，感受那抹溫熱。

過去的每一晚，莫維都會這麼做。

他要確認，格提亞是活著的。

木柴燃燒發出劈啪的聲響，格提亞有一瞬間的半夢半醒，微掀眼瞼彷彿與莫維的紫眸對望，莫維看起來並不生氣，不過依然沉默。實在太睏了，於是格提亞又重新闔上了雙目。

接下來的數日，就維持著這個模式。

直到抵達佛瑞森。

這個距離魔塔最近的帝國北方領地，讓人有種懷念的心情。格提亞穿著披風，昂首望向前方的伯爵府。

「啊，來了！」

伯爵府門口，已經有人在那等著了。高聲呼喊的婦女相當眼熟。

格提亞想了一想，認出那是卡多的母親，安娜伯母。

是伯爵特許她在府邸迎接的。諾耳任夫妻及孩子站在前頭，管家帶著侍從排在後面，和被他們突兀闖入的貴族府邸不同，佛瑞森的主人恭敬地歡迎兩人到來。

因爲，他們是佛瑞森的恩人。

「見過高貴的親王殿下。」諾耳任牽著家人行禮。

儘管許久沒見，卻沒有陌生的感覺，若不是提醒自己改變稱謂，諾耳任甚至都還覺得自己面對的就是皇帝。

在莫維卸下帝位之前，諾耳任身爲佛瑞森領主，積極地配合莫維，將過去大魔法師格提亞拯救這片土地的事實，正確地傳遞出去。

因爲在當時，聖神教的介入使得許多人都誤會，以爲聖神教的祈禱奏效。即使在遠征隊離開後，諾耳任想辦法更正，可是那時消息早就傳開了，他一個人的力量有所不及之處。

到莫維繼承帝位，總算有強而有力的幫助來修正傳達，同時卡多作爲皇宮圖書館的管理者，也將這件事正式收錄在帝國歷史中。

「我們不會待太久。」莫維從馬背躍下，這麼告訴他。

「咦？」諾耳任傻住。不會太久那是多久？他都已經準備好晚宴和寢室了。

身爲一位伯爵，雖然領地距離帝國中心遙遠，諾耳任還算是勤敏的。他認爲莫維不會喜歡喧鬧，所以就算在完全沒有知會的情況下通過領地的關口，侍衛立刻快馬加鞭到府通報，諾耳任也忍著只讓這一小撮人恭迎。

畢竟，佛瑞森能夠度過前所未見的難關，延續繁榮，全都是這兩位大人的功勞，佛瑞森所有領民前來表達禮儀與感謝都不為過。

「讓馬歇息夠了就走。」他把韁繩扔給諾耳任。

旁邊的管家連忙上前一步接過，很快地遞給府中馬伕去處理。

從第一次接觸的時候，諾耳任就覺得莫維性格冷漠，儘管臉上經常帶著笑容，還是很冷，如嚴寒的冬天。像他們佛瑞森這種生長在冰天雪地的體質，靠近也仍會凍傷的那種。

所以，諾耳任沒有被影響。

「我知道了。請殿下在伯爵府裡好好休息。」他道。

莫維側首，格提亞正在和安娜寒暄，他沒有停留，隨著諾耳任進屋了。

所以，他才不想多待。

格提亞隨後進伯爵府，到接待廳坐下，伯爵一家人端上茶與點心，他和莫維都不是很好的聊天對象，伯爵與伯爵夫人也是盡力地不讓氣氛乾澀。格提亞不擅長閒聊，可是能聽到領地在死土事件之後的近況，他還是高興的。

畢竟，這些年來，他對外界一無所知。

兩杯茶下肚，諾耳任轉頭對格提亞說道：

「不過，格提亞大人，真的是好久不見呢。自從你卸任以後，我們這邊真的是毫無消息。」

大魔法師這個位置，在莫維繼位的第二年左右，帝國公布撤除了。

原本，百姓就對魔法師沒有什麼接觸，也流傳著不需要魔法師存在的說法，所以這未曾引起太多漣漪，甚至也有一些贊同的聲音。

因為，魔法師很可怕的啊。

儘管在聖神教惡行遭到揭發後，這五年對魔法師的負面傳聞已經稍微改變，畢竟還需要更長的時間。

但是對於佛瑞森來說，魔法是神奇的，是拯救這片土地的奇蹟，即使不再會有大魔法師令人訝異可惜，他們也僅能接受。皇帝具有魔力這件事，安慰了他們一些，然而格提亞這個名字，完全消失了。

諾耳任直到此時，都還以為是由於佛瑞森離首都太遠，關於格提亞的近況傳遞不過來的緣故。

格提亞停頓了一下，想著應該要怎麼回答。

「我……」

「我們要走了。」莫維打斷他。

「欸?」諾耳任看了下天色。他們是坐一段時間了，可是也沒必要這麼快吧。

「現在。」莫維站起身，拉著格提亞的膀臂，讓他也起來。

離開接待廳，他帶著格提亞往門口走去。

真的在馬兒吃過喝過體力恢復以後，立刻就要走了。

「好、好吧。」諾耳任喚來管家，讓馬伕備好馬。跟著兩人來到大門前，他顯然有點依依不捨。「希望下次再見能盡快到來。」他親切道，真心地笑了。

格提亞看著伯爵，以及伯爵夫人身後滿臉期待的孩子。

「會的。我們會再來的。」然後，他這麼說了。

因爲，他要去魔塔，就會經過這裡。佛瑞森雖不是家鄉，卻是離他家鄉最近之處。

而且，在這裡，有特別的回憶，也有人期待。

「走了。」莫維提醒他。

「好。」格提亞上馬，向伯爵一家人揮手道別。馬兒前進著，直到離得好遠了，都還能看到伯爵他們在目送。「佛瑞森伯爵，相當尊敬你。」他自然地對莫維說。

即使兩人數日來沒有幾次像樣的交談。

格提亞看著他的背影，其實也不是要他的回答。忽然想起，過去似乎也這樣不被理會過，那時候，是怎麼和好的？他沒有印象了。

因爲當下，他亟欲想要改變未來的走向，根本沒有心思去在意。

他只記得那時莫維還不滿二十歲，年輕的臉孔對他來說有點陌生。如今，眼前偉岸的後背，已經完全是男人的樣子了。

他所沒有參與的那五年，莫維不但成爲皇帝，也終於越過他曾經熟知的歲數，更進一步了。就算是他，也不曾想過，莫維會如此受到貴族的愛戴。

思及此，格提亞不禁表情變得溫和。

「你和卡多的母親說了些什麼？」

非常突然的，莫維頭也沒回地這樣問他。

格提亞感到意外，普通地答道：

「聊了近況，和卡多。她好像一直以爲是我推薦卡多進皇宮的，不過，我跟她說了不是，是你。」他清醒後，卡多曾來舊皇太子宮拜訪，他也看過卡多所負責編寫的書籍。「……魔法師及魔法歷史，是我在學院內想要做，卻沒有完成的事情。謝謝你。」他道。

一直都想說，雖然不急，但沒什麼機會開口。現在終於講出來了。

莫維並未出聲回應。

可是，氣氛變緩和了。就算遲鈍的格提亞，也足夠感覺到。

就這樣，他們總算抵達魔塔。

「格提亞哥哥！」

遠遠的，能見到幾名孩子在聚落裡，在發現他時，立刻叫喊。

格提亞睜著雙眼，有一時無法反應過來。

他不覺轉頭看向莫維。

莫維輕描淡寫地道：

「想要回來的，我允他們回來。」

格提亞暌違五年醒來後，得知魔塔已經被封鎖了，裡面的住民也早已離開。在克洛諾斯治理的時候，始終把魔塔捏在手裡，是絕對不可能讓他們自由來去的。

那天，師傅阿南刻命所有人撤退，事件結束，遭到封閉的魔塔，理應會成爲廢墟的。

沒想到，眼前所見，卻依舊和他記憶裡一模一樣。

「你去哪裡了？好久都沒過來，你好嗎？」

進到村莊，格提亞下了馬，那些孩子立刻衝向前來，七嘴八舌地問候他。格提亞上一次見到他們，都還是不及他腰部的孩童，現在都長這麼大了。

「我很好。」他臉上流露出淺淡的笑容。
魔塔是他的家。
他回來了。

和那幾個孩子稍微寒暄片刻，格提亞緩慢地走近天上塔。
他抬起頭，看向塔頂。那裡已經沒有人在了。
「按照你們魔塔的習慣，米莉安將阿南刻葬在塔底。」
莫維的聲音在背後響起。他說的，好像不關他的事，不過格提亞明白，莫維當時是皇帝，若他不准許，那麼米莉安殿下是什麼都沒辦法做的。
格提亞對此心懷感謝。
「謝謝。」他輕聲說道。這一路，似乎一直都在說這句話。
莫維睇著他。
「若是有機會，你會想救阿南刻嗎？」他意有所指，一字一句地道：「就像你想幫我一樣。」
格提亞聞言，先是安靜一會兒，旋即蹲下身，伸手輕撫著長在塔邊的小草。

「我已經做不到了。」那樣的禁術，只有一次機會。

「你可以。」莫維這麼說。

格提亞的手指停住，草尖微拂過他的皮膚。

唯一的辦法，就是借用莫維的魔力。透過他胸前的魔法陣。

可是，莫維的魔力並非他所有，那種危險且被禁止的魔法，需要非常強烈的意念，像這樣間接來施展，也不知道會有什麼後果。

他所認識的莫維，根本不是那種願意爲誰犧牲的性格。然而，莫維現在卻拿掉皇冠，和他一起在這裡。

莫維是眞的想借他魔力，或者莫維其實不想當皇帝，格提亞都不能夠確定。又也許，莫維是在試探他的想法。

他不清楚莫維眞正的心思，大概永遠也都難懂。

有好一陣子，格提亞默然不語。然後，他緩慢地啓唇，道：

「在沉睡的時候，我好像看到了師傅。」那是，師傅阿刻南用最後的念想，在那個白色房間所留下的遺言。「師傅她年歲大了，也早就不想這樣活下去了，所以，她在等一個恰當的時機。」爲了贖罪。他淡淡地說道。

因爲已經過去許多日子，所以格提亞能夠如此平靜。

對師傅來說，魔塔的責任一直都太過沉重。皇帝要挾著魔塔，逼迫她做各種她不願意的事，最終她甚至必須自囚在塔內。師傅曾經說過，讓他繼承大魔法師是她萬不得已，她最後也成爲他的累贅。

這都讓師傅覺得，十分累了。

而他，不是沒有察覺。在那遙遠的以前，他決定離開皇宮，離開莫維，就是因爲他感受到師傅的想法。

雖然那時莫維已經取代克洛諾斯，也會對魔塔寬容，可是，師傅的自囚魔法帶有誓言，是永遠也無法解開的。他想著回去，盡可能地陪伴師傅。

就在途中，他得知莫維焚燒皇宮的消息。

或許，這都是一種命運的註定。

格提亞道：

「已經夠了。」他會尊敬師傅的遺願，若是再一次倒轉時間，那也是重新將師傅囚禁在塔頂，反覆煎熬過去的罪孽而已。天上樹，最原本的名字，是生命之樹。「他們的靈魂，在魔塔永遠不滅。以後，我也會在這裡，和大家一起。」他說。

聞言，站在他身後的莫維，眼神一下子變得陰沉。

「格提亞哥哥，你可以來陪我們了嗎？」

幾個孩子在旁邊喚著。一位婦人道：

「抱歉，我跟他們說了還要等一會兒，但是他們太久沒見到你了。」婦人有著異色瞳，右眼是帝國常見的綠色，左眼則是深灰色，像這樣的艾爾弗一族，擁有的魔力相當微弱，其實和普通人差別不會太大。這些有的是她的孩子，有的則是幫忙照顧的，都是從小玩在一起的同伴。

婦人瞄著莫維。她當然知道莫維是什麼身分，所以她已經盡力阻止孩子們不要過來打擾了，因為總感覺他的表情有點可怕。

格提亞撐著膝蓋，站直身體。他溫順地對孩子們道：

「可以。」

「耶！」小孩抓住他衣襬，簇擁著往村莊裡走。

格提亞不覺輕微地笑了。旋即他想起莫維的存在，回頭朝莫維望去。

莫維並沒有跟過來，僅是佇立在那裡。

面無表情，而且沉默。

「啊……」格提亞來不及說什麼，就被孩子們帶著愈走愈遠。

莫維，就像是獨自被他留在那裡一樣。

幾個孩子拉著格提亞，和格提亞說明這幾年魔塔的變化。

對外，魔塔已封鎖，所以不再有人關切這個地方。不過，他們離開魔塔一年以後，陸續又重回此地，畢竟，這裡是他們生長的故鄉。

原以為會看到一片廢墟，畢竟帝國對魔塔不大友善，沒想到，魔塔不但以封鎖的名義，由皇宮親自下令維護，甚至每隔一段時間便派人過來整理，維持原本的樣貌。

村莊依舊是村莊，房子乾乾淨淨；花草樹木也仍然是花草樹木，綠意盎然。只除了聽說在塔頂切掉一塊天上樹的枝幹運走，整個魔塔可以說是完全沒有改變。

最重要的是，過世的阿南刻，也莊嚴地依照傳統，葬在天上塔的下方。

克洛諾斯在位時，他們魔塔人已經變得很困難了，處處受到限制，也不能隨意離開，精神領袖更是餘生都僅能自囚在塔頂。這樣子的轉變，當然令他們驚訝。

那時，負責和他們接洽說明的，是米莉安大人。

她讓大家講出需求，無論什麼她都願意處理。之後，魔塔人一個接著一個，全部都回來了。

他們在這裡，在皇宮的庇護之下，寧靜安穩地生活著。

儘管領袖不在了，但是靈魂會陪伴在每個人身旁。

孩子嘰嘰喳喳地講個不停，格提亞邊聽著婦人的詳細說明，感受到身爲皇帝的莫維，對魔塔多麼地善待。

這實在令他意外。

信步繞了村莊一圈，有人從外面回來了。

在阿南刻身旁服侍的彼得，見到格提亞時，揹在肩上採藥的竹簍子都掉在地上。

「格……格提亞！」彼得嗓音沙啞，好不容易才吐出這三個字。

「啊。」格提亞眞的沒有想到，還能再見到這位長輩。因此，他忘記言語。

彼得上前，抓住他的手臂，將他從上到下，仔仔細細地看了好幾遍。

「好……好……回來……就好……」很明顯的，彼得說話有些問題。

原來，五年前那天，彼得在塔裡被薛西弗斯打成重傷，就是當時留下的後遺症。但是他沒有死去，等他醒來，事情已經全部結束了。他從旁人那裡得知，是莫維救了他。

過後，他被莫維帶進皇宮，在傷勢轉好的時候，莫維召見他。

命令他想辦法讓沉睡的格提亞睜開眼睛。

有好幾個月，他都用自己畢生所學的魔法知識，研究格提亞的情況。甚至莫維將格提亞在書院時編寫的書本都找來給他，但是他一無所獲。

他沒有格提亞的天分，也沒有阿南刻大人的歷練。無能爲力。

最終，莫維放他回魔塔，他再無格提亞的消息，令他始終掛念。

卻沒想到，他們彼此都還能有相見的一天。

「太好了。」格提亞對他說。「眞的是……太好了。」活著，比什麼都好。

陸續有人回來，看見格提亞皆是一臉驚訝，他們都有從彼得這裡得知格提亞的狀況，所以緊接著表達感慨與喜悅的心情。

自從成爲大魔法師，格提亞就很少有這種機會和族人相聚了。他眞心地露出笑意，感受此時此刻的溫馨。

就這樣夕陽西下，夜幕逐漸降臨。

格提亞由於在意莫維，所以和族人道別後，回到天上塔附近。莫維當然已經不在那裡了，因爲他根本不是會等在原地的性格。

可是，格提亞一路上就已經稍微尋找過了，也沒有見到人。

那麼莫維會在哪裡？直覺令格提亞朝自己出生的小屋方向看過去，遠遠地見到窗戶透出搖曳的油燈亮光。

莫維如果有關心魔塔，那麼一定知道他最初的住處。

格提亞往那間木屋走去，打開門，果然莫維人在裡面。在自己前往首都以後，這個屋子在難得回來時才會打掃，每次都是積滿灰塵。

可是現在，乾淨又整潔，簡單的家具擺設也都是原本的模樣。就彷彿自己從沒有離開這麼久過。

格提亞進到屋內，輕輕地關上大門。

莫維坐在木椅上背對他。那是一把很有年紀的椅子，家裡的家具幾乎都是父親自己做的，父親是名木工，魔法讓父親能夠更輕鬆地完成工作。

母親身體很弱，從結婚開始，都是父親邊工作邊照顧母親。

即使母親因病過世，在這個家裡的各處角落，格提亞還是能夠感受到父親留下的溫暖。

魔塔人從出生到結束的環境都很單純，所以，相當信賴自己族人。薛西弗斯多半是利用這點說了什麼，當時母親已病危，可能就是告訴父親去外界尋找治癒的方法。讓父親和幾名族人跟著他走，最終，他們都失蹤了。

究竟是多久以前就開始計畫奪取大家的魔力為他所用？格提亞在光球散發的能量裡，感覺到熟悉的溫度。至少，他知道了眞相，不用再去猜想，爲什麼父親突然留下他離開。

「我想爲魔塔及族人，向你說聲感謝。」格提亞道。

誠摯的。今日所見，縱使千言萬語也難以表達。

有幾秒鐘，室內幾乎沒有聲響。

或許是他的道謝太多太讓人厭煩了，可是他也不曉得還能說什麼。就在格提亞以爲莫維不準備講話的時候，聽莫維啓唇道：

「我看你，好像很喜歡小孩。」

「……什麼？」因爲這個問題實在有點突兀，格提亞反應不過來。

「不是嗎？」莫維側首，露出半張微笑的臉龐。「難道你不想要延續後代？畢竟你的血統十分稀有。」他說。

那語氣，聽起來總感覺有點奇怪。格提亞弄不清楚。

「……我沒有想過這件事。」但是，他認眞思考，給莫維回答。

繼承大魔法師的位階之後，他根本毫無餘力考慮自己。再者，出生在魔塔，又身爲艾爾弗一族，他們的環境是非常狹隘的。其實在古老的年代，族人們移居各處，也不是每個都有成家。

艾爾弗一族，也許是註定要消失的。即使他的血統稀有，勉強延續也沒什麼意義，他並不執著。

「沒有想過，你以後會開始想？」莫維從椅中站起來，偏過身體看著他。

爲什麼突然問這個？格提亞一頭霧水。

「……我不知道。」他實在不曉得重點是什麼。或許他喜歡孩子，他們天眞純潔，善待孩童也是應該的。「孩子年紀小，所以……」需要照顧。他的話無法說得完整，理由是莫維正向他走來，站定停住在他的面前。

以十分靠近的距離。

莫維略歪著頭，漂亮的唇瓣忽地拉出一抹笑容，露出單邊的梨渦。

「年紀小？那只要比你年紀小，你就會溫柔對待？我不覺得你在我面前是這個樣子。」他微彎著眼問。因爲，他想不起來。格提亞有曾經用那麼柔和的表情對待他過。「……老師。」最後，他喚了一句。

格提亞心臟莫名一跳。他自己都不懂何故。

只是，他回憶起，最初在學院和莫維認識的時候。第一次，他根本沒怎麼和莫維接觸，所以在他的記憶裡，始終僅有成年的莫維；然而逆轉回到相同的時間，他用自己的雙眼看清楚了。

在學院裡，還是學生的莫維。

從那時候起到現在，也度過十個年頭了。

「你希望我怎麼對你？」格提亞覺得，莫維表達的，大概是這個。

被如此反問，莫維卻是收起笑意，注視著格提亞，動也不動了。

怎麼對他？

這個問題，不曾出現在莫維的考慮裡。抵達魔塔以後，格提亞明明就在他眼前，卻又彷彿離他非常遙遠。就像是別的世界的人。

魔塔聚落偏僻，鮮少有外人拜訪，雖然他具有魔力，但不是出身自魔塔。甚至他身上的魔力，還是經由魔法實驗產生的。

或許是由於如此，他從不覺得自己算是艾爾弗一族，他的魔力強大，更沒有艾爾弗直系性格淡薄的特徵。相反的，由於可笑的成長經歷，他內心的情緒總是既激烈又偏執。

儘管他可以做到表面展露笑容，可是卻總有著將身邊一切都毀掉的念頭。

面對生理方面的皇帝父親是這樣，格提亞無法醒來的時候，他也曾經想把魔塔夷爲平地。

他沒有那麼做，不過就是因爲，格提亞也許下一秒會醒過來。

這樣極端的情感，致使到最後他燒了格提亞的寢室。

那種，強自壓抑許多個日子，再也無法忍受下去的心情，被他狂恣地發洩出來，若是那夜格提亞依舊沒有張開眼睛，他自己也不曉得會變成什麼樣子。

爲什麼他會這樣？

「……我，沒有在你胸口刻下那個魔法陣。」

莫維啓唇，一字一句地說道。

他始終都在思考這件事，他確實沒做，格提亞身上卻有做過的證據，那麼，他就不是那個人。

這裡大概，也不會是格提亞以爲的那個世界。

他倏地抓住格提亞的膀臂，逼視著那雙總是清淡的墨色瞳眸，接著道：

「所以，我不是他。」

格提亞聽到他這麼說，僅能怔怔地看著他。

以前，在魔塔鑽研魔法的時候，關於逆轉時間的禁術，有過這樣一段描述：回到過去而改變未來，所不一致之處，稱爲悖論。

由於文獻上未曾有過魔法師眞的實現這個禁術，因此毫無案例可參考，當時的格提亞無法理解這句話的意思。

此時此刻，莫維是在告訴他，他眼前的這個莫維，並沒有在二十九歲的那年刻下魔法陣。

那麼，他胸口的名字，又是出自誰之手。

格提亞從來沒有想過這個答案。

從來沒有。

他一時混亂，道：

「不是的……你就是我所知道的那個人。」

和格提亞墨黑的眼眸對視，莫維感覺自己的腦子與四周都出奇的安靜。

彷彿除了他們兩人，所有的一切都不存在了。

從格提亞在學院長廊朝他奔來的那天起，至今十年。醒著陪在他身旁的五年，沉睡著使他逐漸變得更加瘋狂的五年。

偶爾，他會覺得，格提亞極度地可恨。

明明站在格提亞面前的是他，格提亞卻總像是透過他在看著另一個人；明明格提亞胸前的魔法陣有著他的名字，卻又不是他所親手刻下。

他不是那個人。

那個，讓天性淡薄的格提亞主動積極接近，甚至付出代價想盡辦法拯救的人。

莫維冷著臉，表情一片霜寒。

「他有對你這麼做過嗎？」

格提亞被他抓著，感覺到他的眼神變了。

「什……」正想問出口的同時，被忽然間貼上來的溫熱雙唇截斷。

有那麼一瞬間，格提亞其實沒有辦法理解發生什麼。直到莫維的氣息輕拂在他的臉上。他以前所未有的極近距離，在莫維的紫眸中看到自己的映影。

當莫維的舌頭頂開他的唇瓣，探入口中時，他總算醒過神來。

然而，他完全不曉得該怎麼辦。

格提亞絕不是幼稚的孩子，儘管生活的環境不會接觸太多人，可是他是個成年男性，甚至重複活過兩次。他當然懂得親吻以及擁抱等親密的行為，只是他從不曾有過這些經驗。

在莫維的身邊，根本沒有那些餘力。

不論是以前還是現在，他的人生裡，絕大部分的時間，都給了莫維。

舌頭在口腔恣意翻攪的感受太過陌生，格提亞不禁嗯了一聲。他總是順從莫維的，因此唯一能做的反應就是緊閉上眼睛。

莫維見狀，更是伸手探至格提亞後頸，極其占有似地將那纖細的脖子往前壓近，讓他加深這個親吻。

他曾經想讓格提亞屬於他。大魔法師是屬於帝國皇帝的。

當他成為皇帝時，格提亞就成為他所擁有的。即使格提亞昏迷不醒，那也依舊是他的。

這種無謂的滿足，在經過格提亞持續昏迷超過一年之後，徹底讓他惱火了。那時他發現，自己無法接受格提亞有可能永遠不會醒來的結果，那麼在階級身分方面占有這個人又如何，根本毫無意義。

所以他親手廢除了大魔法師的地位。就算大魔法師已不那麼為人所稱頌，這仍然是建國以來首次。

然而，清醒的格提亞，讓他想起，格提亞始終都不是他的。

格提亞會選擇留在他的身邊，是因為那個在魔法陣裡寫下姓名的人。

就算那是他的名字，他沒有做過這件事。

那不是他。

莫維想要獨占格提亞的心情，在此時此刻達到毫無道理的極端狀態。他的另一隻手繞到格提亞腰後，將他整個身體摟進自己懷抱，直到兩人完全貼合沒有一絲空隙。

「唔。」格提亞幾乎要喘不過氣。他下意識地張口呼吸，結果遭受更強烈的侵犯，被動的舌頭僅能跟著交纏。

他是不是應該推開莫維？停止這個無法理解的行爲？他眞的不知道。

因爲他就連莫維爲什麼要這麼做都不理解，所以他根本不明白自己該如何應對才好。

在莫維的手從後腰探進他衣內時，他眞的是震驚了。

因爲練劍而粗糙的掌心，貼在他的皮膚上，引起他一陣戰慄。

莫維終於停住激吻，在他唇邊低沉道：

「你不抵抗嗎？」

格提亞努力抓回四散的神智，問：

「我……我沒有被這麼做過。從來也沒有。」他在意著莫維這麼做之前的那個問題，所以給出回答。他就是單純地感覺莫維在發脾氣，不想莫維做出什麼更激烈的行爲。

聞言，莫維原本張狂的氣息倏地緩和下來。

「……那我就是第一個了。」他說。

格提亞感覺他心情變好了，應該會放開自己了。可是下一秒，莫維卻偏過首，吻上他的頸項。

「等——呃。」爲什麼不停止？在他出聲的同時，他還被咬了一口，因爲吃痛沒能將話說得完整。

這個姿勢格提亞看不見莫維的表情，只是聽他在耳邊道：

「也是。你講過不習慣別人的觸碰。」

他似乎低低地笑了。

既然記得這件事，爲何還要如此？格提亞正欲開口，莫維就像是知道他的用意，重新用雙唇堵住他的言語。

舌頭被糾纏，後腰遭到撫摸，炙熱的胸懷緊緊困鎖著他。這一切，眞的讓格提亞難以承受。

他從來沒有與人接觸到這種程度。

雖然他由於衝擊導致思路混亂，對於自己是否該推拒猶豫不決，可是身體的生理反應致使他不自覺地發動魔法。

那是一個偏向拒絕的信號，雷擊般地在莫維嘴唇造成相當微小的傷口。

「嘖。」莫維因此收回這個吻。

「——啊。」格提亞自己都感到不妥。這幾乎可以算是他攻擊了莫維。「我沒有想要傷害你。」這不是他的本意。

但是不管怎麼樣，莫維終於停止了。

莫維好看的下唇瓣，有一道細小的撕裂傷。他先是伸舌舔掉滲出的血珠，接著又抬起手，用彎曲的指側抹了下那個傷口。

不論他在做哪一個動作，他的眼睛未曾離開過格提亞。

格提亞感到自己的心臟不受控制加快速度跳動著。

莫維嘴角留著一條抹出來的血痕，美麗的紫色雙眸裡，獨映著一人。
「我就想這樣對你。」
凝視著格提亞，他說。

他問莫維，希望自己怎麼對他？
莫維沒有回答他，而是建立在這個問題之上，告訴他：
「我就想這樣對你。」
這是什麼意思，格提亞不是很確定。因為莫維並未解釋。
那天，莫維說完那句話後就放開了他，直到離開魔塔，當作什麼事都沒發生過般，和他如同平常相處。
他雖困惑，不過由於平淡的性格，難有什麼太大的情感起伏，儘管他不認為自己是就這樣接受了。
莫維保持著一貫的任性態度，為所欲為，不需要跟誰說明理由。
格提亞坐在馬背上，看著莫維騎乘的背影。
他在三天前告別族人，現在正前往東邊，也就是伊斯特領地。

他想去愛德華．戴維斯的墓。

明明是莫維帶著他出走首都，現在卻像是莫維在跟著他一樣，不論他說要去魔塔，還是要到伊斯特，莫維都未表達過意見。

簡直就像是，只要兩人在一起哪裡都好。

「怎麼？」莫維察覺到他的視線，偏過臉睇著他。

「……沒有。」格提亞搖頭。

「好像要下雨了，我們得快點。」莫維昂首看著天空說道。

「嗯。」格提亞應道。

就算如此，莫維的心情是好的。相比之前，莫維相當明顯地愉快多了。

那麼，今晚被闖入住宿的貴族家，可以少受點折騰。格提亞雙手拉著韁繩，策馬前進。

他們一路向東。途中，又遇到幾個糜爛的貴族，莫維則是警告他不准使用魔法，然後就由莫維獨自全部收拾乾淨了。

再也沒有，對他做出那天在木屋的事。

格提亞十分明白，這不代表到此爲止。他就是，能夠從莫維的眼神中感受到這個訊息。

從北方往伊斯特，慢慢走的話可以耗費十三天左右，不過莫維中間簡短用過兩次移動魔法，所以只花了十一天就抵達了。

格提亞感覺莫維是在意他的身體狀況，所以放慢速度，也沒有全程施展魔法趕路。

離開首都的第一日，莫維就說會用騎馬和馬車交換的方式去魔塔，他問爲什麼，莫維只是簡短地回答他是醫生的醫囑。

平坦的道路用馬車，馬車過不去的地方就騎馬，他花了幾天才懂。自從他清醒，醫生每天都奉莫維命令幫他檢查身體，移動魔法多少會影響體力，即使不是使用魔法的本人，同行者一樣會消耗體能，因爲那是穿越空間。

醫生大概說從長眠才甦醒沒多久的他，短期間最好不要進行過於激烈的運動，莫維因此判斷不好承受連續的轉移。

那前往伊斯特用的兩次，也是要避開惡劣氣候的緣故。

雖然莫維著實令人煩惱，不過，就在眼前的伊斯特，讓格提亞不再能多想了。

儘管是他自己說要來的，但是即將抵達的時候，他又有點卻步。

理由是，愛德華的死，無論如何都是和他有關的。面對戴維斯家族，他不曉得會有什麼結果。

「拜見高貴的親王殿下。以及，久疏問候的格提亞閣下。」

伊斯特公爵府前，安納普率領輔佐官等人，提前出來迎接。格提亞現在身上已無官職，不過安納普還是對他相當禮貌。

格提亞記憶裡的安納普，是名少年的樣子，現在已完全長成英偉的青年男子了。安納普身旁，站著輔佐官阿爾傑，以及現任伊斯特騎士團的團長查思泰。

阿爾傑兩鬢雪白，查思泰的臉龐也多出歲月刻劃的痕跡。

他們都低下頭行禮，所以格提亞沒有能夠來得及確認他們的表情。

「伊斯特公爵，近來可好？」莫維騎在馬背上，笑著問候。

不過，沒有半分親切之意。安納普是前皇后家族遠親，守衛邊境的伊斯特騎士團稱號，歷代皇帝都要尊敬三分，但是那不包括莫維。莫維還在位的時候，與伊斯特的關係可以說是非常微妙。因此即便他現在只是親王身分，依舊仍是，微妙。

皇室與貴族之間，就是一種可以簡單，也可以很複雜的關係。

「我非常好。謝謝親王殿下的關心。」安納普早已成熟，不像以前那麼戰戰兢兢的，而且，他也習慣了。從莫維被貶至伊斯特開始算起，他可是面對莫維比五年更久，現在從皇帝變爲親王，那也沒什麼不同，就算現在莫維故意用上對下的角度對待他，他也能夠平心靜氣。

「遠道而來，肯定累了，先休息吧。不會有晚宴的。」他甚至都知道莫維的喜好。

「不，沒有要現在休息。」莫維偏首看向身後早就下馬的格提亞。

格提亞上前一步，道：

「我想見愛德華。我就是爲此而來的。」

安納普一頓，轉頭望著身旁的二人。

阿爾傑抬起臉，眼角的皺紋讓他面目慈祥。

「我知道了。」他溫聲道。

至於查思泰，則是注視著格提亞，看不出在想什麼。

他們搭乘著馬車，離開公爵府，來到伊斯特近郊的一處田園。田園附近有座山丘，那裡是戴維斯家的墓地。

「因爲此處不適合騎馬，所以只有馬車能夠進入。」阿爾傑說明道。

車輪在土地上滾動，由於有人負責整理，所以道路平坦沒有石頭，一路緩慢地前行。

格提亞看向窗外。不一會兒，抵達了目的地。

從馬車停著的地方，還要再走一段緩坡，視野之內盡是大片的草地。站上高處以後，抬眼望去，就是一望無際的伊斯特平原，風景極其優美，心曠神怡，滿是蔥蔥鬱鬱的綠，以及自然盛開的彩色花朵。

「在這裡長眠，不會再更好了。」查思泰站在格提亞旁邊，忽地自言自語講了一句。宛如在感慨，又像是安慰。

格提亞回過身，見著阿爾傑站在兩塊石頭墓碑前。墓的前方擺有新鮮花束，以及數本魔法的書籍。

「前日，夏佐和賴昂內爾要輪值去艾恩前剛來過。」阿爾傑說。他有些感傷，介紹道：「這就是愛德華。在他身邊的，是愛德華母親，我的妻子，愛勒貝拉。」愛德華的墓碑，鑲嵌著母親最愛的胸針。

當時跟著愛德華的遺體一起回來的。

愛勒貝拉的身體本就虛弱，查思泰遭冤陷入獄時，她曾經病倒不起；查思泰無罪釋放，她心鬱得解，雖然調養頗有起色，也就是比臥床病人好一點。得知小兒子去世的事實，她深受打擊，以淚洗面，縱使時間能帶走悲傷，卻不是全部。

夫人的情況時好時壞，終於在經歷落寞寡歡的兩年，她跟著孩子去了。

慶幸的是，是在睡夢中的離去，沒有太多痛苦。

格提亞不曉得細節，可是，他有聽說，子爵夫人也辭世了。

若是愛德華沒事，或許子爵夫人也會一起活著。

不管怎樣，這都是與他有關。他將愛德華帶離伊斯特，卻沒有照顧好他。

「……抱歉。」千言萬語，最終也僅有這麼一句。

「請不要這麼說，閣下。」阿爾傑道，已經過去許多日子了，儘管內心的傷痛不會消失，也能夠多少獲得平靜。「我從法庭紀錄知道事情的經過，那不是你的錯，我們都沒有錯。錯誤的邪惡之人終歸伏法，我的孩子盡了一份力，我很驕傲。」他說。

身為一名肩負防衛國土責任的邊境貴族，從長子進入伊斯特騎士團起，他就做好心理準備了。

他的兩個孩子，無論做出什麼決定，有什麼結果，都不是他所能干涉的。

愛德華下葬的時候，當時的皇帝副官米莉安殿下前來觀禮，並且由於愛德華護國有功，追封愛德華頭銜給予帝國最高的榮譽。

愛德華．戴維斯，為他所認為的正確之事做出貢獻，這是他的選擇。就如同一個總是被嘲笑紈褲子弟的么子，忽然努力訓練自己考取騎士團資格一樣。

他不是戴維斯家的恥辱，而是榮耀。

阿爾傑看著格提亞，以及格提亞身後的莫維。

即便當時前來的是米莉安殿下，那也是代表皇帝莫維的意思。

雖然他不覺得莫維會這麼照顧他們，那應該都是米莉安殿下的主意。可是，那也得皇帝允許。

現在，則是米莉安皇帝陛下了。莫維殿下總是讓人無法抓住心思。

山丘上，微風徐徐地拂來，將莫維的衣角吹起。

面對著前皇帝，現今為團長的查思泰道：

「請不要道歉。伊斯特騎士團每個人都有同樣的覺悟，我弟弟他也是明白的。所以他才會那麼做。」一開始，他就是因爲擔心，所以不希望愛德華加入騎士團，他明明看到了愛德華的改變與決心。

他更後悔。在愛德華死前，沒能和他多說說話，他應該要尊重愛德華，認同弟弟。這樣一來，也許他能間接給予幫助，讓愛德華避免災禍。

最應該愧疚的，其實是身爲兄長的他自己。

但是，不論如何，眞正傷害他們戴維斯家的是先皇克洛諾斯以及聖神教，爲達目的不擇手段。愛德華仰慕格提亞，仰慕莫維，更仰慕騎士團的眾人，所以他無法容忍所見之事，他想貢獻自己的力量。

儘管他付出生命，可是他成功了。他所給予的線索，成爲日後重要的關鍵。

他是一名貨眞價實的光榮騎士。

格提亞看著他。他的臉上有著堅定不屈的表情，絕非責怪。

莫維始終沒有出聲。這些對他而言，已經是處理結束的過往事件。原本的團長丹退休了，這或許也是丹最後表達負責的一個態度。

貴族家裡的兒子必須接位，可是在失去愛德華的情況下，查思泰仍繼續擔任團長的頭銜。不僅是安納普本人，還有安納普副官的戴維斯一家，整個伊斯特雖然是前皇后拉托娜的勢力範圍，但是和拉托娜的行事風格卻完全不同。

莫維在伊斯特領地，在艾恩堡壘，蟄伏數年培養實力，也因此當米莉安說要對愛德華論功追封的時候，他不表達意見。

伊斯特日後或許會成爲皇室的一個威脅，因爲安納普並不是只會完全服從的公爵，身後的戴維斯家也依舊堅實，不過，那對他也已經毫無意義。

因爲他不再是皇帝了。

他的視線，始終都是停留在格提亞身上。

格提亞佇立在愛德華墓前，久久不動。即使阿爾傑和查思泰因有要事先行告退了，他也依舊停留。

他好像在和愛德華講著什麼，又像安靜地看著而已。

天黑了。公爵府派馬車前來尋找他們。

格提亞這時從懷裡掏出一枚胸針，那是大魔法師的證明。

如今，僅剩下紀念。他將胸針放在愛德華墓碑上，他記得，愛德華對魔法相當景仰。

接著，他輕輕地抬起手，對著愛德華和愛勒貝拉。

「以我之名，祝望兩位永遠的平靜與寧和，請安息。」他的手心裡，降下點點夢幻般的彩色星子，彷彿雪花飄落，墓碑以及墓地，因此散發微微的光芒。

以前，大魔法師會爲離世的貴族祝禱。通常都是和皇帝極爲親近的貴族才能有如此殊榮。

格提亞知道自己已不再具有大魔法師的頭銜，不再是那令帝國人尊敬的存在。可是，他就是想這麼做。

因爲，愛德華是他的朋友。不需要皇帝的命令，他可以爲朋友禱告。

莫維在一旁睇著格提亞，月光下，那彩虹的雙眼，總是讓他感覺不像這世上的人。

末了，格提亞收回雙手。這細微的魔法，可以憑他自己殘留的弱小魔力做到眞是太好了。

他轉過身，注視著等待他的莫維，道：

「結束了。」

接下來的兩天，莫維和格提亞停留在公爵府內。莫維雖然嘴巴上沒提，不過還是相當注意邊境的狀況，尤其是善德王國。

那是由於，善德王國總是時不時地傳達希望能將格提亞送過去的要求。

在格提亞昏迷不醒之際，蘇西洛曾以出訪的身分前往帝國皇宮看過，雖當下無功而返，但是回國幾個月以後，就開始提議將格提亞送至善德王國，在王國會有更全面的法術研究。

莫維當然不予理會。儘管他再怎麼想讓格提亞醒來，不過，把格提亞送離，甚至送到蘇西洛面前，他絕不允許。

更何況，他對魔法的認識絕不會比較少，而且，他比蘇西洛更強。

遭到拒絕的善德王國，依舊鍥而不捨，每隔一段時間就會送信到帝國。莫維連看都不看直接燒成灰燼，最後由米莉安收拾殘局。

即使如此，因爲善德王國釋出的善意，終於是開啓與帝國的商業往來，邊境一片祥和，伊斯特也依然是把守的關口。

在安納普及其輔佐的戴維斯一家治理下，伊斯特愈來愈繁榮，近年稅收甚至躍升爲帝國第二多的領地。

對於伊斯特來說，現今皇帝米莉安陛下與他們的關係，會比莫維當皇帝時更加緊密以及便於溝通。畢竟，米莉安是前皇后的女兒。

莫維在位時，總是表面平和，實際處處瀰漫著緊張氣氛。那是一種危險平衡，這樣度過五年，使得安納普獲得更加飛躍性的成長。

兩日後。

是莫維和格提亞要離開公爵府的日子。安納普還能禮貌地笑著行禮，道：

「期盼親王殿下的下次來訪。」

莫維坐在馬背上，冷笑了一下。

「駕！」然後，他拉著韁繩，調轉馬頭走了。

格提亞再望一眼公爵府，彷彿見到愛德華就站在後面和他招手。

「再見。」他簡單地道別，收回視線。

他知道，逝去的是生命，可是靈魂不滅，曾經有過的記憶，會留存在親近的人們心裡。

就這樣，格提亞清醒後，最想完成的兩件事情結束了。

他不曉得接下來要去何方，只是跟著莫維。

當日，他們就離開伊斯特領地，應該是往偏西的方位前進，且並非朝向首都，格提亞不能十分確定。可是他也沒有過問，安靜地跟著莫維。

太陽下山沒多久，他們抵達一處幽僻的森林。林子裡面座落著棟別墅。

來到大門前，有一位年邁的管家站在門口迎接。是沙克斯。

莫維下馬，同時對格提亞道：

「到了。」

他示意格提亞將馬交給管家即可。

格提亞把韁繩遞給沙克斯，沙克斯對他報以優雅的微笑。是從他們離開舊皇太子宮後過來的？沙克斯仍是那麼畢恭畢敬，不過，一個字也沒說。

格提亞有點困惑，莫維在等著，格提亞隨他進屋。

這是間常見的貴族式府邸。空間寬闊，布置雅致，一塵不染。

「這裡是……」格提亞不覺開口。

莫維道：

「我的行宮。」

行宮通常是指皇帝出行的臨時住處，所以，這是莫維還是皇帝時使用的？那現在應該是屬於米莉安陛下的才對。儘管格提亞心裡有所疑問，依然跟著莫維的腳步上樓了。

房間裡已備好熱水洗臉，以及一套乾淨衣物。簡單梳洗後換上，餐廳的桌面剛好擺妥食物。整座府邸，格提亞僅看見管家一人，可是包括長期維持空屋整潔，這些工作應該不是能夠獨自完成的。

沙克斯宛如是個背景那般，完全不出聲，和在舊皇太子宮時不同，讓人幾乎可以忽略他的存在。所以即使屋內明明有其他人，卻又好似只有他與莫維。

晚餐相當美味，就是熟悉的手藝。格提亞以前在皇宮被宴請過，當時的皇帝克洛諾斯會在長長的餐桌上鋪滿豐盛的食物，極盡奢華鋪張。

今晚，呈現在自己眼前的，是一頓分量恰到好處的精緻餐食，味道如外表那般清麗。

用餐完畢，莫維讓他回到原本的房間。

裡面已經擺好一個盛滿溫水的浴缸。沐浴過後，格提亞穿上擺在旁邊的輕便衣褲，才拉好寬鬆的領子，就聽見窗戶那裡傳來異聲。

他轉頭一看，是隻灰色的老鷹在外頭啄著。

「……灰鷹？」他上前開窗，熟悉的灰鷹停在窗臺。沒有錯，這隻灰色的雄鷹，確實是在伊斯特飼養的那隻，他可以從眼睛周圍的紋路認出來。因爲醒來後始終沒有見著，他還以爲早就野放了。

在伊斯特的時候，當地人有說明，這種稀有的猛禽，養個數年就必須釋放回歸自然。原來莫維還把牠留著。

「好久不見。」格提亞伸出手指，輕輕地在牠的羽毛上撫摸。背後傳來開門的聲響，格提亞一頓，回過身就見莫維站在門口。莫維緩慢地步入房間，並且反手關上門。

他看起來和自己一樣，剛沐浴過，頭髮濕漉漉的。格提亞道：

「你沒把牠放走。」

因爲這是格提亞親手照顧的鳥類，所以他留著。儘管目前已經不大需要這隻鷹行動，牠仍然是自己最忠實的眼線。莫維走向格提亞，睇著他露出白皙肌膚的寬敞領口。

「接下來，你打算怎麼做？」莫維讓灰鷹飛走，關起窗戶。

格提亞聞言，道：

「如果可以，我想去紹斯艾瑞亞。」他想見已逝的巴力，就跟見愛德華一樣。當然，他沒有忘記應該也成長許多的歐里亞斯。

他不知道師傅阿南刻和巴力是舊識，巴力選擇在最後時刻維護師傅阿南刻，那麼，他們一定是非常好的朋友。

在先前經歷的記憶裡，巴力由於孫子歐里亞斯喪命一事，想對皇宮復仇，因此利用莫維與皇帝的矛盾，莫維明知如此也依舊接受，因爲他必須變強，所以莫維的立場同時也是在利用巴力。

但這一次，巴力同樣幫助莫維變強，同樣也是利用莫維牽制皇帝。最後前往魔塔這個決定，或許早在拜訪皇太子宮的時候就已經想好了。

無論如何，都要推翻皇帝克洛諾斯。

格提亞敬佩這位長輩，也感謝他對師傅的道義。

然而，莫維在聽見他的回答以後，微偏著頭，啓唇道：

「我不是在問你又要去見誰的墳墓。」他上前一步，將格提亞逼退到牆面。「我是問你，你和我之間，你打算怎麼做？」他說。

直到這麼近的距離，格提亞才見到他眼裡的惱火。

果然，雖然當作沒事，其實並不是眞的什麼事情都沒有。莫維退開的行爲，不過是在給他思考以及做出決定的時間。

即使他不算敏銳，長久的相處也足夠讓他察覺。對他來說，他已經完成應該做的事情，他卻不曉得莫維想要怎樣的未來。

格提亞安靜了一下，道：

「很久以前，有人說過，艾爾弗擁有那麼強大的魔力，是失去普通人本來會有的情緒與感情所交換得來的。」那是宛如說笑的一段話，用來分析在艾爾弗直系血脈身上觀察到的現象。

莫維絲毫不想聽格提亞講這些。因爲會讓自己又一次確認，這樣的格提亞，居然強烈地想要拯救在他胸口刻下名字的人。

甚至為此，支付巨大的代價。

莫維伸出手，拉開格提亞本就鬆掉的衣襟，露出魔法陣。

「但是你為了這個付出了。」

「……我是。」格提亞沒有抗拒他冒犯的舉動，也沒有否認。「我也同樣為你付出了。不管你怎麼想，在我心裡，名字叫做莫維的，就只有一人。」他平靜地道。

逆轉時間。這個毫無往例可循的禁術，究竟怎麼解釋所產生的悖論，他不曉得，可是對他而言，在他面前的莫維始終就僅有一個。

莫維聽到他這麼說，無法滿意。

確實格提亞也為他盡一切所能，甚至可以犧牲自己。可是這些，都是建立在格提亞曾經認識的莫維上面。

若沒有那個以前，格提亞的眼裡根本不會有他。

就像在學院最初一樣。

也許有人可以接受，但他不能。

「我要你做出區別。」莫維沉聲說道：「他不曾對你做過的，我會做。」語畢，他一把將格提亞拉進懷裡。

這個行為，表示著他對格提亞，那種難以言喻的獨占欲。

這是他所能想到的，唯一的方式。

即使格提亞說相同，言語卻不能夠說服他；他要格提亞做出差別。這麼一來，就只有他，也僅有他。

我就想這樣對你。格提亞凝視著莫維的雙眸，沒有忘記這句話。

他曾經在莫維身邊十年，重來的這一次，又經歷第二個十年。他至今活過的人生以及記憶，全是眼前這個名爲莫維的男人。

「……你問我，我不抵抗？現在的我，可以回答。」格提亞啓唇，淡靜且緩慢地道：「因爲，我都會接受。」不論莫維想如何看待他，又或者對他做什麼。

他不是說謊，也非企圖安撫，是眞的這麼想。

眞心的。

他沒有拒絕過莫維。不管是以前，還是現在。

儘管莫維還是不滿意，不過於此時此刻，足夠了。

「那麼，這就是你的承諾。」他掛著令人戰慄的微笑，嘶啞地說道。

語畢，他側首吻住格提亞的嘴唇。

「唔。」格提亞還是不熟悉這個行爲，窮於應付的同時，被莫維從後腰抱起，一路步向床鋪。

當他被壓進柔軟的床被時，其實他仍不怎麼清楚接下來會發生什麼。

所以他青澀，陌生，極其被動。

這一切，都被莫維察覺。

畸形扭曲的成長經歷以及環境，導致莫維對親密關係不感任何興趣。同樣都是初次，可是他和格提亞完全不同。

因爲他是在皇宮長大的。他的身邊，曾經圍繞著貴族。奢華糜爛，欲望放縱，毫無節制的一群貨色。所以他什麼都知道，相對的，也只知道那樣的方式。

他一手扯掉格提亞的衣服，毫不猶豫地褪下格提亞的長褲。動作之大，甚至將布料撕裂開來，殘存的部分掛在那纖細的四肢，凌亂不堪。

很快的，格提亞完全裸裎在他身下。

這副瘦弱的身軀，不是第一次呈現在他面前。

早在風鳴谷時，他就將其全部檢查過了。就連最細節的地方也沒有放過。

他甚至都還記得，潔白的皮膚上哪處有著幾顆痣。

可是那個時候，他沒有產生任何反應，如今，他甚至都尚未碰觸，就感覺自己下腹部逐漸難忍緊脹。

他的粗魯使得格提亞有些訝異，變得完全裸露的情況讓他無暇思考，僅能下意識地舉手遮擋自己的部分身體。

即使他感到的是慌張，都還來不及羞恥。也不自覺地雙頰泛紅發熱。

莫維笑了一下，抓住格提亞的雙手，壓制在他頭頂上，道：

「你是不是忘了我早就看過了。」

格提亞心跳得好快。他確實對這件事沒有太過深刻的印象，因爲他當時都是昏迷的狀態，雖然醒來以後發現事實產生困窘的情緒，也只是當下一陣子而已。

「我……」

他想說話，莫維卻低頭咬了他胸口。這個突如其來的行爲，令格提亞極其敏感地縮起肩膀，反射性閃躲。

然而莫維沒有停止，只是注視著就在眼前的，不是親手刻下的，自己的名字，再一次地狠咬下去。

格提亞胸前的魔法陣，總是輕易地使他產生一種，沸騰的偏執情感。

無論再怎麼研究，他始終不解格提亞胸口那個魔法陣的意義。可是格提亞昏迷不醒的那五年，他逐漸清楚了。

在胸口寫著名字，親手刻下圖形與文字。這一切所要表達的，即是格提亞爲獨一無二的存在，誰都不能的特別允許，永遠牽動連繫著雙方，以及，是「他」所擁有的。

不管在哪一個時空。

最可笑的是，他居然完全能夠明白會對格提亞那麼做的心情。

一道細細的血絲，由莫維造成的傷口溢出，隨即，從白皙的肌膚滑落。莫維抬起臉，舔了下自己嘴唇，那血腥味竟嚐起來有點甜美。

他是強自勒緊牙關，才沒咬下一塊肉。注視著格提亞臉上微痛的表情，莫維用拇指在那滲血的魔法陣上一抹，登時閃過些許紫光，傷口瞬間消失了。

「是你說的，你會接受。」莫維的眼神一變，像是非常滿足，混雜著混沌的愉悅。他用自己結實的腰部分開格提亞雙腿，同時拉下自己的褲頭，讓彼此的性器露骨地相貼在一起。

那種私密的地方，就連格提亞自己都很少直接觸碰，實在無法適應，他全身寒顫，皮膚表面泛起細小的疙瘩。難以整理清楚的情緒充斥在全身，心臟就要跳出胸口。

他不禁往下看去，結果見到莫維粗長的陽具。這還是格提亞第一次見到他人的性器官，他只能跟自己的相比，人的肉體就僅是肉體，無論什麼體型都是上天的贈與，雖然，莫維的尺寸實在大得無法忽視。

「等、等等。」當自己被莫維握住一起摩擦時，格提亞一下子漲紅臉。「你……等一下。」莫維的手也很大，加上練劍粗糙，私密部位貼在一起的感受好奇怪，他不曉得了。

下腹強烈的衝擊泉湧上來，他反射性地拉直背脊，很快感覺濕意在腿間瀰漫。格提亞腦子一片空白，等到反應過來時，發現自己原來射出了精液。

「你好敏感。」莫維沉聲說道，散發出更加危險的氣息。沒有給格提亞任何喘息的時間，他長指沾滿那白濁的體液，然後探向格提亞的臀部。

格提亞不習慣別人觸碰，毫無經驗，根本不知如何是好。而且他的認知裡，他們都是男性，所謂的性行為，應該就是到此結束了。

沒想到那麼難以描述之處會被撫摸。感到長指在凹陷的地方按壓時，他全身上下都泛紅了，但是他不會拒絕，因為他給莫維諾言了。

白淨的肌膚，變成了誘人的淡粉，觸摸起來手感滑嫩。莫維的眸色因前所未有的情慾而轉深，格提亞明明比他年長，身體卻更像是剛成熟的模樣，不僅清瘦，更由於沒有肌肉顯得線條柔順，下身的毛髮也相當稀少，他正在試探的後穴甚至是淺色的。

莫維出生至今，從沒有這麼急切地想要什麼過，此時此刻，他相當清楚自己的渴望。

過去，他曾經將全裸的格提亞擁在懷裡，當時就像抱著一個肉塊，他毫無想法；如今，他眞是奇怪。

卻可以感受到，與格提亞肌膚接觸，導致體內氣血劇烈地翻騰。一咬牙，他將自己的頂端對準格提亞的臀穴，毫不留情地挺撞進去。

「——啊！」格提亞感到激痛，腰部下意識地弓起。不曾遭到如此對待的狹小地方幾乎撕裂開來，被撐滿的難受令他險些失去意識。

莫維彎起優美的唇線笑了。

「哈。」

另外一個他就那麼好？好到無論此時的他做什麼，格提亞竟然對這一切毫不反抗。付出魔力，甚至付出身體。心底深處，他對此感到難以言喻的憤怒。

儘管如此可恨，但是他終於，得到格提亞了。

就算是身體的形式，那也是一種占有。成爲擁有大魔法師的皇帝，這沒有能夠讓他獲得想像中的滿足；占據格提亞往後的人生，也還是不夠。他始終不覺得格提亞是屬於他的。

但是現在，他強烈地感覺到，格提亞是他的了。

額頭的汗水，滴在格提亞的鎖骨上。隨著那顆水珠在粉色皮膚滑落，莫維移動腰部，將自己的性器微拉出，然後又一次頂入。

「嗯、呃。」由於太過疼痛，格提亞再也忍不住呻吟出聲。他完全沒有處理羞恥情緒的餘力，劇痛使得他嘴唇都泛白了。

「你太緊了，不放鬆疼的是你。」莫維更是咬緊後牙槽，臉部勒出一道韌筋。他並不是一個會忍耐的人。

「什……什麼？」格提亞的思緒逐漸開始潰散，別說放鬆，就連莫維將性器從臀部插進他的體內是什麼意義，他都不大具有概念。

可是莫維不同。那些骯髒的貴族們所有的玩樂花樣，他全都知曉。

「我會讓你鬆開的。」他道。雙手壓在格提亞兩側，與格提亞十指交握，接著不留情地開始前後擺動。

室內迴盪著臀部遭到撞擊的聲響，濃郁的氣氛滿布在周圍。

「啊。」只能承受這種粗暴行爲的格提亞，根本沒有心力去在意自己隨著節奏叫出聲音。他就是好痛，痛得整個人緊握著莫維的長指，流出冷汗。

「咦?」莫維動作不停，以爲多抽插幾次就能順利，可是依舊緊得教人發瘋。「……原來不是這麼容易。」實際上體會，和他見過的不大一樣。

於是他抓住格提亞兩邊腰側，將他整個人都抬起來。眨眼間就把格提亞放在自己腿上。

「呃——」格提亞本能地攀著莫維肩膀。這個騎乘的姿勢進入得更深了，他不舒服到差點作嘔，僅能癱軟地伏在莫維胸前。

莫維毫不在意自己的強硬讓格提亞多麼難受，他只覺得腦殼滾燙，下腹脹滿難以言喻又粗俗的原始欲望，他逐漸地理解了，這種行爲的意義。

格提亞在他的記憶裡，是平淡的，安適的，穩定而又恬靜；使用強大魔法的時候，看起來甚至遙不可及。

但是現在，靠在他肩上的恍惚臉龐，唯有他一人見過。

莫維伸手扶住那脆弱的後頸，將格提亞的頭直立起來，同時吻了上去。他露骨地纏弄著格提亞的舌頭，用一種要吞吃入腹的態勢，幾乎讓格提亞喘不過氣。

「唔……」面對面的坐姿讓格提亞無處可躲，他雙手握拳抵著莫維結實的胸膛，任由莫維強壯的下體一再進入。

在反覆占有的動作以後，格提亞後穴開始出現些微的濕意，不知道是汗水還是什麼流進去的液體，可是如同莫維所希望的，入口變得柔軟了。

察覺到這點，莫維更是加重力道。就像是要和格提亞緊密結合在一起永不分開那般，不留絲毫空隙。

「看著我。」他幾乎是咬著牙關說的。

「嗯。」格提亞疲憊地抬起眼睛，對上那雙不能再更熟悉的紫水晶瞳眸。

「現在，在你面前的，是我。」莫維沉聲說道。

格提亞不曉得他究竟想聽到什麼回答。

「……我知道。」

莫維摟住那瘦削的腰部，極其用力地往上挺入。

他控制不住自己想要弄壞這個人的慾念。所以他單手把格提亞的頭壓在自己肩上，緊緊地環抱住，將格提亞完整地困鎖在自己的胸懷裡。

「對你這麼做的，是我。」他粗暴地抽動著，陽具在格提亞體內來回侵犯。「——是我！」

終於，在不知重複幾次過後，他咬住格提亞的頸脖，發洩在格提亞無人探進過的深處。

「呃！」那種，不能再更劇烈的情感以及情緒，經由這場獸性的行爲，徹底地傳遞給了格提亞。

他對莫維說都會接受，其實他根本毫無選擇。他知道，莫維不會放手，就算一時的主動退離，也僅是爲了現在將他全面圍困。

莫維沉重地喘著氣，他將軟倒的格提亞放平回床上。格提亞在途中就受不了刺激，失去意識。

莫維並未因此將自己的性器退出，而是探手撫上格提亞的胸口，特別是刻著他名字的地方。他伏下身，洩恨地啃噬，同時撫摸另一邊柔嫩的乳尖。

很快的，他再度興奮了。

由於射進裡面的體液，現在他能夠更順利地進行。

他瞇起眼眸。無論格提亞是不是醒著，撐起上半身，重複剛才的行爲。

夜晚，還很漫長。

格提亞時不時地醒來，記憶也斷斷續續。

每次勉強張開眼睛，就見到莫維下體深埋在他的裡面，雖然仍然會疼，不過開始摻雜其它非常陌生的感覺，他實在無法承受莫維強力的動作，於是再度暈厥過去。

原本，他是躺著的，有時候，也會趴著，或者是坐起來。

無論是什麼姿勢，始終都是在莫維的懷裡。

莫維以口渡水給他，甚至餵他吃點東西，但是片刻又會開始，由於他眞的太累了，所以記得不是很清楚。

他就像被一頭美麗的野獸翻來覆去的折騰。

野獸露出想要將他拆卸吞吃的激烈眼神，可最後的最後，還是放過了他。

刺目的陽光，灑進寢室裡面，同時喚醒格提亞。

他輕緩地眨了眨眼，馬上感覺到身體變得相當輕鬆。想要慢慢地撐坐起來，結果發現莫維的手臂橫在他的腰上。

看來終於結束了。現在應該已經是來到行宮的第三天。

他們在這張大床上，度過了兩個夜晚，一個白日。

不過，是他允許莫維如此糾纏的。格提亞低頭察看自己，明明應該會有很多傷痕的，現在全部消失了，就連被莫維無數次進入的穴口，也完全不痛。

應該是莫維使用了魔法。

「呃。」因爲他坐起來的緣故，有什麼東西汩汩流出，弄濕臀縫和床被。格提亞愣了愣，旋即反應過來。

那些都是莫維釋放在他身體裡的。雖然莫維清理了外部表面，依然在看不到的地方留下占有的記號。

這是故意的。格提亞一怔，馬上明白莫維的用意。

將他全身的疼痛與疲倦消除，卻也同時提醒他不能當作沒發生過。濕意像失禁一樣在腿根蔓延開來，由此可知他體內有多少莫維留存的痕跡，格提亞面部一熱，因爲被莫維攬著腰，也沒辦法去拿些什麼來擦拭。

他低頭望住莫維熟睡的臉容。

這好像還是第一次。像這樣毫無防備的，莫維的睡顏。

微亂的黑髮披散在額前，看起來比實際年輕；閉著的眼眸，長長的睫毛，都讓人感到一陣和平。

似乎是性格和環境的緣故，莫維不會在人前睡這麼深。看來是眞的累了。

格提亞輕輕地伸手，用指尖稍微撥開莫維散落的黑髮。

大概只有在這種時候，才會特別覺得莫維年紀小。

格提亞不自覺地，露出了自己也沒察覺的，溫柔的眼神。

然後，他專注地凝視莫維。

莫維對他做了，男女與夫妻之間會做的行爲。

這一點，他多少還是曉得的。儘管，他不明白莫維的理由。

丈夫和妻子，是爲愛而結合。莫維對他的是愛，還是不講理的執著？覺得一切都毫無意義的莫維，也許根本不懂愛的意義。

他對莫維又是如何？

看著人們的愛，他可能懂。可是他，無法產生那麼激昂的感情。

他付出自己幾乎所有的魔力作爲代價，倒轉了時間。

即使如此，他也是冷靜的。

而他會那麼做，是因爲莫維。這能否算是一種愛？

曾經，他考慮著和莫維保持距離，可是原來根本從一開始就做不到。最終，他還讓莫維以這種方式占有他。

這是他允許的。

格提亞低垂著眼眸。忽然，他發現，莫維的耳後處，有一塊像是燙傷的痕跡。

他不覺屏住呼吸。

記憶回到暗夜的森林，他帶走莫維的頭顱，站在魔法陣的中央。當時，他也看到了同樣的燙傷。

那是莫維焚燬整座皇宮時留下的。這一次，莫維沒有那麼做。

……是他沉睡五年的寢室。

莫維燒了那裡，逼他醒來。一定就是那個時候造成的。

格提亞注視著此時此刻活在自己面前的莫維，動也不動了。至今為止的所有經歷，在腦海裡一幕又一幕地過去。

他抬起微顫的手，緩慢地環抱莫維的頭。就像這一切的起始夜晚那般。

逆轉時間產生矛盾，可是不管悖論應該如何解讀，他所知道的莫維，就僅有一個。

他將前額抵在莫維的髮上。

然後，顫抖著微濕的眼睫，輕輕地閉上雙眸。

成為皇帝的第三年，米莉安．雷蒙格頓，依照自己安排的計畫結婚了。

本來她就決定，待國事全都上手順暢，擺平所有問題，她的第一要務就是結婚生子，延續後代。

或許她還是有那個傳統的心態。這不僅是為了帝國，為了雷蒙格頓，但也更是為了她自己。

她的對象，也就是她的騎士亞瑟，已屆適婚年齡許久，聽說家裡一直在催婚，亞瑟肩負保護她的重大責任，所以沒有餘力去認識貴族小姐。不過在她登上帝位之後，身邊的護衛程度加大了，或許是由於如此，亞瑟可能認為他沒有那麼重要了，似乎終於準備聽長輩的話，開始動起成家的念頭。

這怎麼行？她是不會把亞瑟讓給別人的。

在某天夜裡，她把亞瑟叫來，用命令的口吻說決定和他結婚。

她也不曉得這樣對不對，貴族婚姻多半是利益的結合與交換，當然也有兩情相悅的情況，不過以她的身分，她認為後者是很難了。

亞瑟是家裡么子，侯爵家族，上面有兩個哥哥，應該不會有繼承的問題，據她打聽，亞瑟家似乎想將他當作聯姻市場的好籌碼。

畢竟，亞瑟外貌英俊，人品端正，劍術也頂尖。

那麼和她結婚更好！那些貴族小姐，不管家族有多高的地位，也不可能贏得過她這個皇帝。

米莉安對亞瑟提出結婚說法當時，她看見亞瑟的眼睛睜得好大，好大。

那晚，亞瑟沒有拒絕。

可是其實也並未答應，他只說他知道了而已。

米莉安自認自己雖不是什麼國色天香的大美人，或許她哥哥莫維都還長得比她漂亮。不過她也絕對算是能夠見人，再加上她學識涵養儀態都不會輸人，她應該是不錯的結婚對象，但是亞瑟的反應實在讓她搞不懂。

果然，皇帝這個身分還是太過沉重了嗎？

這麼想著，過後幾天，亞瑟寄來的婚書送到了皇宮。

這是帝國貴族結婚的程序之一，要由希望建立婚姻關係的那方寄出婚書，而若對方願意，那就收下婚書，表示接受。

寄出那方不限男女。雖然絕大部分都還是男性主動居多，不過米莉安認為是自己先提出的，所以婚書應該她寄才對，純粹是當時亞瑟的態度讓她猶豫，因此她還在思考下一步，沒想到婚書先到了。

米莉安毫無理由不答應。皇帝的婚禮籌備如火如荼地展開了。

不過她很忙，亞瑟也不是什麼閒人，所以在婚前這個階段，他們連擁有閒餘時間好好談話都是奢侈。

終於可以兩個人安靜獨處的時候，已經是新婚之夜了。

今天的婚禮隆重又盛大，帝國好久沒有喜事了，國民都歡天喜地的，母后看起來精神也不錯，應該是眞的爲她高興，雖然還是那麼安靜，至少不再鬱鬱寡歡，臉上有了笑容。不過莫維果然不會回來參加婚禮，她本來也沒特別期待就是了。

在人前一整天，她應該沒有出什麼錯，有好好地面對每個人吧？

「陛下？」

聽見亞瑟的聲音，米莉安猛地醒神過來。回過頭，見到自己的騎士穿著絲質睡袍站在她眼前。

當然了，她自己身上也是一襲低胸的蕾絲睡衣。今晚是新婚，也是他們的初夜。

米莉安從來沒有和男性親密接觸的經驗，不過這個婚是她要結的，所以她會負起責任。

她一下子拉住亞瑟的手臂，同時將他往床鋪上推倒，自己則順著動作跨坐在他的身上。這一連串舉動做完，米莉安氣喘吁吁的，她也明白，若是亞瑟反抗，她是絕對不會成功的，因爲亞瑟是武術扎實的騎士。

亞瑟又用那種驚訝的眼神看著她了。米莉安只能緊緊閉上雙眸不要和他對視，用盡全力地說道：

「我知道你是無法違抗我所以才答應結婚的！」畢竟她可是皇帝陛下。「但是，我一定會對你好的！」她發誓。

說完，她發現自己緊張地手都出汗了，甚至還是不敢張開眼睛看亞瑟。

如果她的身分普通一點的話，是不是就不會這麼難了？她不曉得。

但是她很清楚，倘若她不是皇女，不是皇帝，那她就不可能和亞瑟相遇與結婚。

「……陛下。」亞瑟的聲音，溫和地響起。亞瑟和她說話的時候，一直都是這麼柔軟的。

「只有兩個人的時候，我可以喚妳米莉安嗎？」他問。

「咦？」米莉安對這句話感到意外，總算睜眼望著自己身下的男人。「當然可以！」飛快地回答他了。

亞瑟臉有點紅，這是她以前沒有看過的；亞瑟的表情是害羞，她以前也從未見識過。

「米莉安，也許妳覺得我是無法違抗才答應的，不過我呢，雖然我不曾妄想過能和妳結成連理，但是，我眞的不是因爲那樣才答應妳的。」所以他主動寄婚書了，原來這還是不足以表達。

米莉安凝視著他，眼也不眨了。

「我……除了家人以外，跟你在一起最久了。而且除了你，我也沒有和其他男人接近過。」她說，覺得自己全身都像在鐵板上煎，熟透了。

亞瑟先是愣住，隨即笑了。

「我也一樣。除了皇女殿下，我沒有接觸過任何千金。」他說。

在皇宮裡成長，身邊圍繞著貴族，米莉安清楚知曉，貴族能夠多麼荒淫無度。可是，她的確從未聽說過亞瑟的緋聞。

亞瑟總是在她身邊，好好地保護著她。不論風雨，不論日夜。

米莉安緩慢地伸出手，拉開亞瑟的衣襟。

「我是第一次，不過我認真學習過了。」房事問題，以前母后想要她出嫁的時候，就教過她了。在這之上，她也看書好好複習了。

亞瑟的臉比最鮮豔甜美的蘋果還要紅。

「……我也是。」他輕輕地將手放在米莉安跨坐在他腹部兩側的柔嫩大腿上。

這就是所謂的性方面的吸引力吧。米莉安這輩子，還沒有那麼想要將身體和誰緊貼重疊在一起過。

可是現在，他想要這個名叫亞瑟的男人。

大概很久以前，她就這麼想了。米莉安伏下身，將自己的初吻印在亞瑟好看的唇瓣上。

這個夜晚，很漫長。

翌日。

尚未完全天亮，米莉安就醒了。她全身痠痛，雙腿間更是隱隱地刺疼。

發現亞瑟的雙手仍舊環繞在她的腰上，她不禁輕吻了亞瑟的脖子。

雖然她的丈夫昨晚非常溫柔，不過一開始，真的不怎麼樣。

除了讓人冷汗的疼痛，什麼都沒有。幸好亞瑟適當地放慢速度，後面開始就變得舒服了。

這和她在皇宮時聽到的不一樣，那些貴族總是非常猴急，亟欲發洩自己的欲望，根本不顧及對方。他們經常既粗暴又用力，讓對方身體布滿傷痕。

望著丈夫天使般的睡顏，她就是忽然想到了那人不知在哪裡的異母哥哥。

其實，她一直在猜，莫維和格提亞到底是什麼關係。

畢竟那個冷血無情又乖僻的男人，唯一帶走了格提亞。那是不是就像她和亞瑟這樣，是這種情感。

米莉安對同性之間的互動一點也不陌生，貴族間，和雙性各有一腿的也不算少見，只是最後男人們都會選擇跟某位女性結婚罷了，之後夫妻各玩各的例子也不是沒有。

但是莫維，比誰都還要強大，甚至連權傾天下的皇位也留不住他。莫維大可以娶個皇后，將格提亞養在宮中就好，以他的地位誰也不敢說話，歷史上皇帝幾乎都有情婦。

儘管格提亞是男生。

可是就爲了這樣的一個男性，莫維什麼都不要了。

不管怎麼想，米莉安都覺得莫維對格提亞，就是那種意義上的感情。

這就糟糕了。經過昨夜，米莉安非常敏銳地察覺到重點。

莫維別說對女性，對人也都沒有興趣。那麼可想而知，從小生長在皇宮的莫維，接觸到的，跟性有關的資訊，就是來自那些骯髒的貴族。

思及此，米莉安就好同情格提亞。

在她自己親身體驗過後，對於格提亞的同情心簡直一發不可收拾。

莫維絕對不可能去學習這些。

她不能無視。她是帝國有史以來第一位女性皇帝，其實剛開始還是頗多不善意的眼神與耳語，之所以能夠用如此短的時間穩固帝位，全都是因爲，大家都聽說了，莫維正在帝國各處出巡，懲治膽敢反抗新皇帝的貴族。

不得不講這些當然是誇大，據她收集得到的證言和消息，她推測莫維純粹就是爲了禁止格提亞再度使用魔法昏迷，才主動花費力氣料理那些他看不順眼的東西，和維護她的政權一點關係也沒有，她完全不會誤會。這還導致她因此必須處置這些多出來的麻煩事務。
譬如哪個伯爵手被砍斷了，哪個子爵財產充公了，哪裡的哪個貴族因爲怎樣又遭到親王處罰了，這種得愼重處理的爭議層出不窮。
但是也虧得如此，謠言散播開來了。沒什麼人敢再對她有意見了。
因爲她的身後，是下手絕不留情，帝國最強的親王殿下。
她米莉安絕對不是個有恩不報之人，就算那些根本不是她要求的幫助，鑑於此，她必須給予那兩人回報。
米莉安偷偷下定決心。
然後，又忍不住在英俊的丈夫臉上親了一下。

當莫維在行宮裡，看到米莉安寄來的包裹，裡面是好幾本不明所以的露骨情愛故事時，他當下一把火給燒了。
寄這些來是什麼意思，他一點也不想浪費時間去探討。
書桌上另外有幾封信件，其一是米莉安的婚禮請帖。他從不對誰交代自己的行蹤，因此若是要找他，唯一的方法就是把信寄到行宮，然後等他到來。

只是，他的行宮也不僅有一座。

米莉安多半是從貴族們上報的事件，先估算他所在的區域，然後再確認行宮位置。不過婚禮已在一個月前舉行了，表示這顯然已經過期的帖子躺在此超過三十天了。

他本來就沒有打算出席。米莉安應該也明知。

另外的信件是善德國王透過伊斯特，然後經過米莉安之手轉交的邀請函。蘇西洛知道格提亞清醒之後，馬上就想方設法要來會面，不過他不會給蘇西洛任何機會的。

莫維將信件全部銷毀，連灰燼也沒有留下。

窗外傳來滴滴答答的雨聲，沒多久，雨勢轉大，僻靜的深夜，一下子變得喧鬧起來。

莫維站起身，離開辦公室，往樓上寢房走去。

帝國內目前共有五座行宮，皆爲他當皇帝時所留下的。很多都是荒廢的貴族宅邸，位處偏僻，因爲他不想要被人打擾。

有那麼一段時間，他在帝國內尋找能夠讓格提亞醒來的方法。就是那個時候。

來到二樓房間，他沒有敲門就直接開門進入。

只見格提亞穿著寬鬆的睡衣坐在窗旁，正低頭在打瞌睡。

莫維反手關起門，上前走到格提亞身旁。剛洗完澡，他皮膚泛紅著，傳來陣陣的乾淨香味。

莫維像對待小孩似的，捧著臀一下子將他抱起。

「呃。」格提亞明顯微吃一驚，張開眼睛。「……我睡著了？」他問。清醒過來，他沒有表達訝異，就像是習慣被這麼做了。

莫維就是忽然想起，那個寄書給他好管閒事的傢伙，以前經常說他習慣昂起下巴蔑視別人。因此他一使勁，將格提亞抱高，形成他舉首看著格提亞，而格提亞低頭與他對視的姿勢。

「我說了不用等我。」莫維來到床沿，將他放到柔軟的床被上。

就算不等，他也可能會睡到一半被弄醒。格提亞沒有把話說出來，只是安靜地確認著，莫維是不是就這樣直接睡覺了。

莫維瞇起眼睛，脫去自己的上衣，露出健壯結實的肌肉。

並道：

「那就別睡了。」

格提亞聞言一頓，道：

「我不是那個意思。」雖然如此，他從莫維的眼神，明白自己說什麼都不會有用了。

和莫維擁有這樣的關係，已經過去數年了。

從剛開始的不適應以及疼痛，漸漸地身體習慣了。他不曾有過其它經驗，更不可能和別人討論此事，關於這樣的行為，他無法再有更多的認識。

莫維的嘴唇，溫熱地貼上他的頸間，每一次這麼做，都極具侵略的氣息。格提亞一陣戰慄，忍不住閉上眼睛。

他知道接下來會發生什麼事情。這些日子以來，他非常熟悉了。

甚至，他的全身，已經沒有一處是莫維尚未摸索過的。

儘管總是感覺十分羞恥，他依然任由莫維一遍又一遍在他身上確認，那些他已經給出無數次的回答。

莫維很輕易地將手伸進寬鬆柔軟的衣袍內，粗糙的手指撫上柔軟肌膚，那是一種強烈對比的觸感。他將格提亞的睡衣從肩膀扯下，侵襲的炙吻印在格提亞平坦的胸前。

他不會放過那軟嫩的乳首。

就算，眼前刻著他名字的魔法陣是如此礙眼，可是那又如何？莫維伸出手掌撫弄格提亞的左胸，也就是魔法陣的位置。

不論這個魔法陣有什麼意義，格提亞此時是在他的眼前，他的懷裡。

格提亞感覺自己的雙腿被莫維分開，心臟怦怦亂跳著。終於，他忍不住啓唇道：

「不要那樣的。」身體交纏的時候，他幾乎是不說話的。只是，前陣子開始，莫維對他做了難以描述超乎想像的事情。他眞的承受不了，現在每次都擔心莫維又要那麼做。

莫維聞言，笑了一下。

「嗯？哪樣？」

唯有在這種時候，莫維才會在他面前，發出那種低沉沙啞的嗓音。格提亞不受控制地面紅耳赤。

「舌頭……伸進去。不要那樣。」格提亞知道自己若不說明白，莫維一定使壞。就算是有點壓迫性質地，將粗大的……東西放到他嘴裡，或者，爲了要聽他叫出聲音拍打他……的臀部，那也都比舌頭好。

以前，他從不曾知曉莫維的這一面；不過如今，他已與莫維共同度過很多個夜晚，所以相當清楚，原來莫維在這種時候，更加倍地折磨人。

莫維完全不認爲自己有任何錯誤。之所以會做出那種事，全是由於格提亞太過惱人的緣故。

像是如此的夜晚，總是安靜地，壓抑地，然後忍耐著。格提亞對兩人之間的這種行爲似乎沒有什麼太大的興趣，每一次都是被動的，儘管也不會拒絕。他享受格提亞百依百順的同時，卻又不滿他的過於平靜。

畢竟自己一旦碰觸到他，就會熱血沸騰。所以他開始用各種方式逼迫格提亞，格提亞也終於給出他想要的反應。

他很滿意。因此，他是絕不會停手的。

「我不聽的話，你要怎麼辦？」莫維微笑地問道。

格提亞其實不曉得。

「……我請求你。」他僅能這麼說道。

莫維一頓，眞的笑了出來。單邊的梨渦此時看起來有點可惡。

「我知道了。」他將手指探進格提亞臀縫，有點腫了，因爲昨天折騰到凌晨。擴張這個步驟，原本他不怎麼做的，他擁有的認知裡面，不存在此事，但是他很快發現，格提亞緊得根本進不去，只是，他的耐心非常稀少。莫維將硬挺的陽具抵住凹穴，前端泌出一些體液，他就用那個稍微摩擦將入口弄濕。「……老師。」隨著這一句叫喚，他挺了進去。

「唔。」這一瞬間，格提亞總是下意識屏住氣息。

因爲疼，或者羞赧。

深入的感覺使他不禁戰慄。他抬起手，摀住莫維的嘴。他知道莫維是故意的，這種時候喊他老師，那強烈的背德感，就是用來交換聽話的條件。

莫維頂到最深處。他特別喜歡，那是格提亞身上除了他以外，甚至連格提亞自己，誰都碰觸不到的地方，而且一旦這麼做，格提亞就會全身輕輕顫抖，開始防線潰散。

格提亞果然弓起背部，鬆開攏在莫維唇邊的手。實在太過深了，他不禁合攏雙腿。

莫維卻是抓著他的膝蓋，蠻橫強硬地拉開。

「讓我更進去一點。」他微傾身不讓格提亞能再將腿併攏，同時壓住格提亞的雙肩，稍微退出以後，將自己粗長的性器繼續進到裡面。

「啊。」說不上是難受還是什麼，格提亞的小腹，以及敞開的雙腿都不由自主地輕顫著。眞的好深，整個下腹部都有種被塡滿的感受，他知道自己即將迎來洶湧的波濤。

莫維擺動腰部，先是緩慢地抽出，然後毫不留情地插入，那節奏隨著次數逐漸加快，力道也變得更重。外面傾盆的雨聲，蓋不住肉體拍擊的聲音。

格提亞總是抿著雙唇，因爲他覺得難爲情。莫維則會在這種時候吻住他，再用舌頭頂開他緊閉的嘴，讓他不能再那麼矜持。

莫維吸吮糾纏著格提亞的舌尖，耳邊享受著格提亞再也難以壓抑的輕喘。

下雨也好。

被美麗的野獸困鎖在胸懷裡擺弄，格提亞模糊地想著。這樣，他就不會這麼在意那些羞恥的聲響，相連結處傳來的濕黏感，也可以當作是被雨水淋濕了。

他不曉得莫維究竟是想藉此行爲獲得什麼，或許莫維自己也不明白，所以才會一再地重複對他這麼做。結束後雖然會暫時滿意，沒有多久又再次讓他證明，向他確認。

「說，只有我進去到這裡過。」莫維雙肘撐在他兩側，貼著他的唇畔低語。抽送的動作沒有停止過，甚至將格提亞的臀部撞得泛紅了。

格提亞的性器被夾在中間，隨著撞擊反覆摩擦，前端慢慢地溢出透明的體液。莫維加諸在他身上那劇烈的情潮，永遠都使他恍惚。

「只……只有你。」他輕輕地說。由於身體遭受衝撞顯得有些斷續。

莫維直起上半身，汗水滴在格提亞的鎖骨。他一隻手捏住格提亞半邊臀肉，更加用力地挺進。

「我是誰？」他沉著聲，儘管滿是情慾，卻又相對冷靜。雖然他正在進行的行爲如同惡魔墮落，他也會比任何時候都清醒地聽格提亞的回答。

格提亞全身是汗，疲累地抬起眼睛，注視著莫維。

這並非莫維第一次問他這個問題。

「你是……莫維。」他也總是這麼說道。

但是，莫維大概沒有一次覺得這是正確的答案。

莫維緊咬著後牙，全身肌肉都是勒出來的韌筋。他單手撫上格提亞胸前的魔法陣，道：

「不是。因爲只有我這麼對你做過。」語畢，他重新吻住格提亞的嘴唇。

莫維無形的情緒，排山倒海壓來。格提亞僅能承受。

「——嗯。」他因爲這個彷彿要將他吞掉的狂吻，幾乎不能呼吸，唾液流出嘴角。他攀著莫維強壯的肩膀，因他粗暴的節奏載浮載沉。

「你是我的，知道嗎？」莫維緊擁著格提亞瘦削的身軀，甚至似乎都能夠在那薄薄的肚皮看到由內頂出的脈動。即使已經這樣了，他仍舊不滿足。

或許，他根本也弄不清楚自己究竟要如何。

可是他感到，在這種兩人難以說明，複雜難解的關係裡，他在意格提亞，一定比格提亞在意他多。因爲那該死的艾爾弗之血！該死的情感淡薄。

於是他必須一再地向格提亞索要。言語，身體，一切。

就算格提亞筋疲力盡，只要他覺得不夠，那就得繼續下去。莫維感到腹部一陣濕意，格提亞細顫著洩出體液了。

可是他還沒有。莫維的背部肌肉，覆蓋著一層汗水，夜月之下，微微地反光，看上去就像美麗的雕像或油畫一般。由於前後的擺動，肌理明暗也隨之變化。

占有格提亞的全部，僅會有短時間能獲得平靜。心裡那種可恨，到底要怎麼樣才能徹底平復。

只要有這個魔法陣存在的一天，就不可能。

如果不是格提亞，這一輩子，他都不會產生這樣的感受。莫維咬上格提亞的胸，若是剝掉這層皮的話就好了，就可以把不是他的痕跡抹掉，但這是魔法，不論他做什麼都無法去除。

而且，格提亞大概會很痛苦。他不想那樣。

所以格提亞有義務，也有責任，撫平他的憎恨。

因爲一開始，就是格提亞找上他的。

「說給我聽，你是我的。」莫維道。

「我……是。」格提亞感覺身體變得更加敏感了，明明剛剛才結束，可是有什麼像在內部搔癢，莫維激烈進出的露骨動作，讓裡面某處愈發地難耐。

於是他本能地扭動身軀，想要擺脫那莫名的奇怪感覺。

「沒錯，永遠都是。」莫維在他耳邊低道。彷彿下著咒語。一種時效是永恆的魔咒。

對於格提亞來說，不論以前或現在，莫維就僅是莫維。

然而，莫維始終不這麼想。

所以莫維從他這裡奪取所有可以拿走的一切，他沒有抗拒，任由莫維，允許莫維，就算是做到如此，莫維也仍舊像是即使將他整個人吞下也不會饜足。

他不知道自己還能夠怎麼做。

在莫維的心裡糾纏至深的，是他無法理解也不能改變的部分。

大概，莫維此生都會如此。

但是，希望莫維最後能夠明白，自己現在所接受的這全部，是因爲此時此刻在自己面前的他。

格提亞抬起雙手，輕擁著莫維的肩背，將臉貼上莫維那由於情潮導致高熱的皮膚。

這個微小的刺激，使得莫維重重地插入數次，在格提亞體內釋放了。

熱流迸射到最深處，格提亞忍不住顫抖。

額頭抵在格提亞肩上，莫維粗喘著氣。就像是要將滿腔的憎恨發洩那般，他總是無法輕易放過格提亞。

拉起格提亞疲軟的身體，他讓格提亞以背對的姿態趴伏在床上，這樣，連接的部分將會一覽無遺，他可以盡情欣賞窄穴吞吐的模樣。他按住格提亞的臉頰，讓格提亞轉過頭來，再次側首纏吻。

沒有多久，莫維埋在溫熱甬道裡未曾退出的性器，重新堅挺起來。

「別失去意識，你要醒著才行。」他在格提亞唇邊沉聲說道。

這樣，才能好好地，完整地體會。

接下來的幾個小時，他換著姿勢，品嚐格提亞的全身，不管是什麼都排出在格提亞體內，那些骯髒的東西代表著他心裡最漆黑的妒意。

那確實是一種嫉妒。這輩子，從出生到現在，是格提亞教他瞭解到這種情感的滋味。

儘管每一吋肌膚他都熟悉，也留下過痕跡，可是他依然憤怒。所以，他把做過無數次的事情，再做了一次。

淡薄的格提亞希望藉由暈過去逃避，也在莫維故意的間歇溫柔善待下，始終勉強保持清醒。這就是莫維所要的，莫維會吻著他，一再地將他飛散的神智喚回，逼他醒著面對。

終於，快到天亮的時候，一切都結束了。

總是如此。格提亞耗盡體力，疲倦熟睡的時候，莫維會用魔法將自己在他身上造成的傷痕復原。但是唯獨留在體內的東西他不清理。

這樣，格提亞就不能也不會當作沒發生過。

莫維垂著眼眸，注視蜷縮在自己懷裡的格提亞。

他很清楚，自己是在折磨格提亞。

但是他不想控制，也控制不住。

他對格提亞極其複雜的不知名情感，會充斥著他的人生，直到他消失。他非常清楚這點，因爲他感覺到了。

就是由於如此，另外一個他，才會刻下那個有著名字的魔法陣。

現在的他，理解那麼做的原因。

他聽聞過，有種感情叫做愛情。但即使是愛情，也不一定會爲他付出生命，格提亞卻是將包含生命的一切都獻給了他。

這是在愛情之上。對另外一個他。

應該要滿足的。畢竟，消失的人是贏不了他的，就算刻在胸口。

他才是實際擁有格提亞的勝利者。

像這樣，一再地重複對自己說。

否則，他就要發瘋了。

「只有我死了，你才能離開我。」

莫維啞聲道。

所以，他會好好活著。

（全書完）

後記

一直以來，我都很喜歡魔法陣。

也很喜歡那種非常漂亮的西洋古典圖案，我有幾本自製書封面都有類似風格的美麗花紋。以前小時候看什麼魔動王大無敵，我也特別喜歡在地板上畫出來的圖形。

我也很喜歡魔法師，若是故事裡有魔法師這個角色，通常都是我最中意的。

不過寫西洋奇幻的故事，沒有什麼機會。我想讀者可能會很意外我寫這種類型，不過其實這個故事我倒是放在心裡滿長一段時間了。

我就是想寫一個魔法師逐漸消失的時代。這樣好像就可以連接到現實，雖然現在沒有，但是魔法師是久遠以前的一個傳說，像這種感覺。

當然了，這本書的背景是架空的。雖然我以前閱讀過一些中古世紀的貴族歷史，寫之前也稍微查了資料，不過在寫的時候並不想被束縛，因爲這是架空幻想的世界，所以有些地方也有我自創的部分。

最麻煩的其實是取名，我記性不好，簡直可以堪稱失憶症，西方名字較長，這次人物又多，經常寫到後面就忘記配角的名字，還要再翻到前面確認。後來我在桌上放了一張紙，上面寫著筆記，這樣才好了一點。

兩個主角裡面，最複雜的就是莫維了。但是我寫得滿開心的。

其實我覺得他就是眞的有病。當然後天環境的影響有關係，但是他老爸的基因也不能忽略。

他不高興就喜歡冷戰，又莫名其妙自己結束冷戰這點，眞的有人就是會這樣，我參考了身邊我唯一親近的男性。哈哈哈！

我想一直到死，他都會糾結那個刻著他名字的魔法陣。以他的個性，他是永遠不可能釋懷的。

我只描寫了第二次的他，至於以前那個他，我故意寫得比較模糊一點，只能從格提亞的角度去很模糊不清地看，連胸前魔法陣的用意和功能我也都寫得不清不楚，就是要對照現在這個莫維的性格去看，推敲當時莫維的情感與最後的選擇。這種留白的感覺我滿喜歡的。

其實就是故事裡最後的那句話，死了才能分開。所以格提亞說要離開，他就覺得活著也沒有意義了，他本來就對這個世界毫無興趣，也並不珍惜自己的生命。在前一次的時間裡，他對格提亞執著，卻沒有開口留住格提亞，這跟他們兩個最初相處的模式有關係，儘管同樣都在十年後產生羈絆，最後焚燒皇宮喪命，他其實非常清楚自己的屍體會被貴族洩憤，頭被砍掉放在皇宮前，讓格提亞此生都忘不了他，是他笑著的最後惡意。

重來一次以後，格提亞嘗試主動，這改變了他們之間。所以這一次，莫維以他的方式將格提亞留在身邊了。

莫維是一個不懂愛的人。因爲他成長的經歷裡，沒有人教過他愛是什麼，也沒有人讓他體會過愛。

所以他的方式都是不正確的，他根本也搞不清楚自己對格提亞的執著是爲什麼。但是對他來說，「搞清楚」這件事並不重要，比起需要明白爲什麼，只要格提亞留在他的身邊就足夠。
格提亞相對莫維單純，最後思考自己爲了莫維使用禁術，就是一種愛。可是他卻沒有辦法表現得濃情蜜意或更強烈的感情，因爲他天性淡薄，缺少那種強烈的情感，他的愛，是淡淡的，是付出的，是允許一切，永遠的。
不過至少他想通了。
否則他又爲什麼要倒轉時間呢？這就是格提亞的愛。
關於時間悖論。我從寫的一開始，建構故事的最初，就不打算寫明最後究竟是如何，這算是以主角的角度去看的故事結局，在他們的立場，這件事就是一個沒有人嘗試過所以無法解釋的部分，因此我也想要留給讀者同學們去決定。
格提亞應該是幸福的。因爲他認識莫維兩次。
莫維或許覺得這很可恨，也許他此生都不肯承認，若是沒有重來過，格提亞最後是沒有機遇不會留在他身邊的。
他們兩個最後的床戲，我也考慮過到底要不要寫，就讓故事結束在他們結伴浪跡天涯似乎也夠了。因爲以這兩個人的情況來說，他們的床戲既不美，也不會熱情，沒有什麼心意相通，只是不明所以的一場原始接觸，後來我想了又想，我認爲，莫維遲早會那麼做，所以我選擇寫出來，不過我想寫得留白，所以就沒有以前那樣寫那麼肉慾和詳細了，主旨還是在表達兩人的心情。
莫維會一再地向格提亞索取他的一切。莫維一定會那麼做。而格提亞會永遠讓他索要自己的全部。

喔對了，我覺得以後的某一天，格提亞應該還是會去善德王國，去見見和魔塔不一樣的異國艾爾弗一族。莫維可能不想讓他失望，又會很有自信覺得自己已經擁有格提亞所以不再反對，不過他自以爲的自信其實脆弱得不堪一擊，到了當地看到格提亞和蘇西洛的互動晚上又會在床上折磨格提亞。大概是這樣，哈哈哈！

這個故事我寫得非常開心，就是終於把平常腦子裡的胡思亂想寫出來了。

平常很少能有機會寫的施展魔法的場面，動作戲場面，我都相當愉快地書寫，以前說過我都是腦海裡有畫面，然後用拙劣的文字將畫面形容出來，那些畫面在我腦海裡栩栩如生，就像我自己在看電影一樣。三本這個分量也是我以前沒有達到過的，爲了故事的完整性，寫了這麼多，終於完成以後，相當有成就感。

決定在寫的時候，也會擔心讀者們不知道會不會看不下去這類型的故事，先前寫ＡＢＯ的時候也有相同的想法，不過對於我來說，我只是很純粹地什麼類型的故事只要我想寫，我就會去寫，珍惜自己當下那個想寫的心情，不管是哪一種故事，我都會如此。

也因此，非常感謝我的讀者，總是對這樣任性的我不離不棄。

另外也要十分感謝春光出版社，這會是我第一本在春光出版的實體書籍，一次三集還是非主流題材，我甚至一開始還說出電子書就可以了，實在相當憂心造成滯銷的結果，畢竟出版社對我非常友善的啊。身爲作者卻詞窮，我眞的只有謝謝兩個字可以表達。

之前在做活動的時候有提過，因爲我的親友們年紀都大了，我不好意思再讓他們幫忙，而且我心裡也很過意不去，雖然大家相聚很美好，但是我們可以單純吃個飯見個面聊聊近況就好，不要做這些累人的事。

所以之後的出書，誰能收留我，我都會非常感激。抱著這樣的心情，我將這個故事交給了春光。

我眞的是十分感謝春光的包容。我自己認爲不是一個很好接近的作者，眞的是被春光的誠意打動的。而第一部交給春光的紙本書又是這種非主流的風格，我只能告訴自己我要多多努力回報自己所收穫到的善意。

現在孩子大了，比較不需要我的照顧，我期許自己的寫作速度能夠回穩。不過以前也經常說，我這個人很憑靠感覺，所以還是只能加油吧！

不論什麼類型，有一天我可能感覺來了就會想寫。我沒有把寫作當成工作，我只是在描述我的日常幻想。

因爲，我眞的很喜歡胡思亂想。所以我會一直寫下去。

那麼，下一個故事再見了。謝謝各位同學。（鞠躬）

鏡水

春光出版・鏡水作品集

書號	書名	作者	定價
OF1001	美麗的奇蹟（電子書）	鏡水	250
OF1002	普通人生（電子書）	鏡水	270
OF1003	許願（電子書）	鏡水	270
OF1004	熱情冷戀（電子書）	鏡水	260
OF1005	這不是愛（電子書）	鏡水	260
OF1006	古典效應（電子書）	鏡水	260
OF1007	天使不微笑（電子書）	鏡水	260
OF1008	Roommate（電子書）	鏡水	190
OF1009	綠色花椰菜（電子書）	鏡水	330
OF1010	TesT（電子書）	鏡水	400
OF1010S	鏡水 BL 耽美作品精選集（十冊電子套書）	鏡水	2750
OF1011	鬼故事（電子書）	鏡水	400
OF1013	他的終點線和他的起跑線・上冊（電子書）	鏡水	240
OF1014	他的終點線和他的起跑線・下冊（電子書）	鏡水	240
OF1014S	他的終點線和他的起跑線上下冊（電子書）	鏡水	480
OF0106	REVERSE・卷一	鏡水	399
OF0107	REVERSE・卷二	鏡水	399
OF0108	REVERSE・卷三	鏡水	399
OF0108G	REVERSE・限量作者親簽扉頁書盒套書	鏡水	1197
OF0108S	REVERSE・卷一至卷三套書	鏡水	1197

國家圖書館出版品預行編目資料

REVERSE・卷三/鏡水作. -- 初版. -- 臺北市：春光出版, 城邦文化事業股份有限公司出版：英屬蓋曼群島商家庭傳媒股份有限公司城邦分公司發行, 2025.02
冊；　公分（奇幻愛情）

ISBN 978-626-7578-21-6（卷3：平裝）.

863.57　　113019301

REVERSE・卷三（完結篇）

作　　者／鏡水
企劃選書人／王雪莉
責 任 編 輯／王雪莉、高雅婷

版權行政暨數位業務專員　／陳玉鈴
資深版權專員／許儀盈
行銷企劃主任／陳姿億
業 務 協 理／范光杰
總　編　輯／王雪莉
發　行　人／何飛鵬
法 律 顧 問／元禾法律事務所　王子文律師
出　　　版／春光出版
臺北市 115 南港區昆陽街 16 號 4 樓
電話：（02）2500-7008　傳真：（02）2502-7676
E-mail：stareast_service@cite.com.tw
發　　　行／英屬蓋曼群島商家庭傳媒股份有限公司城邦分公司
臺北市 115 南港區昆陽街 16 號 8 樓
書虫客服服務專線：（02）2500-7718 /（02）2500-7719
24小時傳真服務：（02）2500-1990 /（02）2500-1991
服務時間：週一至週五上午9:30～12:00，下午13:30～17:00
郵撥帳號：19863813　戶名：書虫股份有限公司
讀者服務信箱E-mail: service@readingclub.com.tw
歡迎光臨城邦讀書花園 網址：www.cite.com.tw
香港發行所／城邦（香港）出版集團有限公司
香港九龍土瓜灣土瓜灣道86號順聯工業大廈6樓A室
電話：（852）2508-6231　傳真：（852）2578-9337
E-mail : hkcite@biznetvigator.com
馬新發行所／城邦（馬新）出版集團　Cite（M）Sdn. Bhd
41, Jalan Radin Anum, Bandar Baru Sri Petaling,
57000 Kuala Lumpur, Malaysia.
Tel:（603）90578822 Fax:（603）90576622

封面插畫及設計／ Blaze
內 頁 排 版／芯澤有限公司
印　　　刷／高典印刷有限公司

■ 2025 年 3 月 27 日初版一刷
Printed in Taiwan

售價／399元

城邦讀書花園
www.cite.com.tw

ISBN 978-626-7578-21-6

廣	告	回	函
北區郵政管理登記證			
臺北廣字第000791號			
郵資已付，免貼郵票			

臺北市 115 臺北市南港區昆陽街 16 號 8 樓
英屬蓋曼群島商家庭傳媒股份有限公司
城邦分公司

請沿虛線對折，謝謝！

愛情．生活．心靈
閱讀春光，生命從此神采飛揚

春光出版

書號：OF0108　　書名：REVERSE．卷三（完結篇）

請於此處用膠水黏貼

讀者回函卡

謝謝您購買我們出版的書籍！請費心填寫此回函卡，我們將不定期寄上城邦集團最新的出版訊息。亦可掃描 QR CODE，填寫電子版回函卡

姓名：＿＿＿＿＿＿＿＿＿＿＿＿＿＿＿

性別：☐男　☐女

生日：西元＿＿＿＿＿年＿＿＿＿＿月＿＿＿＿＿日

地址：＿＿＿＿＿＿＿＿＿＿＿＿＿＿＿

聯絡電話：＿＿＿＿＿＿＿＿　傳真：＿＿＿＿＿＿＿＿

E-mail：＿＿＿＿＿＿＿＿＿＿＿＿＿＿＿

職業：☐ 1. 學生 ☐ 2. 軍公教 ☐ 3. 服務 ☐ 4. 金融 ☐ 5. 製造 ☐ 6. 資訊
☐ 7. 傳播 ☐ 8. 自由業 ☐ 9. 農漁牧 ☐ 10. 家管 ☐ 11. 退休
☐ 12. 其他＿＿＿＿＿＿＿＿＿＿

您從何種方式得知本書消息？

☐ 1. 書店 ☐ 2. 網路 ☐ 3. 報紙 ☐ 4. 雜誌 ☐ 5. 廣播 ☐ 6. 電視
☐ 7. 親友推薦 ☐ 8. 其他＿＿＿＿＿＿＿＿＿＿

您通常以何種方式購書？

☐ 1. 書店 ☐ 2. 網路 ☐ 3. 傳真訂購 ☐ 4. 郵局劃撥 ☐ 5. 其他＿＿＿

您喜歡閱讀哪些類別的書籍？

☐ 1. 財經商業 ☐ 2. 自然科學 ☐ 3. 歷史 ☐ 4. 法律 ☐ 5. 文學
☐ 6. 休閒旅遊 ☐ 7. 小說 ☐ 8. 人物傳記 ☐ 9. 生活、勵志
☐ 10. 其他＿＿＿＿＿＿＿＿＿＿

請於此處用膠水黏貼